涉过愤怒的海

老晃 著

图书在版编目（CIP）数据

涉过愤怒的海 / 老晃著 . — 南京：江苏凤凰文艺出版社，2020.11（2023.11 重印）
ISBN 978-7-5594-5123-1

Ⅰ.①涉… Ⅱ.①老… Ⅲ.①中篇小说—小说集—中国—当代 Ⅳ.① I247.5

中国版本图书馆 CIP 数据核字（2020）第 164816 号

涉过愤怒的海

老 晃 著

出 版 人	张在健
责任编辑	周　璇
装帧设计	马海云
封面插画	许尹龄
责任印制	刘　巍
出版发行	江苏凤凰文艺出版社
	南京市中央路 165 号，邮编：210009
网　　址	http://www.jswenyi.com
印　　刷	苏州越洋印刷有限公司
开　　本	880 毫米 ×1230 毫米　1/32
印　　张	8.75
字　　数	160 千字
版　　次	2020 年 11 月第 1 版
印　　次	2023 年 11 月第 6 次印刷
书　　号	ISBN 978-7-5594-5123-1
定　　价	49.00 元

江苏凤凰文艺版图书凡印刷、装订错误，可向出版社调换，联系电话 025-83280257

目录

涉过愤怒的海　　001

浮冰　　075

鹈鹕小姐　　175

涉过愤怒的海

1

　　老金一在桌边坐下,胖子就开始洗牌、分牌。

　　"这就对了叔,我能让你吃亏吗?"胖子黑龙江口音。

　　这把老金赢了。接下来也都是他在赢。赢得不多,几百块。他显得无精打采,靠在椅背上,不是很兴奋。轮到他分牌,他暗中摸摸牌边,有张牌的边角分开了。这几个小子,真是自作聪明。老金从一沓钱里抽出张一百,高举过头顶,喊老板娘上一轮冰啤酒。趁几个人盯着老板娘,他看了看被做过手脚的牌,红桃K。他又洗了两三下,把牌分了。没几分钟,他又赢了五百。他心里清楚,他们在故意让自己赢。对方三个人,胖子、瘦高个和老是斜眼看人的文身,他们把他当成今晚的鱼。这伙人是昨天上的岸,他知道他们的船刚从丹东下来。

　　"要不要赌大点?"瘦高个像是随口一说。

　　"你们带的钱够吗?"老金问。

　　三个人几乎是同时把钱包掏了出来,放在桌上。老金点点头。收网之前,他们还会让自己再赢几把。他想好了,等把鱼饵吃得差不多,就拍屁股走人。他一般不贪这种小便宜,可这几个小子实在太菜了,应该不会有什么麻烦。

赌注升高之后他一下赢了两千。他警告自己,别犯浑,千万别。可他感觉有把握赢。今天晚上,他能把欠高利贷的钱都挣出来,运气好,还有富余。他翻起一手牌,心里咯噔一下,两个K。要收网了。这么快?

"还要吗?"瘦高个看着他。

"妈的,失策。"老金抓起啤酒喝了一口。

"要吗?"瘦高个又问。

"不要。"老金把牌摔了。

那三个人你看看我我看看你,也都把牌摔了。胖子把老金的牌拿起来亮给两个同伙看,然后瞧着他:"会不会玩?"

这是个机会,老金该就坡下驴,说几句丧气话,然后带着从三个骗子手里白捡的两千六百块,一走了之。这点钱不足以让对方翻脸,他完全有机会全身而退。手机在裤兜里响了一下,他身体向后一靠,把它掏出来。是女儿的信息。内容让他心烦。

"要不,"他看着胖子,"再大点?"

胖子没说话,飞快扫了一眼另外两个人。

"这要看你有多少。"一直没吭声的文身这时开了口。

老金侧身拽过军挎,掏出皮包拍了拍,里头有几千块现金和事先夹在中间的一沓纸,那看起来就有两三万了。"刚卖了一船鱼。"他说。

再分牌的时候,起手就拿到两张A,老金意识到这是个陷阱。他换了张牌,换了张九。文身换了两张。老金看到胖子用手指轻轻一弹,把底下的牌分给他。他明白他们想干什么,可还是继续加到一千,才把牌摔了。

文身皱皱眉,把钱收了。

"你什么牌?"胖子飞快把老金的牌翻开。"你什么牌?"他问文身。

文身亮出两张Q。

胖子笑老金："这么好的牌也往出撒？谁啊，啊？一个短信就把你魂勾走啦，哈哈哈哈。"

"不玩了。"老金把椅子往后一推，站起身，假装要走。

"别啊，再来两把。"胖子拦住他笑眯眯地说，"求你了叔，来吧，相逢就是有缘。"

文身点了根劣质黑雪茄，猛吸一口。"有人想见好就收。"他斜眼瞧着老金，"赢了多少？一千？一千五？你这么干，是在浪费大家的时间。"

"有问题吗？"老金一点没客气。

"最后一把，上不封顶，"文身又抽了口雪茄，"玩牌得有个玩牌的样子。"

"我要赢了呢？"老金看着他。他心里清楚，这三个小子，胖子是老千，瘦高个根本不经打，最难对付的就是这家伙，他脖子上的文身明显是为盖住那道十厘米长的刀疤。

"赢了请大家喝酒！"文身看着他，"来点好的。"

最后一轮，老金分牌，他把三张K放在最下面，这样他就能把它们分给瘦高个。他把最后一张K分给瘦高个的时候，那家伙咽了咽口水，飞快和两个同伙交换一下眼神。趁这个机会，老金玩了个小把戏，把三张A分给自己。

瘦高个首先加码，加了一万。胖子跟了一轮就放弃了。瘦高个又加了一倍。文身跟一手也放弃了。老金突然把赌注加到两万。他知道瘦高个手里有四张K。瘦高个迟疑了一下，他想跟。胖子扫他一眼，凑过来，对老金说："看看你牌。"

"合适吗？"老金把手按在牌上。

胖子吃了一惊。他飞快思索一下，在桌底下轻轻碰瘦高个的脚，瘦高个的信心瞬间就瓦解了。可他不肯放弃,又加了一万。老金注意到瘦高个的犹豫,立刻跟注,然后让对方摊牌。

汗从瘦高个的额头滚下,他看看两个同伙,慢慢把四张K摊在桌上。这时候他的信心已经完全被摧毁了。老金把四张A亮出来。

另外两个人一动不动,看着老金把台面上的钱全收进挎包。

"相逢就是有缘。"老金笑着站起来。

"等一下!"文身挪挪屁股,活动手腕,弄得关节咔咔作响,"再玩一圈。"

"行了,"老金故作轻松,"不是说好喝酒的吗?我请。我请你们去唱歌。"

"你没听见吗?"文身低沉地说,"我说,再玩一圈。"说着把雪茄立起来,在手掌上拧灭,直勾勾盯着老金。在他那双浑浊的小眼珠里,老金看到自己今晚的好运终于用尽,他想起老爹年轻时被人斩断的小指,还有每次输钱喝个烂醉揍他都会说的那句废话,"想赢就别赌"。

当另外两个小子在泥地上猛踢老金肚子的时候,胖子抢走了他的手机。他猜错了,下手最狠的是瘦高个。

"把老子屎都快吓出来了。"瘦高个朝老金啐了一口,又猛踢一脚。

胖子捧着手机,尖起嗓子念:"学费下周就得交,你要手头紧,我先管我妈借。小娜。"他笑得满脸肉在颤。"小娜。"他在嘴里回味着这两个字。

"手机还我。"

胖子看着他:"怎么,你起不来啦?"

"不知道。我还没试。"老金坐起来,左右看看,"我的鞋呢?"

"这有一只!"胖子一脚把鞋踢飞,哈哈大笑。

老金弓起身,突然猛地朝他撞过去,他准备打断这家伙的鼻梁,可文身没给他这个机会,在他左肋狠狠来了两下。骨头可能断了。老金疼得想吐。胖子走过来,蹲在他面前,拿手机拍打他的脸:"再在老子面前瞎他妈出张,剁你手,信不信!"

老金咧开嘴笑了,牙缝里全是血:"你嘴怎么这么臭啊?"

另外两个小子跟着乐。

"笑,笑鸡巴毛!"胖子抬起头,心虚地看着远处的黑暗。

天际线上突然裂开一道闪电,咸腥的海风扑面而来。胖子打了个喷嚏。他揉揉鼻子,站起来,又狠踢老金一脚,才和同伴返回了脏饭馆。

第二天,老金只能躺在床上,中午爬起来喝了一茶缸生水。没发烧,可浑身都在疼,肋骨一圈火辣辣的。天快黑的时候,猫上了床,拿额头蹭他脸。

老金挣扎着爬起来,撕开一个罐头,和猫分着吃了。

他朝北边的天上望。海上吹来强劲的风,拖拽着一整块阴暗的天空,遮蔽了整个岛。他知道,是时候出海了。

2

向风岛没人不知道老金。他是半个聋子,越南战场上的枪炮震坏了他一片耳膜。他立过一次二等功,两次三等功,可他从没把军功章佩戴在胸前去参加任何一个表彰大会,也拒绝了组织上的工作安排。1988年他退伍回到岛上,当年就买了船,第二年又娶了岛上第一个女大学生顾红。迎娶新娘时,他率领一支船队环岛一周,引起过轰动。后来他离婚在岛上也是大事。婚姻失败是他命运的转折,那之后他运气一直不大行。离了婚,女儿跟他过。

老金的女儿金厉娜,今年十七岁,在东京留学。去年春节女儿又没回家,有人说她在日本其实是干"那事"。纯粹扯淡。说闲话的是老林,喝多了,可自从老金打掉他一颗牙,玩笑话倒像成了真的。

三月里,老金打电话叫女儿回国,金厉娜不肯。老金说,供不起你了,你回来,我给你安排到海鲜厂,厂子现在只做出口日本的生意,你回来不挺好吗。金厉娜差点气哭,我学的是室内设计,去海鲜厂能干什么?修海参池子吗?我不用你管,我打工能养活自己,不行就跟我妈借,我不回去,死都不回。

女儿不想回来也在意料之中,可她说要找她妈借钱,这话伤了老金的心。离婚这些年老金从没主动和顾红联系过,更别说向她伸手。那之后半年他没主动给女儿打过一个电话。他不打,金厉娜也不打,没钱就发信息。他基本只看不回。

老金一个人过,生活的主要内容就是出海,赚了钱,大头寄给女儿,剩下的不是喝就是赌,钱花光就再出海。年轻那会儿他狐朋狗友不少,靠海吃海,朋友多半也跑船,不少人把命丢在了海上,退上岸的养海参、海蛎子,要不就和老林一样给人放贷。

三年前,为了女儿留学,老金找老林借了一笔钱,数目不小,光利息还起来都吃力。为了多赚钱,休渔期他也偷摸出海,被抓过,也被抢过,这反倒让他积累了丰富的斗争经验,就好比今天,一看到那阴沉沉的天,他就知道是时候了。

海岸线上天色阴沉,风大浪高,可他等的就是这样的机会——只有天气恶劣,才不会有人注意到他偷偷出海。

等他把渔船驶出小港,岸边的灯全熄灭了。夜里一点,岛上的人早已上床睡下。海风一步步加强。在风声掩护下,他把渔船驶向急水礁。在岩石下一小片卵石滩前,他减速,抛锚,把船停稳。他走上甲板,用电筒朝岸上打光,两长三短。等着船员们上船。

他有三个船员,马桥、白大眼和宋磕巴,都是在看守所认识的,对他很忠诚。老金每次出海都和他们四六分,赔了就算自己的。马桥为人灵活,心细如发,今天一上船他就觉得老金不对,脸色铁青,还老捂着肚子。

"怎么啦,老哥?"马桥问他。

"海参吃顶了。"老金暴躁地说。

"磕巴,"白大眼捅捅宋磕巴,"又偷摸给老丈人捞海参啦?"

磕巴笑得眼睛都看不见了,他喜欢金厉娜,只见过一次照片就惦记上了。白大眼爱拿这事挤兑他。

"大眼你闭嘴。"老金把舵交给马桥,自己下到船舱,拎上来一个带锁的铁皮箱,"来,手机统统给我撂里头。"他知道最滑头的是白大眼,所以让他先交。

"咋还收手机啊?"白大眼明知故问。

"少装蒜,呐,我的也锁。"老金把手机丢进箱子。

"船老大是天。"白大眼笑着把手机扔进去,马桥和宋磕巴也照做了。

老金不得不这么干,现在是禁渔期,他不想节外生枝。倒不是怀疑这几个小子,以防万一总是好的,关键是省心。手机这东西太分神,他亲眼见过一个十七岁的船员因为贪玩手机,半个膀子被绞盘碾碎。在海上,没必要就不说话被认为是种好规矩,现在得再加上一条:别他妈玩手机。可是,第二天中午,箱子里响起的手机铃声却是老金自己的。

《彩云追月》。一听就知道是谁。

他没接,连箱子都没开,任由它响。他不知道顾红想干什么,也不在乎,他把她设成特殊铃声,就是不想理她。

远海捕鱼不同于近海,吃了上顿不知道有没有命吃下顿,跑船的除了这个,还怕后院失火。那年夏天,简直是好端端的,顾红突然跟他提离婚。老金气性大,说离就离。没想到手续办完没几天,顾红就嫁给了她的大学同学。老金动了手,打得不重,可弄得自己非常被动。女儿说想跟她妈去大陆生活,老金不想让顾红痛快,让她选、离婚、女儿,只能选一样。顾红放弃了女儿。为了这件事,金厉娜头三年不肯认她,也因为这个,女儿初中都还没毕业老金就供她出了国。他就是想让顾红瞧瞧,她能办到的事自己也能弄成。所以,女儿说要找顾红借钱,他是真生气。

老林不止一次劝过老金,叫他别和孩子置气。"你说你,现在还剩什么?一个破屋,一条破船,眼看再过几年也要入土了,指望谁给你收尸?"

"死海上,一了百了。"

老林劝他有空去日本看看:"万一哪天在那头嫁了人,她还能回来吗?"

"不回来更好。"

《彩云追月》断断续续响了几个小时,最后没了动静。

返航时天气大好,老金心情不错。

海水湛蓝,海面像缎子一样滑溜。老金站在甲板上,看着他的海。水里穿梭着亮闪闪的鱼群,不断变幻形态,成群的海鸥追逐着渔船翻飞。这是老金最享受的一刻。四天里,他和船员们跟这阴森的海水较劲,终于满载而归:鱼舱里有一万斤左右的鱼和对虾,成绩相当不错,还有一条意外捕获的大眼金枪鱼,有三米长,能把这个大家伙捞上来也是奇迹。老金把它藏在鱼舱的隔断里,准备偷偷带上岸。这东西,只有老林能帮忙出手。

傍晚时分,疾风畅快,"辽獐渔701号"快速驶向向风岛。不久天就黑了。这个季节,太阳一落,天马上就黑。老金让小伙子们还在急水礁下船,免得惹人注意。

"磕巴跟我走!"白大眼拎起一兜对虾,"有节目。"

向凤岛,镇子屁点大,红灯区却远近闻名,最舍得往里扔钱的就是这些年轻船员。在海上九死一生,一上岸就找女人,是唯一的盼头。

看着水手们消失在夜色里,老金没有立刻把船驶回码头,他放慢船速,开始给手机充电。一直到星星全出来,他才入了港。

他想先联系老林,叫他赶紧安排人在夜里卸货。可船还没靠岸,他就看到码头上站着个人影。他一眼认出那是顾红。缆绳还没系紧,顾红就冲过来,结结实实扇了他一巴掌。

"你不接电话,你不接电话!"她吼着,自己却先哭起来。

老金给打懵了。这他妈什么情况?没等他反应过来,四面八方,只见手电筒乱闪,一伙人蜂拥而来。海警扣了他的船。因伏休违规被查处过两次以上,老金的船上了黑名单,意思是,这一船渔获得没收,还要缴罚款,三年不予办理过户,取消三年涉外入渔资格,取消当年燃油补贴……最后就是,因为"暴力抗拒检查",还得拘他十五天。

顾红那一巴掌打得老金心脏难受。他知道一定是出事了,这事和他偷偷出海、渔船被扣都没有关系。他踹翻两个警察,冲到顾红面前:"快说!"他冲她吼。

"小娜失踪了,小娜失踪了!"码头上,顾红的喊声撕心裂肺,每个人都听到了,"为什么不接电话!金陨石,你这个王八蛋!"

3

老金从看守所跑了。他得去东京。

赴日签证其实早就办好了,可他一直下不了决心动身,没想到,最后是以这种方式派上了用场。去东京的一路很不太平,他不得不先搭了艘船去大连,然后在那里坐飞机。一路上,他心神恍惚,想起好多平时想不着的事。金厉娜十岁那年,他们一家三口去吐鲁番旅游,葡萄架上掉下个灰毛虫,正掉在女儿脸上。老金一着急上手就拍,虫肚子破了,一包酸水烧了女儿的脸,差点伤着眼睛。那个暑假女儿哪也去不了,天天在家涂药膏,可对老金来说却是十分高兴的一个假期。

还有一次,他回家发现女儿昏倒在地上,原来是她在床上发现了只蝎子,喷光了整瓶杀虫剂。他把女儿拖到厨房,用水管子往她脸上喷水,她才醒过来。那时候他们还住在老房子,夏天很多虫。

女儿十二岁还不开个,听镇上老军医说打激素管用,老金偷偷带她去打。金厉娜一家伙胖了二十斤。老金卷了老军医几脚,果断给女儿停药,每天逼她吃醋泡海带,天不亮就拽她去沙滩长跑。两年下来,女儿成了远近闻名的校花。想着这些,老金心里酸一阵、苦一阵。

到了东京,老金直奔新宿。正是晚饭时间。

他本想直接去警察局,可顾红打来电话,叫他去酒店等。酒店是顾红订的,她也正往那儿赶。白天她先去了金厉娜的住处,然后去了警察局,然后是学校,一大堆麻烦事要应付,她实在没精力再去接老金。出租车把老金放在一个丁字路口,司机朝左边一指,把车开走了。

老金站在街上跺了跺脚,猛想起头回去西贡,也是这样浑身不得劲。日本太可爱,太整洁,太干净了,老金身高一米八五,走在街上像个巨人,显得那么突兀。他摸出烟,一打着火,头顶的路灯也跟着亮了。他掏出手机想打给顾红,最后却打给了酒店。

一个女人接起电话,叽里咕噜告诉他该怎么走。老金会点日语、韩语和老毛子话,都是跑船学的。突然"咔嚓"一声霹雳,他没听清那头最后说了什么电话就断了。西边吹来一阵疾风,大雨倾盆而下。一个卖花小贩推着车找地方避雨,老金跟他一起跑。在鱼丸店的屋檐下,两人并排站着。老金用手机定位后把截图发给顾红,告诉她自己转向了。

一分钟后顾红打过来,让他在风林会馆往西,经过茶园走一百米,看到便利店再往南走。老金挂上电话。小贩用塑料布遮住满车花,顶着雨走了。一束百合从车上掉下来,被车轮碾碎。

五分钟后,老金找到西鹤町酒店。全身都湿透了。

酒店小得吓人,不比鸽子笼大多少。老金房间在二楼把角,顾红房间在他隔壁。接电话的日本女人听上去有五六十岁,见面却是个小姑娘,头发是紫红的。她带他找到房间。

刚放下行李顾红就到了,一看就哭过,妆是花的,脸色发青。老金憋着一肚子不痛快,见到人倒不知该怎么发了。顾红和当年一模一样,只是右边脸上的酒窝更深了。那天在码头上,光线太昏暗,他没看清。

"找地方吃饭吧,边吃边说。"顾红强打精神。

雨还在下,他们没往更远处去,就在巷子里找了家拉面店。顾红给老金要了生鱼片、拉面和麒麟,自己只点了茶。

"警察怎么说?"一坐下老金就问。

顾红别过脸去,努力控制着情绪。这个习惯和金厉娜一模一样。老金胃里一阵翻腾,赶紧喝口酒压压,肋骨却又钻心地疼了一阵。

"第五天了。"顾红红着眼睛说,"上周五,下课后她回了趟宿舍,跟室友说要跟同学去看场电影,就再没回来。是她室友报的案。"

"该找的地方你都找过啦?"老金撂下筷子,"再想想,她还能去哪儿?"

"我还要问你呢。"

"怎么就问我?"

"你吼什么!"

"我没吼!"

"这叫没吼?"

厨师朝这边张望。老金不由火起:"五天啦!"他瞪顾红。

"金陨石,我是来找女儿的,不是来跟你吵架的。"

老金命令自己冷静。"周五……"他认真想了想,"那天,她给我发过一条信息。"

顾红眼中顿时一亮:"她说什么?"

"要钱交学费,还能是什么。"

"然后呢?"顾红盯着他,"问你呢,然后呢?"

老金冲着远处的厨师发了会儿呆。厨师正在片鱼,砧板上,鱼被去皮、剔骨,一柄锋利小刀,把鱼肉片成均匀的薄片。

"我给她汇过钱。"顾红叹了口气,"可每次都被退回来。是你不让她拿,对不对?"

老金感到一股怒意刺入身体,他忍着。

"行了。"顾红夹起一片鱼,放在他面前的碟子里,"先吃饭吧。"

老金开始咀嚼,表情像吃泥。这是一种肉很细腻的鱼,不是老金喜欢的那种,很难杀死的类型。

"我给她打电话,"顾红双手捧着茶碗,眼圈又红了,"总说忙,讲不上几句就挂……她不想跟我说话。她烦我。连妈也不叫。"

老金点开那条信息,把手机放在桌上,推向她那边。

只看了一眼她就哭了。先是默默流泪,最后干脆号啕大哭。她哭了好几分钟,最后突然问他:"她有个男朋友你知道吗?"

老金摇摇头。他不知道。仔细想想,金厉娜在日本的情况,他什么都不知道。

"怎么会不知道?都谈好几年了。"她看着他,眼里的责备更多了,"李苗苗,他叫李苗苗,也是个留学生,两个人在北京读语言班的时候就认识了,算起来三年多了,你一点都不知道?"

这眼神,真叫人受不了。

"那孩子也失踪了。"顾红拿手背抹掉眼泪,"警察去他学校和住处,还查过他信用卡,李苗苗最后一次出现是在迪士尼乐园……你说,他去那儿干嘛?会不会是和咱们小娜一起去的?"

"男朋友?那肯定是一起去玩啦。"

"真希望是这样……"

"行啦,多半是虚惊一场。放心吧。"老金夹起一片鱼塞进嘴里,没嚼就咽了,"杜阳呢,他不跟着来啊。"

顾红没吭声。到了这会儿她才仔细看了看老金。他是真老了,皮肤又糙又脏,眼角的皱纹像刀刻的,鬓角也全白了,可混蛋劲一点没变。他怎么能这么没心没肺?她突然闪过一个念头:也许,女儿根本就没失踪,这都是老金安排的!他跟女儿串通好,是为了能和自己有这个机会相处。他什么心思她知道,他不说,可他想复婚。想想又不可能。老金是混蛋没错,可他干不出这事。更重要的是,就算他想,女儿也不会配合,金厉娜的脾气性格继承了他俩双份的暴躁。想到这儿,她彻底不想说话了。

老金一直低头喝闷酒,等喝到一滴不剩,他说困了,想回去睡觉。

顾红立刻结了账。

一个苍蝇在撞窗玻璃。老金听得心烦,起身开窗,让它滚蛋。

夜里一点,雨还在下,对面高楼上的霓虹灯闪得人心里发毛。老金睡不着,床太硬,他觉得饿。冰箱里有吃的,可都得花钱,他没敢动。想起街口有便利店,他穿上衣服,来到走廊。经过顾红房间时,他犹豫了一下,最后还是敲了敲门。没人应。

他正想走却听到屋里传出音乐声。他试着推一把,门开了。音乐声更大了,《呼伦贝尔大草原》把整间小屋灌满了,听得人心里发飘。

顾红趴在床上,像是睡着了。老金看着她,看她像猫一样蜷着,心里一下就潮了。他警告自己:赶紧滚!他抓起桌上的伞,转身要走。

"都是我不好。"身后传来她的声音。

老金心里一惊。他转过身,见顾红坐在床沿上,望着被风吹动的窗帘布。雨水溅进来。霓虹灯映在她脸上,一会儿红,一会儿绿。

"还有烟吗?"她问。

老金把伞放回桌上,摸摸兜,掏出烟。最后一支。他走过去递给她,帮她点上。只吸了一口她就咳起来。她把烟捏在手上,说:"娜娜刚来日本那段时间,有一天她突然给我打电话,问我能不能来看她,那是她头一回主动跟我联系,我高兴坏了,撂下手里的事第二天就赶来了,她说,"顾红望着老金,"只要咱俩愿意复合,她就回国。"

老金接过她手里的烟走到窗边。他的心在乱跳,不受控制。

"我告诉她,"顾红继续说,"你要是觉着一个人太孤单了,妈妈也可以过来陪你。她就冲我笑起来,说不需要,用不着……我忘不了她那个笑。这孩子是要记恨我一辈子吗?"她蜷起膝盖,抬头看着老金,"你说,她会不会是为了让咱俩能再见一面,才故意躲起来?"她是试探他的。

老金没反应过来。

"我越想越觉得是。"她盯着老金的眼睛,他要是撒谎,她能看出来。

老金顺她的意思想了一下,脑子顿时有些乱:"你说的有道理……你想,这也不到交学费的时候啊。"

听他这么说,顾红振奋起来,两人开始瞎分析,越琢磨越觉得事情的真相就是这样。

"我得抽根烟。"老金说完,停一下,又说,"要不还是出去吃点东西吧。"

顾红整个人都松弛下来,情绪明显好多了,她看得出来,这件事老金是真的毫不知情,女儿没有丢,她放心了。

"走了一天,脚太疼了,叫东西吃吧。"她拧开床头灯,拿起电话,"你想吃什么,烤肉?你还是喜欢吃烤肉对吧?"

就是这一下,老金产生了错觉。他想起那年夏天他带她去跳舞,在群艺馆的破舞厅他们跳了大半宿,最后她瘫在他身上。他记得他们一冲动就跑到礁石后头做爱。她的胸不大,还出了汗。他记得她当时红扑扑的脸蛋和那些胆大妄为的动作,他记得自己当时的欣喜和充实。那种感觉很难忘掉。到了秋天,他说想结婚,她特别高兴。这些事,感觉就发生在昨天。

"你还没说他为什么没来?"话一出口老金就想抽自己,他问的是杜阳。果然,听他这么一问,顾红全身又僵硬了。

"我瞒着他来的。"她垂下头。

"走吧,还是出去吃。"老金想岔开话题,不聊这个。

顾红没动。"他还是想生……"她抬起头,看着他,"你说,他是不是心里根本没我?"她的声音变得很怪,"我都多大了?我说不行咱们就领养一个,他说不,孩子必须得是自己的,还说我要能生两个一个跟他姓一个跟我姓,他说我要是打定主意不肯生,他就去找别人……这是人话吗?"

"那让他找啊!"老金气鼓鼓地说,其实有点兴奋。

音乐停了。气氛一下显得挺别扭。老金在窗口转了两圈,突然一屁股坐在床上,一把攥住顾红的脚。她吓了一跳。他什么也不说,开始给她揉脚。

"老金？"

他酒劲上了头，一家伙扑上去，开始揉她胸。

"你混蛋你！"

没等老金反应，烟灰缸就飞过来了。这一下真干得不轻，血直接淌下来，流到他眼睛里。他并不觉得疼，可手足无措完全不知该做什么，最后他终于清醒了，大步朝房门走去。

"老金，你快仰着头……"她抽出纸巾，在背后喊他。

他没回头，也没停下，这个房间他一分钟都待不下去了。

半个小时后她突然来他房间，没敲门就直接闯进来，身上裹着浴巾，头发都还湿着。老金瞟了她一眼。他已经没什么想法了。他能感觉到她正朝自己走过来，突然就火了，拔高声音说："咱俩扯平了！"

他听见她在哭，更气不打一处来，一转身，这才看清她的脸是煞白的。

他意识到，事情不像自己想的那样。

4

岛津旋转着矿泉水瓶，这是个下意识的动作。他在等死者的父母。

这个案子本来不归他管，警视厅几乎人人都有耳闻，他讨厌中国人，被强行指派说明上司并不很尊重他。年轻时，岛津曾疯狂爱上一个哈尔滨姑娘，为她跑到中国生活了两年。分手时心被伤透，可汉语学得不错。

对岛津来说，这个案子并不复杂。他去过案发现场，除了杀人动机不明，现场遗留物和杀人凶器都表明，凶手大概率是死者的男友李苗苗。警方经过调查发现，案发的第二天李苗苗向学校请了假，他没有立刻潜逃，而是去了迪士尼乐园。他在那里逗留了整整一天时间，奇怪的是，他看上去完全无所事事,先后去了米奇屋、灰姑娘城堡,最后又在西部乐园逗留了将近一小时,在射击游戏里还赢了只长毛象。他把那个玩具送给了路人。监控显示,他曾接到过一个电话,接电话时他情绪激动,猛踢垃圾桶。警方目前还没有找到这个失踪的少年。不过,对岛津来说,他的任务并不是缉拿凶手,而是安抚死者家属。

死者金厉娜,中国籍女留学生,只有十七岁。尸体是在一家叫"ALPHAIN"的情人旅馆被发现的,那里距离她和室友租住的公寓还不到一公里。死者受到暴力伤害后,被塞进房间狭小的壁橱里,登记房间的人是李苗苗。次日离开时,他预付了一周房费,并嘱咐清洁工不必打扫房间。要不是街道临时搞消防演习,恐怕至今还不会有人发现尸体。令人难过的是,女孩被塞进壁橱时,并没有死亡。

对警视厅来说最棘手的不是发生了如此骇人的命案,而是消息被泄露,关于"中国留学生奸杀日本女学生"的谣言引发了舆论的强烈震动,这起原本普通的凶杀案因此变得极为敏感。为了避免更多不必要的麻烦,上司命令岛津,务必说服受害人家长尽快以公开的方式,澄清女儿的中国人身份,所以,今天他是为此而来。

看到老金的第一眼岛津就不喜欢,他主动上前握手,对方毫无反应。

"我叫岛津,对你们的遭遇,我深表遗憾。"

他和顾红握手,然后继续看着老金,但对方还是毫无反应。

验尸官是个瘦高的女人,戴一副龟壳色眼镜,岛津一向都很害怕和她对视。她不知道来的是死者的父母,还以为是警视厅的什么人,所以一看到岛津走进停尸间就立刻打开冰柜。铁柜沿滑槽被拉出来时,声音异常刺耳。

还没看清死者的脸顾红就不行了,她不由直往后退,差点倒在地上。老金扶住她,后来干脆把她抱住。他自己也在怕——不是怕,是惶恐:

他认不出女儿了。

躺在金属板上的那个"人",脸孔浮肿,皮肤泛青,嘴唇颜色很深。他感到头皮发麻,脊柱被刺入一股恶寒。他忍着,越过顾红的肩,继续盯着那张脸。

岛津已经默数了三十个数。"看清楚了吗?"他问。

老金点点头。

"是她吗?"

老金摇头,"不是"。

所有人都重新盯着尸体。验尸官没搞清状况,还以为大家在等她说验尸结果,于是一边说一边把白布往下拉了拉。她的嗓音很难听,叫人浑身不舒服。岛津赶紧阻止她,低声和她解释来人的身份。验尸官愣了一下,低声抱怨,说要是岛津能早点提醒来人是死者亲属,她保证能让尸体看上去更好接受一些。岛津不明白为什么没人通知验尸官这些必要的细节,但他点点头,表示是自己的错。就在这时,顾红突然开始惨叫。

她简直是使出全身力气在喊——她看到了那块胎记,小孩手掌一样的红色胎记,在肩膀上。她捂着嘴跑出去。

岛津、验尸官互相对视,然后都盯着老金。

死去的女孩令人惋惜,可让岛津心里更不舒服的是,这到底是个怎样的父亲?他居然会忘记自己女儿的相貌?这时,他听到老金嘴里咕噜了句什么。

"对不起,您说什么?"

"多少刀,"老金问,"捅了多少刀?"

验尸官盯着岛津。岛津小声翻译老金的问题。验尸官的眼珠在镜片后瞪得巨大。她把岛津拉到一边,低声对他耳语。慢慢地岛津不敢再看老金,他假装瞧了瞧手表:"金先生,我还有一些很重要的文件需要您尽快签署……"

"多少?"老金面无表情,又重复了一遍。

岛津皱皱眉,他不敢回答这个问题,现在他只想尽快结束认尸这个环节,离开这里。"我们还是回警局再说吧。"他朝验尸官点点头。

验尸官立刻走上前来,想把尸体推回冰柜。但根本推不动。

老金攥着把手说:"我在问你话。"他始终盯着岛津。

岛津咽了一下唾沫,尽可能语速平缓而冷静地说:"十七,十七刀。"他又吞了下口水,"任何一刀都不是致命的,您的女儿……她是因为流血过多而死,在酒店的壁橱里……很遗憾,没人听到她呼救……"他迅速和验尸官对视一下,"大约四到五个小时之后,她才停止了呼吸。"

老金一动不动地听着。最后,他说:"让我和她单独待一会儿。"

岛津朝验尸官点点头,两人走出停尸间。一出门他就把水打开喝了,手心全是汗。顾红跪在走廊的长椅边上。岛津跑过去才发现她脸色煞白,已经没了意识。

有盏灯在闪。

老金靠近女儿,他拉下白布,认真数着那些刀口,"七、八、九……"刀口集中在下腹部,左臂和臀部也各有一处,所有刀口无一例外,全都变了色。

他拿出手机,拍下女儿的脸。他不能接受这是女儿的脸,而这,将是他对女儿最后的记忆。

顾红被送进医院。老金没有去看她。

接下来的几天老金完全不知道自己在哪儿,在干什么。他可能想把自己喝死。他整天赖在小酒馆不走,接连三天都喝到人家打烊。到了第四天,厨师终于受不了,亮出胸口的文身想把他吓走。老金醉醺醺瞧着他,咧开嘴说:"这个……"

他让厨师带自己去文身。

文身师是个长头发扎成一束的男人,弄明白来的是中国人后,一脸不屑。老金摸出手机,塞在他手里说:"这个,我要这个。"

文身师看了好一会儿才意识到照片上的是个死人。他望着老金:"你确定?"

"弄在这儿。"老金撩开衣服,指指腰间。

整整九个小时老金不吃不睡,死人一样躺着不动,酒没停。文身师不敢再小瞧他,厨师悄悄把事情的原委都告诉他了。

一开始,和老金并排躺着的是个因为癌症被切除乳房的日本女人,两边乳头都没了,文身师的妻子给她文了一副妖气弥漫的紫藤。文身师和徒弟轮流给老金刺,后来又来了个二十多岁的红发小伙,就只剩下师傅给老金做。

红发小伙整个上半身都刺满了,他要求在手背再刺一只眼睛。老金听他和那女人闲聊,三架文身针的高频音震钻进他的耳朵,慢慢地,成百张女儿的脸开始在他的面前扭曲……有半分钟,他大汗淋漓,完全失去了知觉。文身师的话把他拉回到现实。

"知道吗,"文身师慈悲地对他说,"其实,我能让她把眼睛睁开。"

老金明白他的意思,但摇了摇头:"别,别让她看到我。"

女儿的脸文在老金腰腹的左侧,一低头就能看到,现在,他再也不会忘记女儿的脸,到死她都会在他身上。

5

沈小琳猛地把手机扔在桌上。杯子撞翻了,咖啡流到腿上。她站起来,可白裙子已经弄脏了。周围人都在看他们。老金抽出纸。

"你烦不烦!"沈小琳叫起来,"该说的我都跟警察说过了。"

她夺过纸巾,吸裙子上的咖啡。已经吸不尽了。她气得满脸涨红。最后,她放弃了,重新坐下来。

"你别怕。"老金尽量温和地说,"我没有恶意。"

"我有什么好怕的?我不怕。"沈小琳看着桌上老金的手机,直到屏幕变黑,照片消失不见。她突然哭起来:"小娜是我在日本最好的朋友。和我一样,她也特别没有安全感,只有我能理解她……"

服务生又端来一杯咖啡,小声问她,需不需要帮忙。沈小琳看了老金一眼,摇摇头,让服务生走开了。

"跟我说说她男朋友的事。"老金说。

"你怎么什么都不知道?"沈小琳低头盯着裙子,叹了口气,说,"到日本之后,李苗苗去读了商科,小娜就在东大。一开始他们有好几个月没见面,后来突然有一天李苗苗来了……"她突然抬起头来,又变得很激动,"第一眼我就不喜欢他……他对小娜根本就没有爱,只有占有!他们吵架,我听见他吼过,'你是我的女人!'"

老金不明白她究竟在气什么,但感觉她的愤怒和小娜的死无关。

"他骚扰过我!"沈小琳气得满脸雀斑都在抖,"只要小娜不在,他就犯病,我跟小娜说她还替他辩解,说他是开玩笑的。根本不是好吗!他就是变态!后来,我男朋友亲眼看到他偷拍我洗澡,狠狠教训了他一顿。"她越说越激动,"我男朋友,比你还高,蒙古人,他来日本可是学击剑的,重剑,李苗苗算个屁!"

"李苗苗挨揍之后有什么反应?"

"能有什么反应?他说要找黑社会,让他们来解决问题。他说要找人强奸我!轮奸我!我才不怕呢!……可小娜是真的吓坏了,她劝李苗苗,跟他说以后他再来他们就到附近的旅馆过夜。李苗苗特得意。小娜失踪之后是我第一个跑遍了附近的所有酒店……"她又哭起来。

"李苗苗,他人在哪里?"老金压着嗓子问。

"不知道。"沈小琳擦掉眼泪,"逃回家,逃出国,去哪都有可能,反正是跑了……他家有的是钱。他是富二代,家里挺有背景的。"

"他家在哪儿?"

"不知道。"像是怕老金不信,她又说,"我真不知道。"

她知道的,但老金不想逼她。"你觉得,"老金问,"他是为什么……"他是想问李苗苗为什么杀人。

沈小琳立刻就明白了他的意思:"我猜是因为小娜想和他分手。"她端起咖啡,抿了一小口又说:"小娜想摆脱他不是一天两天了,这我都知道。"

"就因为这个?"

"你还不明白?"沈小琳猛地把身体坐直,"李苗苗根本不是人,他是神经病,是个变态!"

"会不会是别的人?"

"什么别的人?"沈小琳愣了一下,等明白过来她猛地站起来,"要是我爸半年不给我打电话,我这辈子、下辈子都不会再理他……你不信我,我们还聊什么啊?百分之百是李苗苗!"她狠狠盯着老金,继续盛气凌人地说,"警察想让你去澄清小娜的身份,跟你说,别去!有人造谣说中国留学生杀了日本女孩,日本人现在到处在搞抗议,警察都蒙圈了,你偏不要去,你得抓住这个机会给警察施压,让他们赶紧破案。中国人杀中国人,他们会管吗?"说完,她头也不回地走了。

老金又坐了十分钟,等头疼减轻到可以站起来才离开。

回酒店之前他去买了止疼药。五天五夜几乎没睡,让他精神异常恍惚,吃药让他头晕,可不吃药全身的疼痛根本无法忍受。

房间里堆着七个大纸箱,里面都是金厉娜的东西。是顾红叫人送过来的。老金给她打电话,她没接。前台告诉他顾红没有退房。老金等了她一下午。

一直到天黑她还是没回来。老金给岛津打电话,约他在酒店见面。

岛津很快就来了。

眼下岛津压力很大,上司限令他最迟明天必须说服死者的父母接受电视访问。现在岛津已经知道,上司这次对自己的种种刁难,其实是想借机把他丢到福冈县的偏远派出所去。一路上他都在酝酿该怎么说服老金,见面之后老金却直接就答应了。岛津感到很意外,但老金点上一根烟,清清嗓子,仿佛宣布一个极其重大的决定:"警察,你,你们,必须承诺一周之内抓住凶手。"

万万没想到他会提条件。

"金先生,"岛津深感为难,"作为警察,我们肯定会全力以赴,可在时间上我真的没办法向您保证……"

"嫌疑人是李苗苗。"

岛津吃了一惊,不知该怎么应对。老金的脸色变得僵硬而阴沉。

"就一周。"老金说,"答应,我就接受采访。"

岛津硬着头皮打电话向上司请示。上司果然不同意,不仅如此,还奚落了他一番。岛津最后得到的指示是,无论用什么方法,明天死者的父亲必须接受采访。上司挂了电话。岛津沉着脸走到老金面前,说:"好,他答应了。"

怕他变卦,第二天下午四点不到岛津就开车来接老金。

为了看上去精神点,老金刮了脸。镜子里的人让他吃惊,面孔浮肿,眼窝深陷,两只眼睛通红。又一夜没睡。安眠药除了让他无力和干呕,根本没什么用。

汽车行驶在雨夜的东京。雨点打在车顶上,把其他噪声都掩盖了。东京塔出现在银色的急雨里,看上去是灰茫茫的。老金又给顾红打了一次电话。占线。他把电话攥在手里。

窗外,雨水使城市破碎成五颜六色,显得很不真实。

"来东京,还习惯吗?"岛津想不出该说什么。

老金没说话,掏出烟来。岛津立刻放下车窗。和这个男人打交道,他总有一种希望自己不在场的糟糕感觉。

在电视台录完声明岛津又开车把老金送回酒店,老金一下车他也跟着下来。他朝老金走过去,伸出手说:"谢谢。"他确实感到如释重负,感谢不是装的。

"你还有六天。"老金说完,没和他握手,转身朝酒店走去。

开门的时候他听到电视开着,一进门果然看到顾红在里面。她连头发都没梳,整个人干枯得像个蜡像。

"怎么不接电话?"他拿起遥控器,关上电视。

"杜阳来了。"顾红站起身,走到窗台那边,"小娜的善后他请了专门的人来处理。"

"用不着。"老金漠不关心地说,"你要跟他走?"

"这不用你管。"

"警察那边说好了,一周内破案。"

她不想多说,又回到原来的位置,继续收拾东西。老金站在那看着她:"抓到人,我们得去见。"

"我不见。"顾红无情地说,"女儿发短信你不回,为什么不回?"后面的话,她咽了下去,说这些还有什么用。

接下来就没什么好说的了。他们各自占着房间一角整理女儿的遗物,女儿的东西多数是书和衣服,漫画非常多。顾红边收拾边流泪。老金把东西翻得乱七八糟。

"你在干什么!"顾红终于被他激怒了。

老金没说话。他在翻相册,他要找李苗苗的照片,可一张也没有。奇怪的是,也没有金厉娜在日本的照片,相册里的旧照片全是她十一岁之前的,有她在沙滩上捉螃蟹的照片,她参加夏令营和同学一起站在山顶大笑的照片,顾红给她洗头时老金偷偷拍的照片。打开最后一本相册时从里面掉出一张照片,被撕开过,变成三片,又用透明胶布粘在一起。那是三个人最后的一张合影。老金记得那天。桌上摆着蛋糕,上面点着蜡烛,一家人围坐在一起。忘了因为什么,金厉娜笑得脸变了形,他和顾红也全都乐不可支。

他把照片收在钱夹里,一抬头,看到顾红又在哭。

顾红在看女儿的日记。"哭醒了。"她念道,"爸不在家,他又出海了。他才回来三天,就又出海了。海对他就那么重要吗?那我呢?"

老金走过去夺过日记本。顾红愣了一下,突然开始打他,用巴掌打,打他的脸,他的肩膀,他的手臂。"都怪你!"顾红撕心裂肺地喊,"都怪你!都怪你……"

她只是重复着这句话。老金任她打着,根本感觉不到疼。

"把女儿还我!还给我……"她哭得不像个人。

老金闭上眼睛。他希望她不要停,可她突然住了手。

"滚!"

他从房间出去,走到大街上,冲进小酒馆,一瓶一瓶灌自己酒。

6

第二天中午,杜阳来接顾红。

老金听到两人在隔壁争吵,他们中一定是有人摔了东西。他忍住没动。过了一会儿,有人来敲门,他也没吭声。门缝下塞进一个信封。他走过去,捡起来。里面是钱。

他走到窗边,等着,想再看顾红一眼。这时又有人敲门,他立刻跑去开门,却不是顾红,是沈小琳,身后还站着个魁梧的男孩。

"你为什么接受采访?你答应过我。"沈小琳很生气,对老金很不客气,"你一接受采访,我们就被房东赶出来了。"

"这是排华行为!"那男朋友上前一步,"金叔叔,这件事你要拿出气魄来,和我们一起去向当局施压,抗议这种排华行为。你等一下,我录个视频,你就照实说,说是他们逼你的,我会把视频传到网上,会有很多人支持我们……"他掏出手机。

"滚蛋!"老金要关门。

男朋友上前一步,"凭什么把我们赶出来?还不就因为我们是中国人……金叔叔,你被骗了!你被警察耍了。李苗苗早就跑回国了!"

老金把两人推出去,用力关上房门。

他很想揍人,可他不能对孩子动手。

他得找岛津。

警视厅大门口,老金被警卫拦下。十几个全副武装、荷枪实弹的特警手持盾牌向他跑来,他们经过他,穿过围栏,和从另一个方向来的队伍集结在一起。那个拦下他的警卫用力挥动手臂,朝隔离带外围观的人群一指,意思是让老金过去。

老金朝人群走,一边给岛津打电话。岛津立刻就接了,但语气很生硬,他让老金在街边的花坛等他。几分钟后,他来了,脸色相当难看。

"怎么找到这里来了?"

"李苗苗人呢?"

岛津吃了一惊,他不明白消息是怎么走漏的。"金先生,请你冷静,你可以留下来等消息,也可以选择先回国,我们会安排……"

老金扭头就走,朝着远处的电视台转播车走去。

"你要干什么?"岛津追上他。

"你们骗了我,"老金脚步不停,"我必须抗议。"

有两个记者已经注意到他们,在朝这边张望。岛津面色土灰,他拉住老金。"李苗苗不在日本。"他压低声说,"出境记录显示,前天下午他已经乘飞机回了中国,目的地是大连。"

老金甩开他的手,逼近他:"你再说一遍。"

"对不起……"

"他是个通缉犯。"

"对不起。"岛津试着把他拉到一边,"我的任务不是缉拿凶手,我是专门处理公关危机的。"

"你什么意思?你他妈到底什么意思!"

"警方从来没有正式通缉李苗苗,我很抱歉……"

老金狠狠给了他一拳。远处,人群突然传来一片惊呼,扮演歹徒的三个警察试图开车冲击警视厅,车胎被击中,汽车撞在大门前的隔离墩上,早已待命的特警迅速包围并制服了三个"歹徒"。

岛津捂着脸说:"我也想知道这是为什么。"

岛津请老金喝酒,他把这当成正式道歉。

老金咬开二锅头:"尝尝中国酒。"岛津用舌尖舔一下红肿的牙龈,点点头。老金一口闷了自己的酒:"岛津,我要向你请教一件事。"

"请讲。"

"我想杀死李苗苗。"

岛津并不吃惊,这种情况不罕见,这种反应,几乎是最正常的。他看着老金,用充满信心的语气说:"警视厅有协作部门会把资料传到中国,金先生,请你放心,中国警方一定会很快抓住他。"

"很快?"老金摇摇头,"不,你不懂。"

岛津沉吟一下:"也不是完全不懂。可是,杀了他并不能救回你的女儿,你因为杀他而堕落,你也会受到惩罚。"

"我觉得我在乎这个?"

"你……还可以跟妻子再生育一个孩子。"

老金瞪他一眼。接着,他试着放松下来:"你是北海道人,我能听出你的口音。"

岛津点点头:"我的父亲,还有我的爷爷,他们也都是渔民。"他抢过酒瓶,给老金倒酒:"你可能不相信,我也有个女儿,今年才十岁。"

老金把酒干了:"正是最黏人的时候。"

"一点也不黏我,好像更喜欢她妈妈。"岛津苦笑。老金又要倒酒,岛津握住酒瓶说:"有件事我不懂,为什么你们中国人喜欢把孩子送到国外去……他们还那么小。"

老金愣了一下:"你不懂。"

"为了更好的教育?可是,孩子应该在家人身边长大,那不是更重要吗?"

"我说了,你不懂。"老金夺过酒瓶。

"我确实不懂,但无论如何……请不要做出杀人这种愚蠢的事。"

老金盯住他的双眼:"你就告诉我一件事,是不是他干的,李苗苗干的。"

"他是嫌疑人,唯一的嫌疑人。"岛津停了一下,又说,"但是,只要他再踏上日本,没人能阻止他被审判……日本仍然有死刑。"

"帮我搞张李苗苗的照片。"老金低沉地说,"这是你欠我的。"

岛津看着他,一字一顿地说:"别这么想,也别这么干。"

刚醒来那一下,老金觉得自己一定是被活埋了。他搞不清自己是在哪儿。浑身发烫。这是七天来他第一次睡着,睡得很沉,可时间并不长,可能半小时,最多一个小时。四周漆黑一片,他动弹不得,胳膊被身体压住,呼吸困难。他费了很大劲才抽出手,摸到打火机。火石擦亮的刹那,他想起来了:这是那家酒店的壁橱。

几个小时前他和岛津都醉了,两人跑到街边呕吐。吐完,他让岛津带自己去金厉娜被杀的那家酒店,岛津可能并不知道自己在做什么,居然真带他去了。下车时他已经不省人事,却仍紧紧抓住老金的手不放,激动地说:"杀了人,你就不是你了……记住我说的,你不是你,你就没有了。"

老金把他塞回车里,拍拍车顶,让司机把车开走。他抬起头,看了看酒店的霓虹招牌,踉踉跄跄走进去。一路摸索,他找到门口封着警戒线的405房间。一个女服务员跑来问他有什么需要,老金没理她,直接扑上去撕开封条。门上着锁,他用脚踹,用肩膀撞。女服务员吓跑了。不久,她带来酒店的夜班经理。经理让她打开隔壁房间,把这个醉汉扔进去,等警察来处置。

老金在地板上趴着。他不懂这里为什么看上去那么古怪,像刑房,床和沙发,都像是刑具,没有一丝温暖。后来他终于发现了壁橱,就开始往里爬。

他拿头撞墙，也许是想穿墙而过。在模模糊糊的意识里他告诉自己，这堵墙的后头，就是女儿被杀的地方。也许是酒，也许是因为做出了杀人的决定，他终于能踏踏实实入睡。

打火机照亮壁橱的那一刻，他痛不欲生。

爬出壁橱，他再次环顾整个房间。他看到巨大的浮世绘屏风，想起岛津曾说，这里其实是一家SM主题的情人旅馆。周围的陈设让他恍惚，又再一次让他感觉到，自己对女儿其实一无所知。他瘫坐在地上发呆，过了很久，他搬来一把凳子，扯下窗帘绳，打个水手结挂在吊灯上。他踩上凳子，将绳索套在脖子上，用力蹬翻了凳子。完成这一连串动作他没有丝毫犹豫，像是已经过无数次排练。原来，上吊的感觉是这样的，天花板越来越高，越退越远……他全身的血也在顺着每条细窄的道路远离他，退到无路可退。

遥远的地方，传来吊灯的断裂声。

老金轰然坠地。

他躺在地上，大口吸气，然后拼命咳起来。不知过了多久，他打开房门，来到走廊上。走廊的尽头有台自动售货机，他走过去，投下硬币，用力拍了一下可口可乐，然后瘫坐在地上。

机器吞了硬币，没有吐出任何东西。

他把额头顶在玻璃窗上，盯着里面花花绿绿的饮料罐。那个女服务员不知什么时候来到他背后，她弯下腰，拔掉插销又重新插上。售货机重新运作起来，"哐啷"一声，可乐掉下来。她取出可乐，放在老金手上。

老金坐在地上，抱着那罐冰凉的可乐。眼泪终于流了下来。完全不受控制。但他感觉不到泪水，也听不到自己的哭声。

当天下午他就买了去大连的机票。

他让酒店帮忙叫了车。当他走出大堂,紫发前台突然追上来说:"先生,有您的信。"她向他鞠躬,转身回去了。他上了车才撕开信封。

一张照片掉出来。

先看到的是背面一个地址。他把照片翻过来,是个男孩。

盯着那张脸,他足足看了五分钟,直到确信已经把这张脸牢牢刻在脑袋里。

他知道,李苗苗已经不在东京,可在去往机场的这一路上,他却不由自主地搜索着街上的每一张脸。

7

别墅区大门很低调,水泥的。看上去像那种老派的部队疗养院。保安正在换岗,富有仪式感的动作让他们看上去像受过训练的士兵,但制服相当不合体。

"进去吗?"司机问着,减慢了车速。

"不进。继续走。"老金向前俯下身,好把别在后腰缠着布的刀抽出来。他看了司机一眼,把刀塞进长裤侧边的口袋,拉上拉链。他抬起头,盯着公路左边的树林。过了一会儿,他说:"道边停。"

出租车离开后他在路边又站了一会儿,等四周看不到任何人和车辆,才穿过马路,钻进树林。

沿着长满松树的土坡,他朝山顶走去。

几分钟后,林带尽头出现一道围墙。墙很高,墙头拉着向外倾斜的几道金属丝,看上去像电网。他四周看看,来到墙下,听里面的动静。他折断一截树枝扔上墙头,测试电网。这种东西通常只是摆设。果然,电网毫无反应。他不放心,想再试一下,就挑了根更大更粗的树枝,正要折断,却猛然发现山坡下面一个人影穿过林地,正朝这边跑。是个身材魁梧的男人,奔跑的体态却十分轻盈,身穿深色运动衣,而非保安制服。他立刻意识到,自己绝对跑不过体能如此优秀的人,于是迅速脱掉外套缠在手上,爬上围墙。攀上去之后,又迅速朝后看了一眼。追过来的家伙正在使用对讲机,发现老金回头,立刻指着他大喊:"操你妈下来!"

老金没理他,从墙头一跃而下,顺势在草地上向前翻滚。右脚传来剧痛。疼痛持续不断。他试着动了动脚踝,觉得伤得不轻。他爬起来,朝前走了两三步,感觉右腿在抽筋。他单脚跳到一棵松树下,扶住树干,将右脚慢慢落在沙土上,然后弯腰用力掐着小腿。墙那边的男人在对他喊着什么,好像是想让他知道,要是被他抓住他就死定了。

山坡下有栋房子,老金一瘸一拐朝它跑去。冲下青草坡时,他张开双臂避免跌倒,然后穿过一小片白桦林,越过低矮的尖桩栅栏,继续奔过几棵苹果树,跑到屋后。他倒在湿润的草地上,不住喘着粗气。他强迫自己把注意力放在呼吸上,同时侧耳倾听。

什么也听不到。

他从口袋里掏出一张纸,是用铅笔画的地图,很潦草,上面标注着钟楼、喷泉、高尔夫球场、警卫室……在一个黑色星号标记的上方,写着阿拉伯数字:68。

小白楼,俄式建筑,他嘴里喃喃重复,收起纸片。

这时候他觉得脚没那么疼了,于是爬起来,沿小径走到一个高处。他朝山坡下望去,最先看到的是钟楼,然后是一大片绿草如茵的空地,高尔夫球场。他在满眼绿色中寻找着白色建筑,没有看到,但大致掌握了方位。他朝山下跑去。

五分钟后,他找到了68号别墅。

灰色大门紧闭。他飞快朝四周看了看,然后离开前门,绕到屋子后面。站在灌木丛的阴影中,他观察里面的动静。后院很大,中央有个游泳池,泳池一侧是修剪过的草坪,西南角有个凉亭,也是俄式的,里头坐着一个中年妇女,正在给怀里的婴儿喂奶。草坪上摆着一张小圆桌,一个戴白色遮阳帽的年轻女人坐在桌前,写着毛笔字。不出意外,他想,这应该是武薇薇,李苗苗的后妈。弄清李家的情况并不难,李苗苗的父亲李烈是本地小有名气的房地产商,李苗苗是他和前妻景岚所生,据说他当初发迹靠的就是前妻。离婚后,景岚嫁给一个老外,移民去了慕尼黑。

看着这个院子,看着这里表面上的一派祥和,老金有种非常不好的感觉:李苗苗——可能不在这儿。

二楼窗口处,窗帘忽然动了一下。

老金有些恍惚,不确定自己是不是真看到它在动。可它又动了一下。那道阴影的后面很像站着个人。老金推开铁门,走进院子。他用眼角余光看到那个女人站了起来,他没有停,继续朝屋子走。

"哎,"女人冲他喊,"哎!你谁呀。"

老金加快速度,几步踏上台阶。

"聋啦?"女人撂下毛笔,"有狗!"

老金已经走到门前,正要推,一条狗猛窜过来。是他没见过的品种,白色有花纹,胖得离奇,披着一身纠结的毛。两只眼睛湿漉漉的。它盯着他,黑色的嘴慢慢张开,露出舌头上褐色的斑块,发出呜呜声。紧接着第二只狗也冲过来,对他发出威胁的低声猜叫,但没有发动袭击。

女人喊了一句,两只狗立刻向后退了几步。

"没事吧你?"女人朝这边走来,"我不说了嘛,有狗。"她咯咯咯笑起来。

035

老金看着她:"武薇薇?"女人明显愣了一下。老金知道是她没错了,于是转过身,一脚踹开面前的门,直奔二楼。

窗帘在动不是因为后面藏着人,是落地扇在吹。这里是间婴儿房。他离开这间屋子,开始挨个房间搜索。先把二楼搜了一遍,然后上到三楼。没错,这就是李苗苗的家,走廊墙上有张全家福,不是照片,是油画,李苗苗站在一个坐着的男人和武薇薇的身后。

搜索三楼主卧的时候,透过窗户,老金看到几个保安跑过来。两只狗兴奋地冲上去跟他们对峙,不住吠叫。婴儿在啼哭,阿姨在喊:"报警啊!作孽啊!"

三楼也没人。老金加快速度,来到一楼。

保安全部退到院子外面。那个黑衣人也赶到了,他喊武薇薇,让她先把狗控制住。武薇薇还在笑,笑得要岔了气:"你们呐,大白天让进了坏人,你们呐。"

一楼也没人。有扇门老金打不开。楼梯口通向地下室的门,上着锁。他用力踹了几脚,又用肩膀去撞。门纹丝不动。

这时他突然意识到狗不叫了。他迅速走到前门,透过猫眼看了看外面,然后走到窗口,拨开窗帘。接着他回到前门,打开它,瘸着腿穿过走廊,冲下石头台阶,到了外面的停车场。他穿过停车场,溜进树林,朝路标指示的地库方向跑去。

几分钟后,当他从车库入口逆向跑出别墅区的时候,两辆警车闪着警灯,从山路上呼啸而过。

坐在大排档的遮阳伞下,老金用一把冰棍敷着脚踝。他在等天黑。

脑子里全是那扇红色的门。当时就该不顾一切,把它撞开。他相信,李烈一定会设法把警察打发走,唯一需要担心的是他会把李苗苗转移到别处,如果李苗苗跑到国外去,事情就难办了。要是凶手真逃到国外,他也不会放弃,但该怎么做,他不知道。

傍晚时分,大排档热闹起来,来的都是附近技校的学生,三五成群。他们在聊的东西老金听不懂,只觉恍如隔世。女儿上小学的时候有一回偷拿顾红的钱,后来才知道,是她弄丢了一本漫画书,租来的,书店让赔一百块钱。过了很久老金才意识到,那本书是让他自己给弄掉的,后来他在船上找到它,前前后后翻了两遍,愣没看懂。

看他一个人占着一整张桌,一个女学生走过来。

"这儿有人吗?"

老金抬头一看,浑身一激灵,女学生穿着红蓝相间的篮球背心。金厉娜有件一模一样的。"有人吗?"女学生又问,语气挺冲。

老金点点头,又摇摇头。女学生俏皮地翻个白眼,旁边几个男孩都捧场地哄笑。女学生弯腰想把板凳抽走,老金一脚踩住。女学生吓了一跳。

"有病啊!"

老金也不知道自己想干什么。男孩们冲过来,他们揪住他,推推搡搡。老金并不抵挡,眼睛始终盯着那个女学生。男孩们被激怒了,开始骂骂咧咧。女学生拽了这个又拽那个,费了好大劲才把他们都拉开,可她发现老金还一劲盯着自己,也恼了。

"看什么看,老变态!"

"智障吧。"

"智障喔。"

孩子们全都笑起来。老金被推倒在地,他爬起来,抽出硌在背后的东西。那群孩子都瞧着他,看到他把蒸笼布展开,露出沾着血的一把长刀。

"我操!"那群小子集体往后闪。

等天完全黑透,老金又来到别墅区。

他仍然选择翻墙进入,却差点被电死。"砰"一团火,他猛地向后摔倒在墙下的树沟里,完全是靠着本能,他从乱蓬蓬的茅草丛翻滚过去,停下来,趴在那里。

他昏了过去,差不多一个小时后才醒过来。醒来时,他发现自己嘴里灌满沙土,眼睛里也进了沙土,身体好像失去重量。他爬起来,一瘸一拐走到草坪那儿。他发现一根塑料水管,在附近找到开关,拧开它,用水冲洗眼睛,又洗了洗脸。他抖掉衣服上的脏东西,重新穿上,扣好纽扣,站起来。一辆卡车突突响着从山坡下的公路开过去。他静静等着,直到声音再也听不见。他从兜里摸出一颗糖,看了看,放进嘴里。

他沿公路一瘸一拐走着,一直走到别墅区的正门,告诉保安他要找谁。

保安上下打量他,最终还是接通了对讲。老金仰起脸来,盯着摄像头,一动不动,心里默默数着数。要是数到十还没动静,他必须走。

"让他进来。"一个男人的声音说。

受伤的狗遍体鳞伤,虚弱不堪。

李烈用毯子裹着它,双手在药箱子里翻找,想喂它稳定剂和电解质之类的东西,但它嘴巴紧闭,不肯就范,直到李烈用针刺进它后腰,把注射液推进去,它才睁开眼睛。

接着是另一条狗,它在游泳池里来回扑腾,边上站着三个保镖。李烈一边将鲜红的牛排抛向它,一边举手冲老金打了个招呼,样子就像看到一个老熟人。

"都胖成什么样了！"李烈从游泳池撩起水来洗手，"再游二十分钟，上来你们盯着，绕花园跑圈，五十圈，不够数不准喂。"

李烈再次冲老金挥挥手，招呼他进屋。

进入书房之前，老金又朝那道暗红色的门看了一眼。李烈看到了，没说话。书房在一楼的南侧，三面墙全是顶到天花板的书架，其中一半是书，一册册摆放整齐，另一半看上去是古董。落地窗前铺着一张北极熊皮，头颅完整，眼珠是对黑玻璃球。

李烈拿起遥控器。窗帘徐徐关闭。"来点吗？"他从酒柜里取出一瓶酒，"跑船的肯定能喝点吧，我这伏特加不错。"

老金还在看那头熊。

"红的？"

"啤的？"

"可乐？"

李烈一样一样拿起来问。老金转过身，看着他说："我不是来喝酒的。"

"放松点，老金。"李烈笑了笑，笑声太响了，"我可以告诉你一些事情，你知道了一定会有用。你女儿，她来过我家。"

老金面无表情，也不说话。

"她很不错。"李烈接着说，"知道吗？两个孩子，他们本来是想一毕业就结婚的，他们……"

"你在撒谎。"老金打断他。

"不。我说的都是真的。"李烈微微叹息一声，"谁能想到，谁能想到会发生这种事，太冲动了……"

老金抑制着愤怒和恶心："你儿子，人在哪儿？"

"小点声，"李烈指指头顶的天花板，"我闺女睡了。哄她睡着可不容易,她醒了咱就没法聊了。"他转过身,打开玻璃柜门,取出一件青花瓷瓶,"事情已经发生了,很倒霉地已经发生了,你该多为自己想想。"他把瓷器放在桌子上,慢慢向老金推过来,"我最珍爱的一件藏品,宋代的。我希望你能收下。"

"死人的东西我不碰。"老金从背后摸出刀,放在桌上,"我要你儿子。"

李烈盯着那把刀说:"老金啊老金,你就这么看不起我吗?你拎着这把破刀,闯到我家,吓哭我女儿,吓坏我老婆,我有说什么吗?我拿出最大的诚意,想和你解决问题,你就只想着杀人,这是解决问题的态度吗?"

"我知道你这种人。"

"是吗?我对你倒没什么了解。"李烈拿起那把刀,掂了掂分量,"可我知道,你天生不是干这种事情的料。你觉得你是,可你并不是。"

"我不可能跟你做买卖。"

"买卖?不。"李烈摇摇头,坐下来,"这可不是什么买卖。"他倾身向前,双臂放在桌上,十指交叉,又摇了摇头说:"我说的话你没认真听。"

"你说的是屁话。"

"操,你是不是还想杀了我?你以为我把他藏在地下室?行。"李烈拉开书桌抽屉,取出钥匙扔在桌上。老金抓起钥匙,然后是刀。

"对,别忘带上这个。"李烈说。

地下室非常大,空气里有浓郁的酒窖的木香,还有种很怪异的宁静。一走进去,幽暗的壁灯就自动开启,照亮那些用来存放红酒的木架的轮廓。这些酒架看上去历史悠久,后面摆着一排大木桶。老金敲了敲其中一个。回声沉闷。又走到第二个木桶前,正要敲,突然感觉身后一阵寒意袭来。他转过身,发现一双眼睛正盯着自己。

是鲨鱼。有两米长。巨大的鱼缸镶嵌在墙上。

李苗苗不可能在这儿,但他还是仔细检查了每个木桶,查看了每一面墙壁。之后,他离开地下室,回到书房,把钥匙扔在桌上。

"怎么说?"李烈朝椅背上靠了靠,看着他。

"你说吧。"

"我满足了你的要求,是不是轮到你也让一步?"

"你把他藏起来也没用。"老金朝前一步,"我迟早会找到他。"

"刚才坐在这儿,我在想,"李烈说,"我真的是设身处地去想了,如果我是你,我会怎么做,会不会也像你一样这么不理智?我发现,我不会。我猜你还是不明白,那我就再说一遍。你以为,杀人可以解决问题,可以解决掉你心里的难受,你可能会想,自己可以跑掉,可以改名换姓,好让生活从头再来,然后,某天早上你醒过来,看着头顶的天花板,开始琢磨:妈的我是个杀人犯啊!这就是你想要的?冷静点老金,认真考虑一下我的建议。"他站起来,又重新拿起那件瓷器,"少说也值七百万,还在增值,叫你拿着你就拿着。我这是在想法帮你,明白吗?"

"让你儿子来跟我说。"

"你不止是在给自己找麻烦……"李烈皱起眉头,摆弄着那只瓷瓶,"非得这么冲动吗?就没有一点回旋的余地?"

老金笑了笑。李烈点点头,站起来。他双手捧着那件瓷瓶,突然猛砸向自己的脑袋。第一下没碎,他眼睛都没眨又来了一下。这回碎了,血跟着就淌下来。

"怎么样?"

"你是你,他是他。"

"你女儿已经死了……"李烈双手扶住书桌,"可我儿子还活着,不管他干了什么,那毕竟是我儿子,我只有这一个儿子,道理就这么简单。"

他抓过桌上的座机,看着老金说:"这是最后的机会。"

老金摇摇头。

李烈按下号码。在等待接通的时候他看着老金,又摇了摇头,接着突然说:"对,是我……那个人又来了。他有刀!你们最好快……"他猛地挂断电话,这才掏出手绢,捂住脑袋。看着满地碎瓷片,他很不痛快地盯着老金说:"知道吗,这可不是赝品。"

8

老金抬头看通缉令。

名字没错:金陨石。

照片清晰,是八仙别墅门前的监控截图:他歪着脑袋,头发凌乱。

罪名是:入室抢劫伤人。

沿着老锅炉厂的砖墙他一直朝东走。没有太阳。大街上湿漉漉的。不久,红日突然跃出城市天际线,在他面前不住地搏动,充满恶意。在小运河边上,他遇到个给人理发的老头。他让老人帮他把头发尽可能剃短。他在椅子上坐下,看了一会儿河里的黑水。又闭上眼睛,思考接下来该怎么做。通缉令没吓到他,相反,他踏实了——李烈把动静搞这么大,恰恰说明,李苗苗人还在大连。

必须盯紧武薇薇,盯紧她就能找到李烈,盯住李烈,迟早能挖出李苗苗。武薇薇的车是辆显眼的红色宝马,好认。不过现在老金的身份是逃犯,一切必须更谨慎。

他雇了辆黑车,守在别墅区进市区的必经之路上。第二天下午,武薇薇开车离开别墅,他一路跟着,来到一家医院。李烈果然在这儿,就住在特护楼三楼最靠西的单间里。

老金弄了床棉被,在特护楼对面普通住院部三楼的走廊上打了个地铺,和十来个陪床的病人家属挤在一起。这地方不错,只要对方不拉窗帘,从这儿就能看到李烈在病房里的一举一动。唯一需要担心的是时间,他必须掌握主动。

一开始来探望李烈的人很多,有人东西放下就走,只有极个别的李烈才会亲自接待。没过多久,他突然谢绝了所有来访,因为护士长冲他发了通火。是老金干的。李烈隔壁住着一个军区副司令,割阑尾。老金摸清情况,找到护士长,投诉说隔壁烟抽得太凶,非探视时间访客又多,打扰了首长休息。这一来,再来的访客就是李烈没法不拒绝的人。

不久之后的一天中午,一个女人来看李烈。他们在屋里激烈争吵,武薇薇突然进了门。女人看到她,起身就走。武薇薇追出来,一直追到停车场。老金看到女人并没和武薇薇过多纠缠,直接上了辆路虎,扬长而去。

老金记下车牌,然后在医院门口的登记簿上搞到了名字:景岚。

第二天下午路虎又来了。老金看到景岚和李烈又在病房里吵,比之前更凶。这次景岚离开,他拦了辆车跟上去。景岚一直把车开出了城,往丹东方向去。路过一个临时检查站,两个交警,四个持枪特警,每辆车都检查得非常仔细。老金只好叫司机掉头。

她肯定会再来。她有事必须和李烈当面谈,很重要的事,一件让两人都十分头疼的事。老金意识到,当务之急是自己得先弄辆车。

想来想去,能帮忙的人只有顾红。

从日本回来之后,顾红不出门,每天把自己反锁在房间里,抄写经书。家越来越像个潮湿不见光的洞穴,她躲在里面,试着去接受佛所说的那个往生世界。她逐字逐句阅读经文,寻找前人对命运之痛所做的超脱解释。有时她会突然感到一阵释然,但多数时候无效。她开始彻夜失眠,伴随越来越严重的耳鸣和掉发,眼睛也因为哭太多而不得不每半小时滴一次眼药水。

杜阳从不过问这一天天她是怎么度过的,直到那天他把一张通缉令拿回家,放在她面前的桌上。"李烈这人,真让人摸不清。"他像是自言自语,"还有老金,他怎么会去入室抢劫?他是去杀人的!他想杀了李苗苗,对不对?"

顾红拿起通缉令,仔细看着。

照片上的脸看着好陌生。她从没想过,有一天老金的脸会被印在这样一张纸上。杜阳说得没错,老金是来杀人的。第二天警察就上门了,他们想让顾红回答几个问题。她什么也不肯说,转而问了警察一个问题:"你们什么时候才能抓住李苗苗?"警察解释说他们正在对李苗苗进行调查,但暂时还没找到他人。警察走了之后,顾红觉得非出门透透气不可,于是便开车上山。

一开始她心神不定,漫无目的,最后不知不觉竟开到了八仙别墅。她在路边熄火,盯着别墅区大门。一想到杀害女儿的凶手此刻很可能就躲在里面的某处,她浑身颤抖。她忍不住给老金打电话,这才发现,他的手机已经停机。

一个保安走过来,敲敲车窗,告诉她这里不能停车。

下山时,她开得很慢。等回到家天已经黑了。她走进厨房,把水壶放在炉灶上,然后坐在厨房的桌子旁边。她从来没有想哭的感觉,此刻却泪流不止。她把脸埋进抱在一起的胳膊上。

当她走上楼,打开书房灯的时候,杜阳正坐在写字桌旁等着她。她站在门口,手从墙上的电灯开关那儿缓缓落下。他动都没动一下。

"我一直没告诉你,"他说,"我有笔款,需要李烈出面。不是小数目。"

她看着他,没说话,转身回了自己房间。

夜里十一点多,手机突然响,是个陌生号码,她想都没想就接起来。电话那头声音很嘈杂,听上去像个夜市,老金声音很突兀。

"你怎么样?"

"能怎么样。"她说,"警察来找过我。我还以为你死了。"

"你跟他们说什么?"

"我能和他们说什么!"

"他们可能会骗你说出点什么。"

"你受伤了,是不是?我从你的声音能听出来,你没事吧?"

"听我说,我需要弄辆车。"

她好久没吭声。最后,她说:"我的可以借你。"

"动物园南门,明天早上七点。"

他语气很坚定,这让她觉得他要挂电话了。"等一下。"她说,却不知还能说什么。"小心点。"她刚开口,电话那头已经断了。

动物园南门正对海鲜市场,通常早上六七点这里就已经相当热闹。

顾红提前十五分钟就在动物园门口停好车,攥着手机,等老金出现。街对面市场的入口处,老金就站在早点摊旁边,他把目光停在跟着顾红停下的那辆黑色吉普车上。车里坐着四个男人。他觉得那是警察。

不久,街的另一头又来了辆桑塔纳,上面也有几个男人。

老金转身走进一家卖熟食的店铺。他侧身站在门里,给顾红发信息:下车,到对面买早点,然后回家。

隔着橱窗,老金盯着吉普车。

顾红很有默契地什么也没问。不久,她下了车,穿过马路,就照他说

045

的,在早点摊买油条和豆浆。吉普车上下来三个人,假装若无其事地穿过马路。顾红接过早点,往回走,那几个人也跟着掉头。老金立刻把手机拆开,扔进垃圾桶。他步入人群,朝市场的深处走去。

桑塔纳上坐着个人,戴震,市局缉毒大队的副队长,两天前才突然被调来查这起入室抢劫案。他手头有自己更重要的案子要办,对领导这个安排心里很不爽,但还是很快进入了案情。看到顾红下车是去买早点,他直觉不对劲。他让吉普车继续跟紧她,桑塔纳绕到市场后门,准备堵截嫌疑人。他下了车,走入市场。

他已经牢牢记住金陨石的脸,但老金偷了辆摩托车,和他擦身而过的时候戴着头盔。戴震在市场里搜寻了两圈,没发现目标。他打电话给杜阳,告诉他,行动可能暴露了。

通知警察的人不是顾红,是杜阳。

杜阳窃听顾红的电话已经整整两年了。两年前,教育学院一个颇有风度的海归副教授突然疯狂追求顾红,顾红受到点惊吓,明确拒绝了他,可对方不肯放弃。杜阳知道后,没去找那个男人,反而开始窃听顾红,并很快对窃听上了瘾。昨天晚上,听到老金打来的电话他立刻就报了警。戴震让他不要惊动顾红。

顾红到家的时候他已经想好对策,这事是瞒不住的,不如先占个主动。他告诉顾红,他报警是为了保护她。

"我是为你考虑。"他抓起一根油条,塞进嘴里嚼,"你把车给他,已经犯了包庇罪,你成了同案犯,这是要坐牢的。你想过监狱什么样吗?他要杀了人,你的麻烦就更大。不只是你。"

顾红一动不动地看着他说:"你什么时候开始监视我的?"

"你是我老婆,你我是守法夫妻,他跟我们不一样,他是个通缉犯,一个亡命徒,你不觉得他已经丧失理智了吗……"

"我不觉得,"顾红打断他,"我只知道,李烈的儿子杀了我女儿,而他是我女儿的父亲……"

杜阳将油条丢向顾红,像丢出一根坚硬粗壮的粪便。

顾红一点也没有吃惊,看着他,什么也不再说了。她的这种异乎寻常的冷静彻底激怒了杜阳,他冲进她房间,从床底下拽出箱子,把金厉娜的日记本全倒在地上。

"孩子没了就不活了吗?"他气急败坏地说,"咱们还会有新的孩子!活着就有希望!"

"我绝经了。"顾红说。

9

老金被梦惊醒。他环顾四周然后看了看表,才凌晨四点半。

一道圆环飞快掠过天花板,消失了。是手电筒的光柱。等保安离开,老金起身,走到那边的窗口。对面李烈的病房窗帘紧闭。他看了看下面的停车场,又向公路和公路上的路灯望了一会儿。

经过楼道里横七竖八躺着的那些家属,他走去厕所。看着镜子里的自己,他吞下几片止疼药。他现在喜欢上了嚼止疼片,这东西能让他麻木,能让他一次只琢磨一件事。他打开水龙头,用冷水洗了脸,突然想起那个梦——

他在追赶的人应该是李苗苗,一直追进死胡同,那小子突然站住,主动举起双手,慢慢转过身,但他戴着一副惨白的面具。他在面具下笑,笑声像武薇薇。他摘下面具,露出的却是那个警察的脸。警察掏出枪,命令老金跪下。老金对警察说,你抓错人了,你应该去抓李苗苗。警察说,我要抓的就是你,说完就开枪。子弹射入胸口,老金感到猛一下锐利地刺入,身体突然破裂,碎开变成一堆瓷片。

走廊传来脚步声。一个男人走进来,站在小便池前撒尿,打着哈欠,看着他。

老金想起那辆摩托车,心里突然很不踏实。他飞快下楼,在车棚发动摩托车,离开了医院。他在附近一个加油站加满油,然后去医院对面的棚户区把车藏好。

这时天就已经亮了。他离开胡同。

早点摊上有人和他打招呼,一个戴眼镜的男人。他知道那是个四平人,父亲得了直肠癌,天天骂护士出气。走近才看清那些家属全围坐在早点摊上,情绪都很激动。眼镜告诉他,刚才来了群保安,不光把大伙轰出来还说医院走廊以后也不让待了,大家准备一上班就去找院长,要求维权。他让老金也加入。

医院门口站着两个黑夹克,正朝这边看。老金背转身,坐下来。

看来医院已经成了警察重点蹲守的地方,要不是被那个梦惊醒,他很可能已经被抓。他应该走,可不甘心,今天他有极强的预感,景岚会来。

上午九点,这群人准备动身去找院长。眼镜自告奋勇做代表,指明要老金和他打头阵。老金借口肚子疼,钻进路边的网吧。眼镜大骂他是软蛋。老金看到,这群人气势汹汹往医院去,在大门口被六七个保安拦住。眼镜第一个先动了手,打飞一个保安的帽子,双方吵起来。老金紧盯着那两个便衣。便衣没动。就在这时,路虎出现了。

老金跑到摩托车那儿,戴上头盔,把车开到路口,等景岚出来。

半小时后,路虎从医院开出来。这时门口的骚乱已经扩大,110也来了。老金踩着摩托车,一看路虎分出人群,就果断跟上去。

出城之后景岚没有走高速,老金猜她可能会进山。果然,不久路虎突然拐下大路,朝林场的方向开去。道边一块牌子上写着:豹岭二十五公里。

十公里后,摩托车没油了。

老金下了车,望着空荡荡的山区公路。他掏出手机,查看地图。一个比较好的情况是,这条路是进出林场的唯一道路。他把摩托车推到路边,藏在灌木丛里,然后沿着那条路一口气跑下去。十五分钟后,他来到一个荒废的度假村。路虎踪迹全无。

他站在那里想了一下,觉得除了继续沿这条路追下去,没有别的选择。一小时后,他估计自己跑了十五公里,身上都被汗湿透了。路越来越窄,树越来越多。他开始感到灰心,但并没有停下,又继续往前跑。拐过一道山弯,在河湾边的木屋前他终于看到那辆车。靠在树干上,他呼哧直喘,感觉心脏像是要炸了。

要来真的了。他摸出折叠刀。那把长刀他扔了,折叠刀是新买的。他还是选择了刀。杀李苗苗,必须得用刀。

下车之前景岚突然很想抽根烟。

第一口她就咳嗽起来。她感觉不只是咽喉,而是浑身上下都被什么东西堵住了,为什么你会有这样一段婚姻?为什么你会生出这么一个孩子?

这些问题使她难以安宁,她感到一种深沉的悲哀。她将双手交叉握在一起,闭上眼睛,开始默念:"我完成这痛苦的朝圣,回来祈求更多……"

她默默念了一段,觉得好些了,又重新点上一根烟,稳定情绪,望着窗外的景致。森林还保留着她童年时的样子:浓密、杂乱,又很原始。林场这间木屋,小时候父亲每年都带她来,那时候满山遍野都是野果,榛鸡、狍子和红狐狸,走走就能撞上。父亲喜欢夏天到这里避暑,深秋来打猎。后山的月牙湖,她曾和父亲一起动手,钓到过一米多长的大红鱼,当时她就想,以后一定要带自己的孩子来,亲近这片自然。木屋早不是从前的木屋,父亲去世后她长租下这片林地,请了最好的设计师来改造,外观保留了东北木屋的原始造型,内部则是完全现代化的,冬暖夏凉。

她还记得第一次带爱德华来,他表现得像是被惊呆了。他可真是会让她开心。她喜欢他这样,对她时刻保持关注,发自肺腑。他甚至比她还小好几岁。就在那片湖边,他举着祖母的红宝石戒指向她求婚……这里曾留有她人生中最重要的回忆,可现在,这个世外桃源却成了儿子的避难所,一个囚笼。

李烈把她恶心到了。把苗苗偷偷弄出去,这是一上来就说好的,可他变卦死活不肯把护照交出来,他想什么她心里清楚,无非是想拿儿子做筹码,让她再帮他弄块地。他那出拙劣的苦肉计不光是做给警察看的,更重要也是做给自己看的。这个男人的贪婪和愚蠢让她怀疑自己当时的心智。今天,他好歹是把护照交了出来,显然他也清楚,夜长梦多,留下苗苗只会带来更多麻烦。她想好了,这次把苗苗弄出去就绝不准他再回来,他要真关心儿子,可以去慕尼黑。他会吗?他连飞机都不敢坐。

她下了车,从后座取出旅行袋,里面是给苗苗带的换洗衣服和游戏机。她收拾整齐的情绪一进门就又散了——地板上全是烂泥,吃剩的香肠、碗面、空酒瓶……到处都是。装薯片的袋子堆在茶几下面,突然哗啦一声响,什么动物闯了进来。

她一把抄起墙边的棒球棍。

一只兔子蹿出来,比她还慌,满屋狂奔。要是松鼠、乌鸦,她还可以贴墙过去把窗户打开,放它走,兔子不行。那动物也是丧失了理智,竟然从她的脚背上弹跳过去。她低吼一声,闭眼便打。睁开眼时,见兔子倒在沙发腿边,自己撞晕了。

她找出一个锈迹斑斑的铁笼,准备把兔子弄进去。她很怕它死了。她从小就很怕死掉的小动物,信了基督之后,对这些脆弱的动物更是有所戒备。她小心翼翼用棒球棍把兔子一点点戳进笼子,这时,她听见有动静。

"苗苗?"她喊了一声。没人应。

卧室、阁楼都没人。她不担心他会跑,他不可能走远,可他这么冒失实在让她恼火。必须尽快把他弄走。想到这儿,她强打起精神,从厨房拿出垃圾袋准备清理这个乱摊子。

"妈妈,你回来了!"苗苗跑进门来,一口气问了一堆问题,"游戏机拿了吗?下回你能不能给我弄点炸药?我在后山发现一个湖,里头净是大鱼……妈妈,你怎么了?你是不是累了?"

对儿子,她是一点办法也没有,见不到就恨,见到人,气就全消了。

"来,儿子。"她拍拍沙发,"到妈妈这来。"

儿子在她身边坐下。"妈妈,"他说,"给你看样东西,你不准生气。"李苗苗腾地跳起来,跑回到门口,把立在门外的猎枪拿进来:"是姥爷用过的对吗?"他相当兴奋。

她一阵头晕:"谁让你动这个的!"

"我在阁楼找到的。你不是说山里有熊吗?"

"把它给我。"

"不,妈妈,我得留着它防身。"

"还嫌惹得麻烦不够多吗?跟你爸不学好。拿来!"

李苗苗很不情愿地把枪交给母亲。"提他干什么。"他走到冰箱前,拿出可乐,继续抱怨,"发电机坏了,冰箱都臭了……他出院了吗?"

051

"人没抓到,他就老老实实在医院待着。"景岚察看猎枪,她吃惊地发现子弹已经上了膛。她把枪立在沙发边上,瞪儿子:"你也给我老老实实待着。"

李苗苗仰起头,一口气喝掉可乐。"还没抓到?"他抬起胳膊,对厨房水槽投篮,空可乐罐落向那里发出刺耳的噪声。"妈,"他走过来,"咱们什么时候出发?这地方真没法待。"他一屁股坐在母亲身边,"我想好了,我要去美国,先去纽约,再去迈阿密。"

"妈妈都安排好了,"景岚拿起儿子的手,"我们得回慕尼黑。"

"我不去。"李苗苗挣脱她的手,"那比这儿还无聊呢。"

"我没问你的意见。"

"妈妈……"李苗苗睁大委屈的眼睛,用脚趾头戳着母亲的肋骨,"要不,你叫苏苏过来陪我吧,她不是放春假了吗?澳洲有什么意思,你跟她说,来了我带她打猎!"说着就又想去摸枪。

"别没脸没皮。"

"怎么啦?"

"李苗苗,"景岚恼了,"你是智障吗?"

老金站在树下,盯着木屋。

男孩从后门出来了,手里拎着个笼子。在屋子侧面的空地上,他打开笼子,把手伸进去。他揪了揪兔子的耳朵,看上去挺高兴,因为兔子没有死。他又摸了摸兔子。

他离开了一会儿,回来时啃着一只苹果。他打开笼子,把苹果丢进去。兔子凑上去闻了闻,开始吃。男孩一见身体摇晃着笑起来。他摘下耳机,把线慢慢绕在兔子的脖子上,绕了两三圈后,开始收紧。兔子觉察到不对时已经太晚了,后腿开始乱蹬。男孩左手在它脑袋上飞快拍了一下,右手又迅速转一圈,然后把它提起来。兔子上肢离地,疯狂抽搐。男孩干脆站直身,让它处于完全的悬空状态。他哈哈大笑。

等兔子不再挣扎他又把它放回笼子。不料兔子突然向上一蹿,他猛地缩回手。他火了,用一只脚踩住笼子,朝木屋方向看了看,然后把笼子拎起来,拎到河边,看上去是想把它扔进去。他在犹豫。

他弯下腰,把笼子慢慢放进水里,直到它完全被水淹没。

他开始玩一个游戏——拎起笼子,又松手让它掉进水里,过一会儿再拎起来。就这样,他来来回回玩了五分钟才终于尽兴。

兔子不动了。他往岸边走了几步,把笼子放在草地上,把它拎出来。他又朝木屋看了看,然后突然用力把兔子甩向河的中心,之后便跑回了木屋。

老金站在树下,一动不动。

当老金一脚踹开门,蜷在沙发上的景岚竟然没动。她看上去没动,实际上垂在沙发外的手正在摸枪。她的第一反应就是去摸枪。可枪不见了。她下意识地朝阁楼看了一眼,老金立刻朝楼梯口走去。

"你是谁?"景岚站起来,挡住他,"你想干什么!"

老金看到她的手在抖。他想了想,转身走向厨房。他从冰箱取出一瓶矿泉水,拧开时瞟了一眼刀架。"你知道我是谁。"他一口气把水全喝光才重新看向她,"让他下来,我有话问他。"

"你走吧,"景岚强作镇定,"我不报警。"

"我已经报了警。"老金抽出一把餐刀,掂了掂分量,"在警察来之前,我有一个小时。"

景岚大惊失色:"你什么意思?"

李苗苗从楼上跑下来,手上拎着枪:"警察要来了?"

景岚被儿子的鲁莽惊呆了:"放下!回屋去。"

李苗苗上下打量老金："你是小娜的爸爸。"说着把猎枪夹在腋下，"叔叔,我想跟小娜一直在一起,我也不想这样……"

"上楼去,听到没有？"景岚打断他。

"我对她是真心的,"李苗苗继续说着,很认真,"可她室友是个神经病,老找我磕,还跟她打电话说我坏话……"他的表情很委屈,像是马上就要哭了,"小娜说要和我分手,非分不可,她还打了我……"他捂着脸,好像这时又有人给了他一耳光。"她凭什么打我？她是我的女人。"

真的就是这个白痴杀了女儿？老金头皮发麻。原本,凶手对他来说是个黑洞,他以为只要杀掉他就能填满这个洞,可现在他突然意识到,杀死他,杀死眼前这个孩子,可能什么也改变不了。

"为什么,"他朝李苗苗走了两步,"你要捅她十七刀？"

景岚震惊,盯着儿子脱口而出："你不是说你只扎了一下吗？"但她立刻反应过来,转身把儿子护在身后,看着老金："要多少你才肯放过我儿子？你看到了,他就是个孩子。他真的什么都不明白。"

"一开始我确实只扎了她一下,"李苗苗委屈地说,"她还动,我就又扎,可她还动,还动……"

"你住口！"景岚粗暴地扇他耳光,苗苗缩起脖子,可她仍然悲伤地打个不停。

李苗苗把头埋在母亲身上,放声大哭："她死了……我想让她回来的,让她好起来,可是死了就不会好起来了。"

景岚看着老金说："你也看到了,他脑子不好使,智商才七十多,这是真的……我带他检查过,测试过的……"她语无伦次起来："咱们这么大的时候,就没犯过错吗？就没干过让自己悔恨终生的事吗？谁不是上帝的羔羊？咱们学会宽容,学会感恩,最后成了一个好人,为什么就不能给孩子一个机会？"

老金始终盯着李苗苗手上的枪,根本没在听景岚说的话。

"他脑子不好,"景岚慢慢在向老金靠近,她已经冷静下来,"双向情感障碍,狂躁症,那时候他正在发作,正常孩子能这样吗?"

"她不应该就那么死了。"李苗苗抽了抽鼻涕。

"别哭了。"景岚说。

"好吧我不哭了。"他还在哭。

"老金,你还年轻,"景岚继续对老金说,"你要相信小娜在天堂也绝不希望看到你这样,她希望你能好好生活下去,你就忍心让她失望吗?你觉得她希望你杀了苗苗吗?请你冷静,用心聆听主的声音……"

"你儿子的命值多少?"老金打断她。

"一千万,"景岚果断地说,"今天我就可以先给你一百万,现金。剩下的等我带孩子到了美国再给。我说话算话。"

"妈妈,不是说去德国吗?"李苗苗又插嘴。

"一千万。"她说。

老金摇头,又往前一步。

"一千五百万!"

老金还是摇头。

"两千万?"她觉得他这是在得寸进尺。两千万,足够弥补他的所有损失了,这人的贪婪近乎无耻。老金又往前走了一步。

"妈,你还不明白吗?他根本就不想要钱,他在拖时间……"李苗苗举起枪,"妈妈,我们快走吧,警察就要来了。"

假如他手指肚扣动,子弹就会从老金胸口进入,穿过胸腔,从另一端飞出,击碎挂在墙上的画框。三个人都很清楚。

"妈妈你让开!"

景岚用身体挡住老金:"老金,请你相信,我也是个母亲,发生这种事,我所承受的痛苦一点不比你少,但我还是希望你能宽恕我们……神会惩罚他。"

老金点点头:"我不信神,要是有神就没这回事了,我信法庭和监狱。"

景岚牙关紧咬:"你不会真把他交给警察的,对吧?你就是不肯给我们一条活路是吗?好。"她点点头,朝李苗苗伸出手,"把枪给妈妈。"

老金知道不能再犹豫了,他猛地朝李苗苗扑过去。李苗苗慌了,突然向右歪了两步。"轰"的一声,子弹擦着老金左肩打在他身后的墙上,墙被轰出一个洞。

景岚的一只耳朵被打飞了。她根本没搞清发生了什么,只觉得右边脸整个发麻,她下意识摸了一把,摸到一团模糊的血肉。李苗苗从后门跑了出去。

老金找到一条毛巾,扔给景岚,他迅速看一眼后门,李苗苗朝山上跑了。他抽出刀,准备追出去,景岚一把抓住他:"别……我求你,别去。"

"省点力气!"老金推开她,"不想死,赶紧打120。"

李苗苗已经跑进林子,他跑得飞快。老金拼尽全力追赶,还要防备他突然转身开枪。两人的距离渐渐拉开。天眼看就要黑了,一旦太阳下山就很难再追上。

老金双眼灼热,脖子上的青筋突突直跳,好像猛然涨满了血,随时会炸。他渐渐觉得体力不支,这几百米的距离几乎用尽他全部体力。等爬上山顶,面前出现一片浓密的黑松林,他找不到人了。他强迫自己冷静,仔细听。这感觉让他想起战场。

密林深处突然传来树枝的断裂声,随后是哭声,接着又是奔跑声。

松林的尽头是道悬崖,深不见底,下面有湍急的河水声。李苗苗发现再也无路可逃,停下来,转身望着老金。"你别追了。"他的眼泪涌出来,"金叔叔,我求你别再追了。真的,我跑不动了。"

"你不用跑。"

"你别杀我。"

"你过来,我问你话。"

"我错了还不行吗!"李苗苗举起枪,用枪口对准老金,可立刻又垂下肩膀哭起来,"妈妈,她死了吗?"

"把枪给我。"

"别杀我,别把我交给警察……"李苗苗摇晃着身体,好像随时会跌倒,"我爸能把我弄出来,这你清楚……求你了,我知道我错了,我真的爱小娜……"

老金站住,问他:"为什么要杀娜娜?"

李苗苗想了想,突然停止哭泣,"为什么?"他喃喃重复着这句话,"为什么……没有什么为什么,反正她活得也不开心。"他抬起头看着老金。

跌跌撞撞往山上跑的景岚忽然听到后山传来一声枪响,然后就什么声音也没有了。

天似乎在一瞬间就黑透。

第二天,警察在木屋附近的山林里展开地毯式搜索。

在悬崖上,他们找到猎枪、一枚弹壳和一小摊血迹。经过化验,血不是李苗苗的。几小时后,警察在河下游的伐木场找到老金的一只球鞋,但是他和李苗苗都像蒸发了一样,彻底消失了。

10

戴震和李烈去向风岛是十二月十八日,这时距李苗苗失踪已过去整整三个月。对戴震来说,金陨石在向风岛落网令人意外,但他重新燃起了某种希望。他预感,此行必有收获。

天下着鹅毛大雪,气温很低。坐船横渡海峡的时候雪没有停,下得更大了。启航没多久,大约半小时,能见度变得非常差。船长拉响汽笛,通知船员准备返航。李烈反对他这么干,要求他"不惜一切代价"必须连夜赶往向风岛。李烈拨通一个电话,把手机递给船长。船长皱着眉头接听这个电话,然后把手机还给他。

"他说,出了事你会负责。"

"当然。"李烈很不耐烦,"我赔你条新船!"他缩起脖子,跺了跺脚。

"别站在船头,"船长说,"也别在我船上跺脚。不吉利。"

甲板上,积雪正在变厚。戴震望着大海出神。他觉得这样的景象十分奇特,渔船摇摆时发出的吱呀响声,漫天飞雪不断落入漆黑的海面,无不使这片海展现出一种壮阔的气势。做个渔民该有多好,每天都能置身其间,他能想象这其中的艰辛,但还是感到一阵神往。

李烈走过来,打断他的思绪说:"要是到最后都找不到苗苗,能不能给他定罪?"

"你凭什么觉得李苗苗已经死了?"

"不杀我儿子,他是不会罢休的。"

戴震想了想,干脆直截了当地问他:"杀害金厉娜的,是不是李苗苗?"

李烈把脸转过去,没说话。戴震从身后拽过背包,解开搭扣,抽出一个吕宋纸文件袋,拍了拍说:"这是东京传过来的材料,有大量证据表明……"

"什么证据!"李烈打断他,伸手在空中抓了两下,又赶紧抓住缆绳,"你宁可相信日本人,也不信我?"

"你不想看看这些材料吗？我可以破例让你看一下。"

"不想！"

"你应该看一看。"

"听着，项局告诉我，如果我遇到什么麻烦，可以找你。"

"是他亲口跟你说的？"

"当然。"

"他是怎么跟你说的？"

"他说你可能不会喜欢他，这不要紧，这个人做什么都有两下子，事情到了他手上，没有做得不漂亮的。"

戴震把文件袋塞回包里。"船老大说的没错，"他朝船舱走去，"这种坏天气，真不该站在船头。"

"我和你们项局……"李烈大声说，一阵海浪袭来，淹没了他的话。船身剧烈摇荡，他不得不双手抓住那根缆绳，才没有摔倒。

戴震回头看着他："我不知道你和老项是什么关系，也不想知道，但你最好不要妨碍我执行公务，明白吗？"

"你们不是警校同学吗？他说你靠得住。"

"项局的话看怎么理解，我这人，说话做事都不漂亮。何止不漂亮，简直是难看。"

黎明时分，渔船抵达向风岛北岸码头。此时雪已经停了，乌云被北风吹散，太阳跃出海面。铅灰色的大海逐渐恢复蔚蓝，裹挟着白色浪尖冲向海滩上的冻土。海湾里，沿海岸线停泊着大大小小几十艘渔船。码头上站着一个穿制服的年轻警察，在他身后停着看守所派来接他们的吉普车。李烈一上岸就钻进车里，整个人冻得直哆嗦。

戴震没有上车，他走到高处，看着这个岛。

强烈的海风把这里的积雪吹得一干二净。远处的海岬矗立着一座白色灯塔,此外,周边再没有其他建筑。码头的尽头,人们在装板条箱,冷冽的空气里有浓重的咸腥味。那个来接他们的狱警走过来。戴震和他握了握手。"金陨石是怎么越狱的?"他问。

"不知道。"狱警摇头,想了想又说,"他当过兵,是侦察兵,好像还立过功。"

"那就是到现在都还没交代?"

狱警点头:"所长亲自找他谈,谈了三次,不肯说。"他压低声,"说实话,我觉得这挺好理解,毕竟,他女儿确实死得有点惨。"

"说什么呢?"

"别见怪,小地方人,觉悟低。"

戴震没有真在生气,他拿出烟来,试了几次才点着,说:"看守所有个安全漏洞,这个漏洞只有金陨石知道,你们就不怕他再跑?"

"不怕。他是投案自首的,你不知道吗?"

"自首?"戴震以为自己听错了。

"对,三个月前。"

"三个月前?操,三个月前他就自首了,你们到现在才想起通知我们?行,你不用说了,你们看守所就跟这个岛一样,四面漏风。"

投案自首,这怎么可能?戴震突然觉得这次向风岛之行他是来对了。这个案子他一直是这么想的:李苗苗在日本杀了金厉娜,金陨石追到大连寻仇,李烈和前妻把儿子藏在豹岭林场,金陨石找到李苗苗的时候,李苗苗企图杀他灭口,结果两人双双坠下悬崖。他原本以为,金陨石一定是暗中潜回向风岛并意外落网,因为按正常逻辑,如果李苗苗没死,他绝不可能去自首。一个女儿惨死的父亲,一心想复仇,绝不可能半途而废。

主动自首——这意味着,李苗苗已经被他杀了。

他办过很多案子,然而这是第一次,他希望自己的判断是错的。

向风岛看守所并非四面漏风,它非常小,看管却十分严密。

会面室在看守所的最东端,透过狭小的气窗,能听到外面海水拍打海岸的声音。戴震决定单独见金陨石,必要的时候才会让李烈出现——李烈很可能会让金陨石露出某种破绽,但他不希望用到这种手段。事实上,对于不得不带李烈一起到向风岛来,他心里是极其反感的。

金陨石被带进会面室。

第一眼戴震有些吃惊,他比照片显得高大,但很苍老,和他印象不符。不过,金陨石看他的样子倒像是他们很早以前就认识了。他一坐下,戴震就直截了当。

"我有两个问题想问你,第一,李苗苗有没有向你承认是他杀了你女儿?第二,你杀了李苗苗,尸体藏在哪儿?"

"我没杀他。"老金反应平淡。

"当时究竟什么情况?说说吧。"戴震把烟从口袋里拿出来,放在桌上。见老金不想开口,他又继续说:"我知道,他朝你开了枪,而且打中了。悬崖上的血迹是你的。"

"你就是那个一直在追捕我的警察?"

"先回答问题。"

老金看着桌上的烟。戴震抽出一根,递给他。

"他确实朝我开了枪,"老金把烟接过来,拿在手上,"锁骨下面打穿了,但后坐力把他震翻了,我跑过去想抓住他,结果也掉了下去。"

"你是要救他?"

"我想宰了他。"老金回答很干脆。

戴震拿起打火机,打着火,朝他伸过去:"你不想他死得太容易?"

老金摆摆手:"其实我已经把烟戒了。"

戴震熄灭打火机,在手里转动两下,放在桌上,说:"我们花了很长时间,动用了不少人力,差不多把整个林场都翻遍了,包括河下游全都拉网搜索过,但找不到尸体。你找了多久?"

"记不清了。"

"你觉得,从十五米高的悬崖掉下去,他有没有生还的可能?"

"不摔死,也会淹死。他不会游泳。"

"你怎么知道他不会?"戴震抓住这个破绽。

老金想了想。想了半分钟。"好吧,"他抬起头,看着戴震说,"落水之后,我确实看到他还没死,他挣扎的样子是个不会水的。我朝他游过去,可水流太急,天又黑,最后我没能抓住他。天亮后我就走了。情况就是这样。"

"所以你两次试图救他,悬崖上,还有在河里。为什么?"

"有件事我还没弄清楚。"

"什么事?"戴震问,他发现自己离想要的答案越来越近了,有些兴奋,但老金没有回答这个问题。他只好继续问:"你说你没有杀人,相反,你被枪击,所以其实你才是受害者,那你为什么不报警?"

老金身体微微前倾,看着他:"如果我能证明他就是凶手,你能怎么样?"

"抓人,这毫无疑问。"

老金摇摇头,把身体向后靠去:"那你怎么跟你这位朋友交代?"

戴震一阵窝火。他也闻到了,门外飘进来的是李烈的雪茄味。他很想走出去,让人把李烈带走,找个房间把他关起来,可他不想中断谈话节奏,他发现金陨石没他想的那么简单,他看不出他到底杀没杀人。

"我是个缉毒警,"他看着老金,富有诚意地说,"干缉毒十八年,朋友确实很多,可他不能算。跟我说实话吧老金,你还想憋到什么时候?"

老金看着他,目光十分平静,但一言不发。

戴震很懊恼,他生李烈的气,也生自己的气。他觉得老金不会再开口了。没办法,他只好拿出吕宋纸袋,放在桌上,双手按在上面。他在纠结,到底要不要把里面的材料拿出来,让老金看一看。里面有凶案现场的照片。这不是人该干的事,他在犹豫。

"要是你见过李苗苗你就知道了,"老金突然开口说,"我女儿,是不会爱上那样一个男孩的。她是个爱慕虚荣的人,她为什么要和他在一起,对我来说是个谜。还是因为别的什么?当时,我问过李苗苗为什么杀人,他告诉我,说我女儿一直活得不开心,和他一起的时候有时是高兴的……我相信他说的有一部分是真话。"

"所以当时你其实已经放弃要杀他了?"戴震谨慎地问。

"我还是想杀他。"

戴震沉默了一下,问:"这么长时间了,还不放过自己?"

"失去女儿的父亲都会内疚。"老金叹了口气,拿起桌上的打火机,打着,看那团火苗,"世界最好的一面被毁灭,愤怒照出你的本来面目。别笑,这是一本漫画的第一句,我觉得是写给我的。后来我一直想,我是什么时候没了女儿的?"他点燃手里的烟,深深吸了一口:"不是她断气的时候,不是我见到尸体的那个时候,甚至不是我把她送去日本那时候,是在更早,发生在我作为父亲,再也没能在她心里提供安全感的那一刻。大概因为这个,她才会让自己轻易接受一个像李苗苗这样的白痴。那个时候,任何一个男人在她生命中出现,她应该都会义无反顾……你有孩子吗?"

"有,也是女儿,跟她妈妈……在别处。"戴震看着老金,"你意思还

063

是,你没杀李苗苗,你……"

审讯室的门被猛地撞开。李烈甩掉狱警冲到老金面前,一把抓住他的衣领说:"告诉我人在哪儿?不然我他妈让你坐一辈子牢!"

戴震怒不可遏,拍着桌子站起来:"把他带出去!"

狱警抓住李烈的胳膊,想把他往外推,可李烈死死揪住老金的衣服不松手。

老金毫不反抗,脸上也没有什么表情,他眼睛一眨不眨地看着李烈,轻声说:"她耳朵接上了吗?"

被戴上手铐让李烈很恼火,但戴震就是要故意走在他后面,这让他看上去更像是个被押解的囚犯。他们正要离开这个岛。戴震发现,现在他心里有种说不清的复杂情绪,并不轻松,绝不是轻松,但却如释重负。

"你会后悔的。"李烈停下脚步,看着他。

"那时候,头上的伤是你自己弄的吧?"戴震问,并不理会他的威胁。

"这还重要吗?"

"如果这样,金陨石抢劫伤人的罪名就不成立,回去我要撤销对他的通缉令,你不会反对吧?"

"我可以反对吗,戴警官?"

"我的意思是,你最好不要再去找他麻烦。"

码头上站着一个穿绿色雨衣的女人,雨衣的帽子被推在脑后,手里拎着一只水桶。她独自一人,正目不转睛盯着他们。准确地说,是在看李烈。

狱警凑近戴震,低声说:"老金的前妻。金厉娜的妈妈。"

李烈转过身:"谁给我根烟!"

"怎么了,"戴震把烟递给他,"心里乱?"

李烈没说话。他背风把烟点着,深深吸了一口。

码头那边,顾红已经没在看他们了,她解开缆绳,跳上船。一艘破旧的渔船。她走进驾驶舱,关上舱门。不久,他们听到柴油发动机的轰鸣声。小船颠簸着,缓缓驶出海港。男人们继续站在那儿,一直看着它远去。

"向风岛到底还是向风岛啊。"船长突然感慨道。

"什么意思?"戴震问。

"你几时见过女人独自出海捕鱼?"

戴震点点头。他怀着几分敬意望着远去的渔船,试着体会这个女人的心情。他突然意识到,之前他感受到的那种如释重负,是因为他不再关心李苗苗的死活,不再执着于找到他。他也许已经死了,这种可能性很大。回去之后,局长肯定会施加压力让他继续查下去,直到找到人或尸体,而他决定拒绝。对他来说,这个案子已经结案了。

一回到大连,局长就把李烈放了。对金陨石的通缉令也被撤销了。戴震被调回原岗位,一个发生在本地的制毒大案需要他亲自去办,李苗苗失踪案交由其他人继续跟进。虽然这符合戴震的期望,但命令来自上级安排,他心存疑问,不过还是服从了组织安排。四个月后,在一次缉毒行动中他被嫌疑人打了黑枪,头部、胸部各中一枪,胸口那颗子弹要了他的命。追悼会很隆重,半个城的警察都去了。李烈也去了,最大的花圈就是他送的。

之后,有大半年时间,有人想在看守所把老金干掉。总共三次。

第一次,老金打碎了那个杀人犯的下巴;第二次来了两个人,老金被一把用牙刷磨成的匕首捅了三下,胃穿了个窟窿,可他挺了过来;最后一次对方来了三个人,他们把他堵在浴室,想用湿毛巾把他闷死,关键时刻他的船员们出现了,他们救了老金。那三个小子事先听到风声,故意跑去砸了辆警车,进了看守所。那之后,他们寸步不离老金,李烈再没能找到机会对老金下手。

11

老金出看守所那天,来接他的是老林。阳光底下,那颗金牙闪闪发亮。老金上了他的车,是辆四驱越野,座椅真皮的,十分舒适。

"买了辆新车。"

"是啊。"老林笑了笑,"这可能就是我这辈子最后一辆车了,我得让自己满意。"

"啥意思?"

"听我的,老金,把船卖了吧。"老林脸上保持着微笑,"你到底咋想的,干嘛把船交给顾红?要是早点交给我,现在起码不用还那么高的利息。"

"有人找她麻烦?"

"谁敢?你知道咱岛上的规矩,一见女人开船,能躲多远躲多远。你好好想一下,船交给我,很快就能出手。"

"卖了船我吃什么?"

"跟你说实话吧,他们就给了我一星期,时候一到你还不把钱还清,"老林拍拍大腿,"他们会先找我,弄这条腿。是我自己选的,左腿。然后是你,他们会把你杀了。你不想死吧?反正我不想,更不想下半辈子做个残废。"

"我还欠你们多少?"

"怎么是我们?是他们。我就是个跑腿的。"老林叹口气,"本来还有三十多,现在是五十了。船我争取给你卖到四十,太破,得先大修。剩下的你再想想办法……算了,剩下的我来想办法,但你要还啊。"

老金沉默不语,朝岛的东边看着。东边的海角是镇上的公共墓地,世世代代,岛上的渔民和他们的后代都埋葬在那里,面朝大海。

"李苗苗确实该死,"老林突然说,"换成是我,八成也得这么干……你把他埋哪了?"

"他给你多少钱?"

老林沉默片刻,说:"多到你可以不用卖掉船。"

"我没杀他。"

老林点点头:"那就太……可惜啦。"

老林把车开到老金家门口。他们下了车,站在那里抽了根烟。

"要么卖船,"老林说,"要么发发慈悲,给李家一个收尸的机会。你考虑清楚给我打电话吧。别考虑太久。"他朝老金的房子看了看,烟囱正在冒烟:"去吧,她等你呢。"说完他回到车上,最后朝老金看了看,把车开走了。

院子收拾过,比走的时候整齐多了。窗台下面原本只有荒草现在种了点菜,刚发芽,看上去像豆角。窗台上晾着双墨绿色的套鞋。两盆君子兰都还活着。猫从后面钻出来,冲他"喵"一声,跳下窗台,走到他脚边,拿脑袋蹭他。老金弯腰抱起,他没想过再见到它自己会这么激动。

门没上锁,他推开,回到自己的家。

屋子里很热,有股清蒸螃蟹的冲味儿。他喜欢这令人窒息的又腥又香的热气。顾红站在灶台前看着他:"等等啊,我沏茶。"她说。

水龙头里的水喷涌而出,灌进水壶。一只较小的水壶在炉子上冒着热气。顾红用手掌扫了扫案板。她打开橱柜,取出一罐茶叶。

老金把猫放在窗台上。它走了两三步,懒洋洋地趴下。

过了一会儿，顾红把茶端过来，放在桌上，在他对面坐下来。他们默不作声喝着茶。猫拱起脊背，伸了个长长的懒腰，跳到桌上，抬头看顾红。她瘦了，脸也晒黑了，右手有三根指头缠着胶布。她看上去又像岛上的女人了。

"我爸从不教我怎么打鱼。"老金把杯子放在桌上，望着窗外的海说，"他想让我上岸，所以我才去当兵。要是早知道打仗是那个样子，我是不会去的。猫耳洞，人在里面，就像泡在尿桶子里。慢慢地我们其实心里都明白，迟早得死，要么被打死，要么就是受伤落下残疾。我一点不怕被打死，只是害怕丢掉一只胳膊或者一条腿。这种事，你越想就越怕。有天半夜，我实在受不了，偷偷爬出阵地，天太黑，我跑错方向，跑到了越南人的阵地上。我们班长，四川泸州人，个子小小的，也就才十九岁，在后头使劲攥我。踩了地雷。我朝越南人的阵地乱扫射，把他背回自己人那边。他叫唤了半小时才死。断气之前，他一直拿眼睛盯着我，可什么也没说。没人知道我是个逃兵，我没被送去军事法庭，反倒成了战斗英雄。之后很多年我老做噩梦，一醒来就头疼。"他转过脸来，看着顾红，"刚结婚的时候，我跟你说我脑袋里有块弹片，是骗你的。"

"那现在呢？"她看着他，眼泪一直流到下巴上，"头还疼吗？"

老金很想伸手去给她擦掉眼泪，但忍住了。

"给我理个发吧。"他说。

黄昏时分，他们并肩朝岛的东边走，落日余晖洒在两人身上。在一道山岗的背后，她把一大把野花放在他手上。他走到女儿墓前。

"知道我最后悔的是什么吗？"看着那张小小的照片，老金声音哽咽，"我觉得，我还没来得及好好认识她。"

远处的海面上，那些自由翱翔的海鸟展开双翅的样子，看着真舒服。巨大的红色云朵在海平面上涌动，海水拍打着岸边的礁石。风一吹，眼泪是热的。

那之后,每天清晨老金都会来这里,经常一坐就是一天。

那天之后,顾红再也没有出现。

休渔期结束的第二天,老金重新出海了。

他又感觉到了大海。当他启动渔船朝海面驶去的时候,海鸥迎风跟着船在空中飞翔。后来,当他冲洗甲板时,海鸥就在他身边飞来飞去。他听到它们嘶鸣,看它们低飞盘旋,变换角度寻找食物,准备俯冲。

正午之后,云层开始变厚,太阳消失了。其他船纷纷抛下渔网,开始捕捞。老金没有抛锚,他把船继续向更远的海域驶去。

又过了半小时,海面上就只能看到三艘船了,它们显得特别低矮,远在身后海面的尽头。渐渐地,老金能意识到,船已经在洋流中行驶。他没有放慢船速。

他看看表,下午四点。这是一天中最容易陷入恍惚的时刻,整个世界只剩下浩瀚无边的一片汪洋。他抬头看着天空。海鸥聚集在船尾,它们俯冲、爬升,有时,一束阳光突然刺破云层的缝隙,它们会飞快越过船头,将翅膀一侧浸入水中,漂亮地划过水面。

不久,阳光彻底不见踪影。海鸥也全消失了。海面升起浓重的乌云,凉风灌进船舱。他闻出暴风雨的气息,然而真正的危险并不来自前方的乌云,而是身后。

一艘快艇正在追赶他。不是海警。但来势汹汹。

老金放慢船速。他知道,他是跑不过快艇的。他一度考虑把船开进附近一个暗礁区,但最终没那么干。不久,快艇截停了他的船。

有三个人立刻强行登上渔船。一看清他们的样子,老金就想发笑,是当初和他赌钱的那几个丹东小子。胖子更胖了,鲶鱼似的走过来,走到驾驶舱,冲老金挥动手里的鱼枪,命令他放下扳手,到甲板上去。

"来早了你们,"老金看着他,露出微笑,"我还没开始捞鱼呢。"

他关掉发动机,走上甲板。文身男命令他跪下。

老金点点头,朝他走过去:"怎么改行当海盗啦?"话音未落,老金突然出击,先把文身男撂倒在地,然后用拳头狠揍他的脸。一直到胖子用鱼枪顶在他脖子上,他才停了手。

三个人开始对他拳打脚踢。老金缩在甲板上,双手护住头。这一来,看到第四个人上船的时候,他的视线是斜的。那人走过来,阴沉地命令道:"摁住他手!"接着,他抡起斧子,斩断老金一根手指。这人甩了甩斧子上的血,又继续砍掉他第二根手指。

胖子突然转身跑向船舷,趴在那儿,向着大海干呕。

李烈抓住老金的头发,把他的脸对向自己说:"我告诉过你,你要后悔的。"

"我脖子断了?"老金问。

"我没打算弄断你脖子。"

"嗯。"

"我是打算杀了你。"

"就你?"老金用手撑住地面,想站起来。

李烈踢了他一脚,使他再次倒下:"我儿子在哪儿?一句话,有那么难吗?"

疼痛让老金差点昏过去,他心里清楚,今天无论如何李烈都会杀了自己。他盯着甲板上的断指,想着会是什么鱼最后吞了它。

"好啊,好。"李烈把斧子在他肩膀上蹭了蹭,抹掉上面的血,"我等了一年,就等今天,你没让我失望。我们有的是时间。你放肆了这么久,也该轮到我了……"

"看来你有个计划。"老金说。

"对,我有个计划,特简单。"李烈说,"你,我会一块一块切下来,扔海里喂鱼。"他抓起那两根断指,扔进大海,"你的女人,我先跟你说一声,她会死得比你舒服……"

"说好的价钱可不包括那个女的。"瘦高个说。

李烈瞪他一眼:"我加钱。"

老金明显感觉瘦高个手上松了劲。他抓住这个机会,猛地将他撞翻,同时胳膊肘痛击李烈的鼻梁。李烈捂住脸,手上的斧子不住挥舞,疯子一样嘴里不停喊着血腥的脏话,以示震慑。老金一脚将他踢倒,转身冲进轮机舱。

"愣着干嘛?"李烈捂着脸喊,"我加钱!"

那三个小子冲向轮机舱,紧接着又一起往后退出来。老金手里举着一只汽油瓶,站在轮机舱门口。"来啊,来!"他点着打火机。

"怕什么?他能烧自己的船?上啊!"李烈在后面叫喊着。

文身冲两个同伙使个眼色,他手一挥,其他两个人立刻就放弃了。他们跑到船舷边,从那里跳上快艇。

"李老板,"胖子一手抓紧缆绳说道,"走吧,你没了谁给我们结账啊。"

李烈从他手里夺过鱼枪。他的鼻骨断了,血流进嘴里,他把一口血啐在甲板上,转过身,直接给了老金一枪。鱼枪射穿老金的大腿。汽油瓶掉在地上,滚到李烈脚下。他把它捡起来,用力摔碎在甲板上,然后摸出打火机,点燃一根雪茄。

"怎么样,"他看着老金,"还有什么话要说吗?"

老金用力按住腿上的伤口,抬起头:"你不想知道你儿子被埋在哪儿啦?"

李烈眼中闪过一种空洞,他摇摇头:"在哪都一样,反正有你陪葬!"他把雪茄扔向老金脚下。"砰"地一声,轮机舱舱口猛地喷出一团烈火,气浪将他掀翻在地。头发都被烧着了。

"快跳!船要炸了——"胖子在远处喊。

李烈跑向船边,一头扎进海里。火势迅速蔓延。老金跑上甲板,他扶住船舷拼命咳嗽,脸上、手上都被烧伤了。他用尽全力,折断大腿上的鱼枪。

瘦高个朝李烈扔过来一个救生圈。他拿起另一个,准备扔给老金。

"让他死!"李烈抱着救生圈大喊。

等三个人把李烈从海里拉上快艇,他们发现,老金并没有跳船,可他也不在甲板上。几个人面面相觑。海上突然起了浓雾,海雾迅速吞没了这艘燃烧的渔船。

在鱼舱的最深处,老金打开一道暗门。那里锁着一个人。老金忍着剧痛,摸出钥匙,打开李苗苗的手铐。李苗苗突然睁开眼睛,猛地推开他,一边揪掉嘴里的抹布一边逃上甲板,扯起嗓子喊起来。可是,他的声音太沙哑了,而海雾遮天蔽日。

快艇上,李烈愣了一下:"听到了吗?"

"什么?"胖子往前探探身,"听什么?"

哐——渔船在海雾里炸成碎片,火光染红了一大片漆黑的海面。

"我操……"胖子声音颤抖。

天黑透之后,海雾散尽。海上漂着一只救生筏。

老金用力划桨,裹着伤口的毛巾渗出血,他没有停下。被捆住手脚的李苗苗瘫坐在他的对面,仰头瞪着星空。"跟我说说话,"他低下头,望着老金,"你再不和我说话,我真要疯了。反正,我们怎么都是要死在这海上的,对吧。"

老金只是划桨,完全不想开口。

"我口渴。你这是要去哪啊?这方向不对吧?"李苗苗眯起眼睛,突然好像明白了什么,"妈的,你要送我去日本?你是不是真要这么干?你疯了?"他猛地朝老金扑过来。"你这个老疯子!"

老金一脚把他踹翻。

"给个痛快!"李苗苗扯着嗓子喊,"给个痛快——"

半个小时后李苗苗终于不折腾了。老金放下手里的桨,从背包里拽出水壶,一手摁住他的肩膀,给他喂水。没敢让他多喝,他自己还一滴也没动。嘴唇干得起了皮,等天亮太阳出来,会更渴,而路还很长。

"再来点儿!"李苗苗眼巴巴瞅着他,"求你了真的,渴得要命。"

老金看着他,看了好一会儿,最后抓起破布,用力塞进他嘴里。之后,他回到自己的位置上,挺直身,仰起脸来看了看头顶的星空。方向没错。

他攥紧桨,又用力划起来。

浮　冰

1

空气中有滩涂的味道,这雨随时要来。

庄列松快步走在前面,银座晚高峰的人流丝毫不影响他的速度。他在人群中穿梭,不时撞上一两个肩膀,并不在乎杨炼跟不跟得上。穿过温热的街道,进入一条狭长的两边都是香料店的小巷,他从那些南亚商贩的眼皮底下经过,接着重新回到大街,走过一片霓虹灯照射的街区,再次进入幽深的小巷。天空开始落下雨滴。沿着矮屋檐疾行,几分钟后,他停在一家居酒屋门前。

房檐下挂着灯笼,毛笔字写着:鲸屋。

橱窗里,一盘盘精致小碟整齐排开,都盛着小块的红肉,旁边竖着一个玻璃钢鲸鱼雕塑。老板娘智美子一看到他就露出笑脸,递给他热毛巾,转身回了厨房。庄列松来到靠窗的位置坐下,示意杨炼坐在自己对面:"饿了吧。"

"有一点。"

"点菜。"

翻开菜谱,杨炼吃了一惊,这里菜式繁多,有烟熏鲸鱼肉、鲸鱼刺身、寿喜烧鲸鱼肉、鲸鱼味噌汤、鲸鱼拉面、腌鲸鱼皮、鲸舌片等等,传统日式做法,西餐做法,一应俱全。

"没别的啊,全是……"杨炼环顾四周,最后看着庄列松。

"不敢吃?"

不是不敢吃,是不想吃。一小时前,他才刚刚从庄列松手里得到这份工作,当庄列松告诉他,自己打算拍一部"捕鲸电影"的时候,杨炼以为他只是说说而已。

"你担心,"他小心地问,"我对捕鲸的反感会影响到我的工作态度?"

"会吗?"

"不是真要杀死鲸鱼吧?"杨炼把菜谱推到一边,"我们只是去拍外景,重要的部分会通过摄影棚和后期特效完成。"

"不。"庄列松摇头,"我要的不是故事片,是纪录片。"他把毛巾叠好,放在桌角,"我必须亲手杀死一头鲸鱼。"

"你?"

"对。而你负责拍摄、记录整个捕鲸过程。"

杨炼上唇抽搐了一下:"对不起……"他皱起眉头,表情像是要拒绝,但说出口的话却是,"我可以只吃面吗?"

庄列松拿过菜单:"别后悔。"

几分钟后,酒菜上齐。鲜嫩的鲸鱼刺身被分成很小的两份,放在桌子正中间。庄列松只尝了一口就再停不下来。杨炼却坐立不安,根本不想动筷子。

庄列松抬起头来,看着他:"你说你想拍纪录片,是真的?"

"当然。"

"你难道有什么比去北极拍捕鲸更合适的选题吗?"

"可是……"

"拿起你的筷子。"

2

太地町是个人口不足四千的小镇,朝东面向大海,黑潮与陆潮在这里交汇,吸引鲸鱼群集,四百多年来,此地以捕鲸为生,也因此臭名昭著。

来自世界各地的环保主义者每年聚集于此,反对捕杀鲸类和海豚,但当地人也逐渐学会了无视抗议者。在抗议声中,他们依旧熟练地把海豚或鲸类驱赶进狭小的海湾,进行惨无人道的集中捕杀,直至潮水被鲜血染红。但是,大多数外来者讨厌这个地方并不是因为它的恶名,而是因为这里古怪、多雨、海风肆虐。建筑物上的木板饱经风雨,陈旧腐烂,排水管锈成褐色,海风常把交通灯吹得左摇右晃,或引发镇上的电路故障,还有从码头上,海鱼打包厂散发出的阵阵腥气。

当地的日本人对外人很不友善。

庄列松浪费了整整一周也没能找到合适的船,所有船长都拒绝了他。在此期间,他的一个朋友设法弄到一艘从函馆出发的捕鲸船的登船许可,但他只看了看照片就放弃了,他要的可不是什么"最快最强的捕鲸船",而是一艘老式捕鲸船,一艘一眼望去就让人心生敬畏的船。

太地町的船长们不喜欢外国人,尤其那些带摄影器材的外国人,更被视作敌人。渔业协会副会长绪方义博,一个长得像教唆犯的胖子,态度极其粗暴,干脆要把他们赶出太地町。最后,还是那位朋友动用了他在日本水产厅的人脉,才迫使副会长勉强安排了一次船长会议。地点是太地町小学一间明亮的教室。

庄列松尽量简明扼要地阐明自己的目的,用的是不太熟练的日语。

首先，他澄清自己不是环保主义者，告诉那些满脸狐疑的船长，他去北极圈是想体验真正的捕鲸生活，因此需要雇一位经验丰富的船长和他的捕鲸船。对他这个发言，船长们用敲打课桌发出嘘声作为回答。副会长很满意自己人的这个反应，会议是走个过场，他只想尽快让中国人明白这一点。

杨炼低声告诉庄列松，即使是在罔顾1986年颁布的《全球禁止捕鲸公约》的日本，捕鲸也有严格限制，每艘捕鲸船每年可捕杀鲸鱼的数量有很具体的数额限制，而且，近年来他们似乎只去南极。冒险前往北极捕鲸，一旦被发现，会遭到国际舆论的强烈谴责。

"违法的。"杨炼低声说。

"那又怎么样？"庄列松平淡地回应。他当然看出副会长的敌意，他的策略就是把雇佣船只的价钱再提高一倍。那是相当巨额的一笔钱。

不出所料，他的新报价使船长们陷入短暂的沉默。随后，大家开始交头接耳。副会长脸色十分难看，大步走到庄列松面前，居高临下地说："你以为，我们是那种会被金钱收买的人吗？这里是太地町，不是你的家乡。"

船长们再次发出高亢的嘘声。

看上去根本没得商量，但庄列松发现，人群之中有一位船长从始至终都保持着沉默。那就是他要找的人。

当天傍晚，庄列松徒步来到太地町南码头。

一群海鸥停在舱顶和稳定杆上，那位船长正迎风站在船头。在他脚下的，正是庄列松一直苦苦寻觅的船，一艘虽然破旧却体型优雅，至今仍能依稀看出鼎盛时期风姿的捕鲸船。他已经打听到它的名字：红丸号。庄列松朝船长挥手，示意他要登船。船长点点头。

庄列松跳上甲板。突然,那群海鸥向天空飞起,看着像有二三十只,扑扇着翅膀呼呼作响,事实上比他想象的还多,大概有六十只海鸥从红丸号上腾空而起。它们在船头和码头上方盘旋了五六圈,才向大海的方向飞去。

庄列松和船长相互对视。

渡边彻,皮肤粗糙,头发卷曲,眉骨如屋檐般耸起。他显然清楚庄列松的来意,没有拒绝他上船,这是个积极信号。庄列松不想和他兜圈子,直接开出一个令人心动的价钱。

"你可以放心,"他对船长说,"为了照顾你们的法律,到北极后,我只要杀死一头鲸,不需要捕捞它。大海会淹没所有证据。你没有任何风险。"

船长离开船舷,朝他走了两步:"一头鲸?"

庄列松指指身后的杨炼说:"我们要拍一部纪录片。"

"为什么你要做这件事?"船长问。

"两周前,"庄列松说,"在一次家庭聚会上,我对一个朋友说了醉话,我告诉他,年轻时我曾捕杀过一头鲸。他不相信,所以我又说了个谎,说当时有人把整个过程拍了下来,我可以拿给他看……是个对我很重要的朋友。"

"你不想失去他的尊重。"

"对。"

"真荒谬啊。"船长转过身,双手搭在船舷上,望着远处海面上的落日。

太地町的渔民们善于注意到其他人不太在意的一些暗示和征兆,他们认为,因果之网看不见,却无处不在。你今天撒下渔网捕到鱼群,明天、后天,却可能空手而归。潮汐、洋流和风,样样都会和人作对,更重要的是运气。在渔船上,他们绝口不提灯笼、茶碗,提了会招致恶劣天气。坐在船头吃饭会引来风暴,带女人用过的肥皂上船会让渔网打结,伤害海鸥会惹怒隐藏在船舱下的鬼魂。在甲板上打开黑伞,将导致十天内捕不到鱼。多年来,渡边彻一直恪守这些陈规,就像刚才,海鸥那充满仪式感的盘旋,令人不安。可是,有一个更充分的理由使他破例:他有债务,保住红丸号需要钱。

渡边彻十三岁就开始出海,作为海豹和鲸鱼捕猎者,他大部分时间是在白令海峡附近的危险水域中度过,他也到过南极洲附近的严寒水域以及整个南太平洋,他的船曾触礁沉没,后来有人从一个荒凉的珊瑚岛上把他救出。三十岁时他才第一次拥有了属于自己的船,红丸号,那是父亲临终前留给他的。它曾是太地町最漂亮、最敏捷的捕鲸船,但现在,却只是一艘又老又破的捕蟹船。是的,在过去的六年里,这条船只被用来捕蟹。

渡边彻接受了这桩交易,但向中国人隐瞒了这个事实。

让庄列松没料到的是,杨炼居然在这个时候向他提条件。

"我不要你额外再支付我报酬,但我有个请求,"杨炼有些紧张,不得不鼓起勇气一口气把话说完,"完成你的'家庭录像'之后,拍摄的所有素材,所有权归我,我要把它剪成一部真正的纪录片。我保证不在片子里暴露你,还有船长的秘密。"

"再好不过。"庄列松反应十分平淡。

"还有个小问题……"

"什么问题。"

"我不会游泳。"

庄列松笑了:"那里可是北极,一旦需要游泳,会不会水你都死定了。"

事情终于朝着正确的方向发展,庄列松相当兴奋,他希望三天后就能启程。渡边彻重申了此次航行的任务,他们将以科学考察的名义出发,进入北极圈后,杀死一头鲸,之后立即返航。

"我还有个要求。"庄列松说,望着远处,落日的余晖洒向海面,视线所及除了一只沿着海岸线前进的小划艇,没有别的船只,"我要在北极光的照耀下,杀死那头鲸鱼。"

渡边彻愣了一下,继而哈哈大笑。

3

妈的,我会死在八月的北极吗?

这艘破船是我的救命稻草,还是要送我去极乐世界?我终于也要像你们一样,死在冰水里了吗?从出生起我就想避开这个下场,最后还是落得跟你们一样?有的族群是死在陆地,我们这些人,注定死在水里。这里的渔船是流线型,家乡的是折线,这个季节,我们的海还是温的,休渔期结束是二十天后……

妈的,冰水!爸,你在笑吧,死者有笑的特权。十一岁时我希望你死,妈跟着鬓角浓重的小海军走了,理发店黄了,我扯断了他海军帽上的两根飘带。你希望妈死,现在你等着看我死。陆地一块块裂开,全世界的水却是连着的。我死了,我们就又是一个族群了。

妈的,冰水!我要死在八月的北极了,我还不如你。跟你不一样,当水淹没进口鼻,压碎肺泡,我一定会欣喜若狂,爸,你还说我是孬种么?

你带我去近海起网,凌晨五点,空气冷得可以切割成块。海面薄冰残存,太阳久久只见一道蓝边。我想跑回家,我不知道那天妈会抛弃我们,我只是冻得喘不过气。我对海的怨恨就从那时开始。冬天的海是地狱,就算有太阳也不行。木桨反复在海上刺出漩涡,像无穷无尽的召唤,让人六神无主。

柴油机轰鸣,喷出黑烟。在那艘停在港口腐烂的大船上,你是船长,飞锚打中你的屁股,你惨叫着咒骂我。在这艘双人小舢板上,你仍是船长,我被你没瘸的那条腿踢翻在船舷,从刺骨的冰水里抓起浮子。周围漂浮起可怕的海草,我心里在尖叫。

我希望你立即死掉,反正海最终会吞没这个镇的所有人。到那一天,只有烟囱、风车和山顶的海军驻地还露出海面,人们在这些小岛屿间游泳,或行船。如果非要去学校,我就和涂涂一起游过去,中午十二点游出第三教学楼,漂游进上坡尽头的学生餐厅,还要去海军驻地的岛屿看看。我和涂涂每次见面都这么想象,如果我们变回水中生物——那可能是我们全镇人的身份真相大白的时候——吃饭交通该如何解决,如何把晚报印在宽阔的水草叶上阅读,如何用藤壶作台灯照明,如何驯养豚类代替马和骡子,如何将寄生海参、蛎黄的礁石改造成旅馆。我们讨论了一整个暑假,等休渔期结束,海又交还给镇上的大人。

鱼越来越不好打。网具和油料疯狂涨价,近海的鱼近乎绝迹,船长们买了可视彩色高清探鱼器,身强力壮的水手都上了他们的船。有人劝你卖船,弄了钱走别的门路,休闲渔家民宿,撑一艘小舢板,搞几只蟹笼两副拖网,带游客出海,拉上鱼蟹在船上现煮现吃,其乐融融。

你的船长朋友让你去看拆船,他领了减产补贴,船不要了。你们站在舵楼里,涨潮时全速猛冲,潮涌、波浪和海风都计算好了,船像鲸一样在沙滩上搁浅,搁浅得越深越方便。退潮了,焊工跳上船头,手上紧攥喷灯蓄势待发,只等一声号令,先破割船头,如同斩首,头颅脱离躯体,剖出锈迹斑斑的龙骨,最后船体分崩离析。就是在那天晚上,你开始梦游,打开窗子在屋里忽前忽后地走动,腥咸的海风灌进来,我抖到天亮。

爸,也有你怕的时候,对吧?

4

红丸号最初航行的七天里,大海一直在和它作对。

一开始,海面只是动荡不安,还未卷起巨浪冲上甲板,到了第二天傍晚,一场暴风雨正面袭来,使红丸号陷入狂暴的汪洋。接下去的几天,狂风和大雨交替而来,船员们丝毫不敢懈怠,但也并不因此感到恐惧。这次航行,渡边彻付给每个人的薪酬是以往的两倍,由于没有繁重的捕捞任务,他把船员数量压缩到最低,也就是五个人,而以往,在船上工作的船员至少会有八个。

杨炼这几天过得相当惨,他先是晕船,接着又因为一口气吃下太多晕船药而腹泻。大多数时候他只能孤零零地待在船舱,除了在卧舱和厕所之间来回奔波,就是上网研究捕鲸资料,制定拍摄方案。有一天,他向庄列松道歉,说由于自己的身体状况,他无法到甲板上去拍摄风暴。"一部关于捕鲸的纪录片不该缺少这种骇人的场面。"他沮丧地说。

"机会多的是!"庄列松安慰他,"你很快就会拍到。"

相比从未经历过海上生活的杨炼,庄列松情况要好得多,眼下恶劣的天气,狭小的起居空间,单调糟糕的饮食,都无法对他造成实质困扰。他经历过更糟的。

到了第八天上午,海面终于迎来久违的平静,海鸥出现在船尾,微风吹拂桅杆。杨炼再次踏上甲板,正赶上庄列松撒下他在红丸号的第一网,水手小山秀太站在卷网机旁看着他。"拿着这根探测绳去那边,小心,别被卷进去。"小山对庄列松冷静地说,"我会慢慢把网拉起来,你也许要搭把手,准备好。"

庄列松点点头。小山脚下开始使劲,网绳紧绷起来,一阵震颤之后,渔网被卷出水面。它抖动着,在引擎的反作用下又下沉了一点儿。庄列松和小山分别站在卷网机两侧,盯着网边渐渐浮出海水。杨烁赶紧用摄影机拍下这个场面。

十米之外,浮标绳开始绷紧,上下跳动,抖落的水珠在阳光下闪烁。

几分钟后,巨大的拖网被全部收回到船上,网里只有几条小鱼,两只螃蟹,一堆乱七八糟的海藻和一只紧紧缠住网绳不放的小章鱼。

小山望着庄列松,露出白牙笑着说:"成绩不错!鱼和螃蟹拿来熬汤,章鱼可以做美味的刺身。"

船员们都在偷笑。

透过驾驶舱舷窗,渡边彻注视着庄列松。过了一会儿,他把头探出窗口,大喊:"游戏时间结束,都回去工作!"

庄列松抬起手掌遮挡刺眼的阳光,抹一把下巴上新长出来的短须,朝驾驶舱走去。

"红丸号的船头,为什么没有捕鲸炮?"他问渡边彻。

渡边彻注视他几秒钟,慢慢举起右手,指向船头的正前方说:"越过前面的暗礁区就是白令海峡,那是美国人的管辖范围,如果他们发现红丸号是艘捕鲸船,会把我们扣押,然后遣返,所以出发前我拆掉了捕鲸炮。"接着,他又补充说:"这只是暂时的,一旦安全通过,我会叫人重新把它装上去。"

"第一次上船,"庄列松瞥一眼船头,然后瞧着渡边彻说道,"我就没看到红丸号有捕鲸炮。"

"在那之前我就拆了。"

"我去找你之前?"

"对。"渡边彻抓起一块抹布,擦拭仪表盘,"在那天的会议上,我已经猜到你迟早会找我。"

庄列松盯着他看了一会儿说:"带我去看捕鲸炮。"

"就在船舱下面,小山可以带你去。"渡边彻在椅子上往后坐了坐,瞧着他,严肃地说,"在海上,最好不要质疑船长。"

那东西果真在那儿,就藏在底舱的最深处,在两只倒扣着的空油桶、一大堆网箱、绳索和其他杂物后面,用一块肮脏的帆布盖着。小山秀太揭开帆布,庄列松用手电筒照了一下。根本不用走过去,他就看到那巨大的矛枪已经生锈,它不可能是最近才被挪到这里的,它在这个阴暗角落里至少已经好几年了。

庄列松一言不发地走出了船舱,接下来一整天,没再和渡边彻说话。

穿越白令海峡时,红丸号果然遇到了麻烦。

海岸警卫队派出快艇拦截他们,渡边彻拿出准备好的文件手续向他们申明,"这是一次中日合作的科学考察"。神奇的是,他出示的文件全部都是真的,也就是说,那些文件至少在日本是合法的,并非伪造。日本人将前往外海捕鲸列入"科学考察"范畴有一套复杂的流程,而这套流程,在太地町显然被大大简化了。

美国人只是例行检查,并没有为难红丸号的意思,其中一个看上去像爱斯基摩人的年轻人甚至善意地提醒庄列松:"夏天很快就要结束,海面将进入结冰期,在没有破冰船护航的情况下,你们最好不要冒险深入北极圈。"

美国人在检查时至少三次提到"捕蟹船"这个词,引起杨炼的警觉,他终于忍不住把埋藏多日的疑虑告诉庄列松。过去这些天,他仔细研究了标准捕鲸船的常规设备,现在他已经清楚地知道,这些设备包括:捕鲸炮、拖鲸桩、曳鲸孔、绞鲸机、缓冲弹簧组等等,而他上上下下检查过,除了捕鲸炮,其他的红丸号上统统没有。此外,捕鲸作业对船舶也有特殊要求,比如,鲸鱼听觉灵敏,因此就要求动力装置振动小、噪音低,要求主机能在低转速时运行,以便船能微速接近鲸鱼,一旦鲸鱼受惊潜逃,又能立即全速追捕。这些,红丸号也统统不具备。

庄列松不动声色,一一听着。

美国人的快艇前脚刚一离开,他就找到渡边彻。"你骗了我,"他大声说,"红丸号根本不是捕鲸船,它是一艘捕蟹船!"

面对质问,渡边彻显得十分平静:"红丸号目前的确是捕蟹船,但它曾经是一艘捕鲸船,有着丰富的捕鲸历史和经验……"

"我很怀疑它现在究竟还能不能捕鲸!"庄列松打断他,"我花了大价钱到这里,可不是来陪你捞螃蟹的。"

"坦率地讲,庄先生,"面对质疑和愤怒,渡边彻依然保持着冷静,"如果你想用红丸号捕捞一头鲸鱼,基本上,那需要奇迹。正如你所知道的那样,它不是一艘标准捕鲸船,你说的那些设备,除了捕鲸炮,我们什么都没有,这是事实。但是,如果你的目的只是杀死一头鲸,那我可以保证,红丸号完全能够胜任。"

一切为时已晚,红丸号已经越过白令海峡,进入寒冷、汹涌的楚科奇海。

"安装捕鲸炮,明天一早我要试射。"庄列松宣布他的决定,"如果它不行,我们立刻调头返回。那样的话,我会尽最大努力让你为我损失掉的时间付出代价。"

他离开甲板,直接回到自己的卧舱,关上门。

几分钟后,船舱上方传来巨物拉动的声音,接着是小型起重机工作时的嗡嗡声。

水手们在安装捕鲸炮。

5

多滑稽,爸!它是死亡禁地,所有人却在不停谈论它的美、圣洁和神秘,他们用各种珠宝的名字吹捧它,碧、珠、钻、蓝宝石、翡翠……每个人一生至少一次、半真半假赞美过海,没人愿意放过它。

这个死亡猎场是我们的家,可你知道吗?我只想把所有对它的记忆齐根斩断,我恨不得把所有图画、屏幕和歌词里的海都赶尽杀绝,可我的脑子、头发,我身上每块皮肉和汗珠,都散发着浓重的腥味,我和海结成了终生不可更改的可怕关系。

镇上有一千一百条船,最近十年沉了十九条,死了七十二个人。病死在远海的有一个,休渔期结束的第二天,还算夏末,急病而亡的尸体被放在用来保鲜鱼的冰块上运回港。他希望自己死后骨灰被撒进大海,却仍然需要从港口进来,再送出去。其余七十一个人都死于海难。

海难是你们挚爱的话题,你们乐此不疲,就像热衷讨论身上的伤口,这么深,那么大,岔开虎口比划,阿根廷,秘鲁,喀麦隆……海难是你们毕生仅存的奇迹,你们快感的共振点,只要经历过一次就是史诗的传人,天选的英雄。

到八月末,水手昼夜喝酒,休渔期一完就得上船,船上除了淡水,只有可乐。你还记得那个八月我在做什么吗?我知道你忘不了。

涂涂找来一条橡皮艇,我们去潜水。

很多人喜欢趁落潮结伴去潜水,有夫妻,有兄弟,也有我和涂涂这样的。我们穿着尼龙布潜水服,戴着潜水镜、脚蹼,给柴油机装上气泵,接一条胶皮管供氧,能下到十几米深。没有风浪,海水清澈时下去一趟至少十几分钟,贴着海底游,边游边捞,上来时网兜都是满的,鲍鱼、海螺、海胆、龙虾都有。

我说服涂涂和我一起去找锚。不少人都在找,锚是吴波的,用金字刻着他的姓。他悬赏三万。丢锚那天吴波一个人划橡皮艇去钓鱼,两小时后海警接到电话,开始搜救,又过了一小时,在离镆铘岛海岸两海里的海面找到了他。

他在狮子角出的海,把桨弄掉了,靠两只手划水根本不行,风浪很快把他推到距海岸几百米远的地方。他这才想起皮艇上还有锚,可天煞孤星,下锚时,连接锚的销栓松开了。锚掉进海里,橡皮艇成了漂流筏,迷失在海上。

吴波悬赏找锚,因为怀疑有人想害他,在锚卸扣上动了手脚。还有人说,不久前有潜水的在海底看到一具被鱼啃掉一半的尸体,手脚被粗尼龙绳捆着,那是锚打死的,额头上有半个"吴"字血痕。所以,吴波必须找到这只锚。

寻找这个从未见过的锚,让我们快乐无比。

本来我和涂涂轮流下水,差不多要上去了,就扯几下管子,另一个就从上头猛拉。我很瘦,潜水衣下面还穿着毛衣毛裤,管子一拎我就能上来,可涂涂下了两次水,回来就没了精神,耳朵渗出血。我让他留在船上,专负责拉管子。这正合我意。

涂涂不是吃不了苦,前一年他就上过远洋船了。他跟我讲,不管晴天雨天,每次轮班都要连续劳作十八个小时。初开渔那几天,有时超过四十度,甲板上铺满携带海洋毒菌的锋利索具,起吊机轧轧作响,几百公斤渔网杂乱无章。起风暴时,船剧烈颠簸,他们都赤着脚,任凭夹杂着腥臭鱼内脏的海浪冲进趾缝。晚上,大副的哨声叫醒他们起网,银色小饵料鱼、鲲鱼、长蛇鲻,在深夜更容易反射光线。男孩们在漆黑一团中借助灯光辨认对方,在拉网时一起高声呼喊。

涂涂炫耀他缺了半根小指的左手,那是绕在曲柄上的网线割断的:"一秒钟。都来不及疼。"他说身体在海上从来不会有干爽的时候,皮肤布满裂口,不是被渔网的毛刺刺伤,就是被鱼鳞割伤。鼻子、眼睛和耳朵里都黏着米粒大的小鱼。

"我身体里有鱼,"涂涂对我说,"血管里面也游着鱼。"

"我这辈子都不想吃鱼。"我说。

他还干过拆船厂。镇上的工作就那么多:捕鱼、造船、卖鱼、海鲜馆、网具店、港务局、渔政、海警、海关、鱼粉厂、海盐厂、冷藏场、养殖场、海鲜加工厂,还有掌管港口的黑社会和服务水手的妓女。后来吴波把拆船这个行当引到镇上,最早他没投多少钱,就弄了一个大绞盘,几支喷灯和一台推土机,剩下的全靠人力。工人对造船和拆船都一无所知,好多是从内陆来的,内蒙古人、山西人,从没见过那么大的水面。

爸,拆船吓得你梦游,我却喜欢,尤其是拆军舰和远洋轮船。

吴波从国际中介手里收购那些老旧报废船,船开到厂区,停泊好,先抽出残油,再拆舱壁。每个部位,缆索、发电机、烟囱、救生艇、水槽、厕所,甚至灯泡,各式各样的零件碎片都会被肢解下来。拆到只剩下钢船壳,工人操起气割,把船身撕成碎片。在拆船厂,涂涂很受青睐,他身材伶俐,能进入船只最深的角落,那些铅漆、废油、化学废料,没有被护目镜过滤的割炬火焰,伤害了他的身体。腰上两处切割钢板留下的锯齿形疤痕。他在上面刺青。

爸,我还没跟你讲过那艘沉船吧。

那天早晨,我套上潜水服,戴上潜水镜,用皮管子把前面的洞口勒紧,然后戴上脚蹼和呼吸器。下水以后,我总觉得面镜没戴好,又不敢去调,怕它掉了。快触到海底的时候我突然紧张起来,喘不过气。其实那时候我已经放弃找锚,可我却看到了那艘船,有十七八米长,就躺在二十米深的水底。我听说这艘船是八十年代沉的,炉子、锚链、舵盘好好的都在,锚也在。鱼群突然灰烬般从里面冲出,能见度特别差,我一下子胃酸上涌到喉咙,难以忍受。

我拼命扯管子,涂涂明白了。我开始上升,却突然瑟瑟发抖,面镜像要漏水,我感觉要崩溃了!我知道得克服恐惧,得放慢速度,得自我镇定,可才过了几秒,又慌得不行。我紧紧拉住管子往上升,这时面镜真的漏水了,我一边拿手按住,一边上浮,差不多七八米,耳朵开始嗡嗡响,痛苦极了。过了半分钟,情况稍微好一些,我出水了。

后面,你知道的,我一浮出水面就听到涂涂在喊。已经晚了,一艘快艇撞过来,船尾的螺旋叶切开我的胸口,我昏过去。躺在医院的那一个月,想到你的船变成脏兮兮的钞票,再变成镇痛药水和别人的血液输入我十三岁的身体,爸,我觉得自己就像个废物,但飘飘欲仙。

6

庄列松醒来时浑身酸痛。屋里冷得像冰窟,昨晚他没把卧舱窗户关严。

他从床上爬起来,握住窗把正要用力,却看到海面上红日喷薄,被朝霞染红的大海上一只座头鲸正缓缓浮出水面。他呆望了一分钟,接着飞快套上防寒服、靴子,跑过狭窄的走廊,跳上甲板。他大吼杨炼的名字,发现他已经在甲板上,正在拍摄。

鲸鱼离船更近了,近在眼前,动作缓慢而优雅。喷水时,巨大水花在海面形成一道彩虹。庄列松兴奋地跑向船头,所以当他发现捕鲸炮根本不在那里时,震惊可想而知。

"老板,"杨炼盯着他穿反的保暖绒衣,沮丧地说,"半小时前他们刚刚把捕鲸炮卸掉,因为雷达发现有艘反捕鲸船正在跟踪我们。"

"反捕鲸船?"

"一艘加拿大反捕鲸船。"

"你看到了?"

"一艘白色的船。船长和他们通话,对方自称维京女王号。网上能查到,确实是艘反捕鲸船,隶属加拿大一家私人船舶公司,就在那儿……"杨炼指向远处,"离我们差不多四海里。"

海天之间有个小点,也许是船。庄列松接过杨炼递过来的望远镜。他看到了那艘大白船。真够讽刺的:维京人曾经是人类历史上最强悍的捕鲸者,为了获取鲸油,早期维京人捕杀的鲸鱼可一点都不比现在的日本人少。

他快步走进驾驶舱,找到渡边彻问:"你有什么对策?"

渡边彻望着海面上的鲸鱼说:"座头鲸,一头母鲸,它正在教它的孩子如何浮出水面呼吸。"他把手伸进口袋,摸出烟斗,"真是难得一见的美景。"

"能追踪它们吗?"庄列松问。

渡边彻摇头:"除非我们是艘潜艇。"

"就这么放它们走?"

"首要的问题不是鲸鱼,而是摆脱后面的追踪。"渡边彻盯着庄列松,"你不相信红丸号有捕杀鲸鱼的能力,可后面那些人的想法正相反。他们会一直跟着,监控我们的一举一动,直到确信我们的目标不是鲸鱼。"

"甩掉他们!"

"维京女王号,比红丸号整整大两倍,所有捕鲸船都惧怕它。为了便于追踪,船上配备了最先进的动力系统——甩掉它?"渡边彻低头划燃火柴。

很多年以前,渡边彻有过一次被反捕鲸船盯上的惨痛经历,对方很有耐心地跟了他足足两周,直到他不得不放弃捕鲸,返回日本海才罢休。眼下的情况更棘手,要是被反捕鲸船拍下红丸号捕鲸的证据,麻烦就大了。出发前,为了解决相关手续,他向太地町渔业协会保证,绝不会因为这次航行给协会和水产厅惹下不必要的麻烦。

"想想……"庄列松打个寒战,"办法。"

"确实有个办法,但我必须先征求你的意见。"渡边彻抽了几口烟,让庄列松等了一会儿才说,"调转航向,放弃向北航行,沿西伯利亚海岸线向西,远离北极腹地。"

"能摆脱他们?"

"能迷惑他们,可还不够。"渡边彻朝甲板上指了一下,"我已经让船员们做好捕蟹的准备。"

"捕蟹?"

"对,捕蟹。"渡边彻说,"我已经告诉对方,红丸号是艘捕蟹船,但从他们没有离开这一点来看,显然并未放松警惕,必须想办法让他们相信。"

"这会耽误几天时间?"

"一天,或者一周。"

午后,气温升高,海面平静祥和。

反捕鲸船已经不需要借助望远镜就能看得很清楚。船员们纷纷忙碌起来,他们从船舱里搬出捕蟹用的铁笼,在甲板上一字排开。杨炼渐渐克服晕船,开始适应海上生活,他对捕蟹很感兴趣,请求渡边彻允许他拍摄船员们的捕捞作业。

一旦投入捕捞工作,船员们就都兴奋起来,这是他们真正的激情所在。当大家在甲板上忙碌时,庄列松却开始发起高烧。他打电话给朋友,让他设法去弄一艘挪威捕鲸船,这次他没强调必须是艘破船——在万不得已的情况下,他会让红丸号前往挪威,在那里他们可以换艘船,继续完成计划。

午后三点左右,反捕鲸船离红丸号更近了,仅凭肉眼就能清楚地看到甲板上的人。与此同时,渡边彻下令放出捕蟹笼。训练有素的船员们立刻回到甲板,他们把乌贼肉放在削薄的皮革上,作为诱饵放进捕蟹笼,再一个一个沉入大海。

反捕鲸船继续跟了他们整整三天。这期间,红丸号又两次目击鲸群,一次是座头鲸,一次是独角鲸,但他们只能眼睁睁看着它们出现又离去。

庄列松感冒迅速加重。他以两倍剂量吞下药片,不停喝热水,蜷在船舱里让自己发汗,但每次有鲸群出现,他还是会硬撑着爬上甲板。鲸群出没的场面,比单独行动的鲸鱼更壮观,尤其是头上长着巨大长矛的独角鲸。

维京女王号离开的第二天傍晚,红丸号调转航向,悄然向北挺近。

随着红丸号加速向北航行,气温开始慢慢降低,沿途景象发生了一些变化。杨炼开始将全部注意力放在工作上,放在看、听以及用摄影机记录上。他发现自己喜欢上了航海,喜欢上了北极,这里的海市蜃楼和各种离奇光变,还有这里被厚重大气层改变并扩大了的声效,都让人心旷神怡。他尤其被一种"冰原返照"的现象迷住,这种低空光晕表明前方有很大一块浮冰。越往北,风景越迷人,巨型冰山崩塌后立即形成新的高耸冰山。

中午,杨炼第一次在浮冰上看到数量庞大的海豹群,他恨不能跳上那块冰,近距离拍摄它们,录下它们每一声含义不明的吼叫。一整天他都抱着摄影机在甲板上活动,一会儿拍大海和冰山,一会儿拍忙碌的船员。渡边彻还是不习惯在镜头前说话,面对镜头,不知该说什么的时候,他就一边掌握船舵,一边给红丸号遇到的每座巨冰都起一个凶恶的名字:赤舌、涂壁、炎魔……

"看到姑获鸟了吗?"他指着远处的一块浮冰说,"足有红丸号五倍大,撞上它,我们会像撞上开罐器的吞拿鱼罐头一样,轻而易举地被剖开。"

第二天下午,他们遇到一头鲸,是只成年座头鲸,雄性,有十四米长,重达三十吨。所有人都趴在右舷上观望。

"这是……"渡边彻迟疑了一下,"捕鲸的绝佳时机。"

庄列松跃跃欲试。在这之前,船员们已经在船头安装好捕鲸炮,他尝试发射了三次,出乎众人意料,他表现得相当不错。

渡边彻驾驶红丸号缓缓向鲸鱼逼近,最终匀速行驶在鲸鱼身后,和它保持着十五米左右的距离。

"最佳距离。"小山秀太低声说。

杨炼将镜头对准庄列松的手,接着慢慢拉开,移向海面,对准水中的神秘巨兽。鲸鱼缓缓游动,对面临的危险浑然不觉。所有人都屏住气息,等待庄列松瞄准目标、扣动扳机,射出致命的长矛。

"啊……不。"庄列松突然放开手,离开船头。

杨炼大大松了口气。他完全能理解这种感觉,这是种本能,就像士兵上了战场,才发现自己根本不敢面对面朝一个活人开枪。他以为,在这庞大而温顺的鲸鱼面前,庄列松失去了杀戮的勇气。真是再好不过!

所以,当庄列松紧接着说出那句话时,他感觉被人当头打了一闷棍。

"没有北极光。"庄列松冷静地说。

所有人都被当头棒击。最恼火的当然是渡边彻。这不是因为他很想尽快完成任务,调头返航,不是因为他惦记着之前布下的捕蟹笼,担心困在里面的蟹会被饿死,而是因为,庄列松给出的理由太过儿戏,这儿戏的背后不是对鲸的残忍,而是对人的残忍,对和他同舟共济的所有船员的残忍。

"跟紧它!"庄列松对周遭的敌意毫不在乎,"今晚肯定有极光,我跟你们打赌。"

红丸号追踪鲸鱼向北继续航行了二十海里。夜幕降临,鲸鱼没有潜入深海摆脱他们,它依然像之前一样悠闲而和善,如同在自家后院里散步。

北极光并未出现。

好运到此为止,麻烦接踵而至。首先是鲸在声呐系统上突然消失。虽然它就在距船头一百五十米的海水里悠闲游动,但声呐上看不到它的踪影。系统出了问题。刚修好声呐,底舱又突然开始进水。检查之后发现,那不是因为船体有破裂,而是船底用来排污水的水泵出现故障,一根油管爆裂。渡边彻关闭发动机,把船停下。他钻进船舱,弯腰站在台阶上看着小山秀太和机修工抬着水泵进到积水里。海水没过膝盖,冰冷刺骨,但他们必须泡在水里才能工作。

"危险吗?"杨炼小心地问。

"如果渗水淹没整个船舱,红丸号将在两小时后沉没。"渡边彻严肃地说。

庄列松跑来质问:"为什么停船?"他不认为那点进水真有那么致命,修船和捕鲸完全可以同时进行,"北极光!这是最佳时机。"

"在海上，"渡边彻一字一顿地说，"有东西坏，你就得修。"

船员们分成两组，轮流下水抢修。半小时后，故障终于排除。两台水泵同时工作，渐渐排出船舱内的大部分积水，但里面也被弄得一团糟，到处都湿漉漉的。船员们全聚在船舱里，大口吞咽热茶，想让被海水浸湿冻僵的四肢尽快回暖。只有庄列松一个人留在甲板上，站在捕鲸炮前望着大海出神。座头鲸已经消失。

杨炼用镜头拍下这些瑟瑟发抖但喜气洋洋的船员，他们刚刚避免了一次海难，他们成功挽救了红丸号，大家都精疲力竭，但也很兴奋。小山秀太递给他一杯热乎乎的麦茶。

"现在你知道了吧，"他对杨炼说，"在北极，无论任何情况都要避免下水。"

"是啊，"杨炼说，"太冷了。"

"何止是冷！"嘴唇冻得发紫的机修工浑身颤抖着说，"好在是在船舱，要是掉下海，你最多只有四分钟可活。那可不是个好的死法。"

7

涂涂，我梦见你了。

那年海水浴场的人特别多，我们去当救生员，管饭，救到人还有钱拿。我们一起在浑浊的海浪中游泳，你练习憋气，从水下盯着海边兴建中的游乐场和船型旅馆。

"你想长高吗？"

"你不想？"

再次捏住鼻子溺入水下之前，你冷漠地看了我一眼。

"等着。"

那个夏天,我们交换秘密,告诉对方自己想成为什么样的人。那是我读大学的最后一年,你天天做俯卧撑,准备考军校,学那些海图作业、六分仪和潮汐计算,准备作为一名海军士兵登上军舰服役。我每次说"水兵"你都要纠正,说水兵是一个兵种,而你要加入的是海军。

每天夜里你睡在海边医院的肿瘤病房,当护工,能挣不少钱,第二天还可以给我一罐白色奶昔。我猜是偷的。配啤酒喝,奇腥奇甜,厚浆状,像抹船的泥子。白天我们偷走游客的帽子,装从沙里挖出的小螃蟹,毛茸茸像蜘蛛,爬行速度飞快。晚上放在家里,"蜘蛛们"越狱,窸窸窣窣一整夜,害我以为我爸又梦游。最后你用手电筒把它们引出来,捣碎了连壳带肉和鸡蛋一起煎。阴天我们搭舢板出海,追着军舰撞。镇上人迷信军舰,和军舰擦身而过,一定得撞一下。我们撞翻了船,被两个小海军捞上舰,忍着笑假装苦不堪言。还有一次,一个浑身涂满防晒油的西北体育老师非要你掰他抽筋的大腿,双手紧紧搂住你的腰,我把他支棱起来的游泳裤扯下来,丢进海里,拉着你转身就跑,一沙滩人都盯着他那玩意儿。妈的,真是笑死我们了。

夏天好像永远不会结束,但终究还是来到了尽头。我长高了四厘米,所有衣服都穿不下了。我到处找你,想在回学校前请你喝啤酒,祝你早日登上军舰,被那些爱交好运的渔船撞个七荤八素,祝我毕业以后永远待在陆地上。

你让我去医院,你说你照顾的那个老头死了。他早就不想活了,让你把子女给的所有走私回来的日本营养液都扔掉,还让你帮他"了结"。他太虚弱,自己干不成。

那是我第一次看到尸体,他就躺在病房靠门的那张床上。外面传来海滨浴场的喧闹声,从窗户看出去,沙滩淤泥中埋了无数根水管,直通海洋深处，管子另一头连接着一排排人造泥池，用来换水。女人们站在齐膝的淤泥里，戴着斗笠，穿着防水皮裤，把蛏子从沙里一个个挑出来。

我们就这么一起站着，看着尸体。他怎么那么瘦？又瘦又小。床头柜上摆着半瓶玉米汁，一个软桃，整个夏天他就吃这个？老头躺在那里的样子，有一刻突然让我魂飞魄散，我想起我爸，他什么时候会到这一天？痴呆症严重之后，家里剩的那条小船也蛀了洞，他没力气管了。

开学之后我们就没什么机会见面了，你跟那些海军士兵一起天天操练，我继续胡乱读我的书，写程序，找各种办法挣钱，推销海参和干海马，卖最近几年新建的海景房。快毕业的时候，我看到一张新加坡海鲜加工流水线招劳工的广告，一年能挣十年工资，立刻跑去报了名。一年后，同学介绍我去日本当研修生打工，跟新加坡冷库的流水线工作差不多，我又去了十个月。回来之后你对我很失望，于是我放弃了跟你之间的友谊，心想你已经无法理解我的生活。差不多这个时候，我开始走私。那完全是个意外。

那个时候，近海的鱼几乎要绝迹了，一九九六年是个转折点，到处都在减产拆船，渔民们异常焦灼不安。一艘辗转在远海渔船中收鱼回港的移动冷库，水手里应外合，抢劫，杀了两个人，这是过去没有过的。人们开始用捕不到鱼的渔船运别的东西，九十年代末的日韩走私带来本地民间财富的第一波泛滥，我们镇因此成为传奇，甚至还有用军舰走私的海军军官进了监狱。

新年前一天我正在家睡觉，你突然打电话，找我去看日出。

我们凌晨四点就出发，在黑暗中到处寻找合适的地方。养殖场、海水浴场和游乐场吞没了不少海岸。北流海滩上，铲车正把一整堆石块从岸上转移到平底船上，然后船驶入大海深处。船底舱门打开，一整船石块沉入海底，船再驶回岸边，重复这个过程。那时，填海造地刚刚冒头，有个人跟我打招呼,他满脸笑容,因为我现在在吴波身边做事,填海造地这一块我也想做,但那时他还没让我插手。

我们找到一个好地方,海面结着冰,我们慢慢往里走,越走越远。

日出很快开始了,这是我熟悉的海港,油腻而混乱,根本谈不上赏心悦目。你让我别眨眼,看海面上的光和天空的光,说等日落时再来看,又是另一种光的惊人变幻。你问我知不知道莫奈,阿弗尔港的黎明,那里有的三样东西现在都在我们眼前:晨雾、日光和港口。在由淡紫、洋红、蓝灰和橙黄等颜色组成的色调中,一轮橙红引着海水中的橙黄色波光冉冉升起,近海中的三只小船变得迷离不清,远处的建筑、港口、吊车、船舶,也都在晨霭中渐趋朦胧。

这之前我不止一次看过海上日出,却从未注意到它是如此瞬息万变,难以挽留。你说画海和日出都要用匆促的手法,模糊不确定的色彩,朦胧的光和不清晰的轮廓,这样印象才完整而真实,日出的那个瞬间,但凡过去一秒,就不是原景。

太阳被钉住,海风稍停时,我们才发现冰面已经被吹离岸边很远,脚下的孤岛只有半个篮球场大,薄的地方可以看清下面浮动的水草。我们已经在冰上待了两个小时,太阳正在膨胀,浮冰随时会融化、再次破碎。你把围巾绕在我脖子上,我打电话报警,救援船来了,缓慢破冰。在等待的时间里,你说你在部队出了事,已经无处可去了。镇上几年来的风言风语,还有那个油光光的体育老师,我早就有所察觉。你问我现在怕不怕,我说怕。你说你每次站在海边或甲板上都怕,因为知道自己有想跳的冲动,但此时此刻你并不想死,所以不怕。三十分钟后,我们回到陆地。

涂涂,把围巾给我戴,送我奶昔,带我一起看尸体的涂涂,你那么纯真,对我那么好,现在我在船上,向浮冰出发,你在哪里?

101

8

  红丸号继续向北挺近,天气大好,每晚都有炫目的极光。
  这天晚上,杨炼在小山秀太的协助下向大海撒网。他们撒的不是捕捉大型鱼群的拖网,而是一只小网。
  夜里十点零五分,两人开始站在短桨边收网。小山不时停下来,把几缕海藻扔回海里。杨炼高兴地发现网里有条个头很大的鳕鱼,看上去应该有七八斤,还有几条漂亮的棒花和红点鲑,有的竟挣脱渔网跳到甲板上,小山熟练地捡起,扔进水桶。
  庄列松来到甲板上。他看了看水桶,发现他们用小渔网捕到的比自己之前用拖网捕到的还多。他点点头,慢慢朝船头走去。
  "杨炼,"他喊了一声,并没有回头,"你来一下。"
  杨炼瞧了瞧小山,小山冲他咧嘴,拎起水桶朝船舱走去。杨炼来到船头,看着被极光映照的庄列松的背影,低声问:"要我拿摄影机来吗?"
  "来,"庄列松握住捕鲸炮,"你试一下。"
  杨炼站着没动。过了一会儿,他鼓起勇气问:"非得这么干吗?"
  "干什么?"
  "杀死一头鲸。"
  "有区别吗?鲸,和你捞上来的那些鱼。"
  杨炼发现自己根本没办法和庄列松讨论这件事。不久,他转身离开,心里暗暗祈祷在接下来的日子里他们不要再遇到鲸鱼,最好一头也不要遇到。神奇的是,接下来的三天,他们真的没见到任何鲸鱼的影子。

红丸号即将进入危险的浮冰区,天气却突然变糟了。

北极就是这么多变,一个小时之内先是阳光灿烂,接着下大雾,起狂风,下雨,雨又变成寒雾,然后又是乍然天晴。

一进入浮冰区,渡边彻身上那种少见的活跃情绪就彻底消失了。从现在开始,航行将变得极度危险,随着浮冰越来越多、越来越大,任何闪失都会给红丸号带来灭顶之灾,不能心存丝毫的侥幸。在浮冰夹击的狭窄水道里前进,最危险的情况是船只被困。在红丸号的两侧横杆悬吊着一种钢质稳定器,船员们叫它"小鱼"。在凶猛的海面上,"小鱼"能使渔船保持稳定,但在地形复杂的冰区它反倒成了威胁。有一次,红丸号的"小鱼"差点撞上一大块耸起的浮冰,船员们只有几分钟时间把它拖到甲板上。

"为什么不把'小鱼'从冰上拖过来?"杨炼问,"那不是更容易吗?"

"不能那么干。"渡边彻盯着甲板上的船员,现在,真正考验他们的时候到了,"它会勾住浮冰,这些圆杆、吊杆都会被拉下去,所有东西都会被扯下来。"

小山秀太跳上冰面,将"小鱼"的头部用力托起,避免它被坚冰划伤。船员们有的牵引绳索,有的用长杆把冰推离船舷。渡边彻操作液压杆,瞅准时机,将"小鱼"迅速升到半空,安全收回。红丸号再次避免了险情,但前方的浮冰移动速度正在加快,渡边彻决定立刻掉头,撤出这片冰区。这时,声呐显示,前方的海水下出现一个巨型生物。

"是鲑鱼群。"渡边彻面无表情地对庄列松说,但愿自己能骗过他。没错,那是头鲸,鲸可以在冰下潜水很长一段距离,但现在冒险去追踪它,红丸号极有可能被浮冰围困,那等于白白去送死。

庄列松凝视着声呐信号,显然并不相信他的话。

"鱼群聚集在一起,"渡边彻继续面无表情地说,"有时会形成和鲸鱼相似的形状。"

四十五分钟后,他终于把红丸号安全驶出那片浮冰区。目标在屏幕上消失。

庄列松一言不发,离开了驾驶舱。

第二天,黄昏时分,红丸号正小心沿着冰区的边缘前进,右舷前方突然出现一头顽皮的灰鲸,它在一条海冰开裂形成的狭长水道里徘徊,不时浮出水面,拍打海水。庄列松决定立刻采取行动。

"你确定?"渡边彻吃惊地望着他。

庄列松指着天空中的北极光说:"这是天意。"

"那是头幼鲸。你确定你要杀一头未成年的鲸?"

庄列松看着海里的鲸鱼,它确实比之前见到的座头鲸体型要小,但仍然堪称巨大,至少有九米长。

"应该还不到一岁。"渡边彻说,他的意思很明显,捕杀幼鲸令人不齿,"而且,天很快就黑了,要想捕杀这头鲸,红丸号必须冒险进入那条狭长水道,这不明智,我建议放弃。"

庄列松摇摇头:"我已经放弃过一次了。"他看着天空,今晚的极光是璀璨的翠绿色,那是太阳释放出的带电粒子猛烈撞击地球热成层的氧原子形成的,这正是他一直在等待的时刻。他决意捕杀这头鲸鱼。

他让杨炼立刻做好准备。

"可船长的意思是……"杨炼有些不安。

"我明白他什么意思,可我不明白你的,"庄列松盯着他,"你打算和这些人站在一起反对我?"

杨炼取出摄影机,打开开关,将镜头对准他说:"你说了算。"

"速战速决,"渡边彻看着庄列松,生硬地说,"如果你非这么干不可,必须在光线变暗之前撤出水道。"

庄列松快步跑上甲板,在船头做好准备。

五分钟后,渡边彻调转船向,将红丸号驶入那条狭窄的开放水道。他故意开足马力,为的是让机器发出轰鸣,好吓跑那条鲸鱼。庄列松没有制止他,因为他发现,那头幼鲸根本不害怕轮船,还待在原地打转,完全没有要离开的意思。

"这很反常,"小山秀太困惑地说,"它好像,在等什么……"

"在等我。"庄列松说。

第一发捕鲸炮并没有击中目标,所有人都松了口气。

幼鲸闻到危险气息,变得躁动不安,扭头向水道的深处游去,明显加快了速度。灰鲸在遇到危险时会血战到底,在海上,有人称它为魔鬼鲸。此刻,受到惊吓的幼鲸正奋力游向前方的浮冰群,想利用浮冰阻挡红丸号。

庄列松一边催促水手们重新填装捕鲸炮,一边努力调整呼吸。几分钟后,他再次瞄准目标,然后果断发射,锐利的长矛刺入幼鲸背部,血液瞬间染红了海水。

在剧痛中,幼鲸牵着长矛上的绳索,疯狂冲向浮冰,它奋力潜入水中,不久又从一块浮冰后面的开放水道露出头来。紧随其后的红丸号不得不撞击浮冰,将它撞个粉碎,冲入危险的浮冰群。一时间,鲸鱼、红丸号都饱受折磨,浮冰和船体之间不断传来巨大而恐怖的撞击声,船体开始动荡,不久又发生了可怕的倾斜。渡边彻身体探出驾驶舱,冲着甲板大喊:"小山,割断绳索!"

"不!"庄列松高声说,"它就要完蛋了。"

"割断绳索。"渡边彻再次下令。

"不!"庄列松大喊着阻止。

小山秀太从桅杆上跳下,抽出刀子,几步跑到庄列松面前:"我必须割断绳索,请放弃。"

庄列松摇摇头。

"船受不了的!"小山急了。

"受不了又怎样?"

"最坏的情况是撞上一块尖利的浮冰,刺出一个洞,沉船!"

"这种可能不存在!"庄列松上前一步,夺走他手里的刀。

开放水道已经走到尽头,浮冰越来越密集,鲸鱼再无路可走,在它的正前方是一大片望不到尽头的冰坂。突然,庄列松感到脚下沉重地一颤,巨大的惯性使他差点摔倒。渡边彻强行减速了,他要把船停下。庄列松冲入驾驶舱冲着渡边彻大喊:"绳子会断!"

"所以得割断它!"

"你会害我前功尽弃。"

渡边彻对他怒目而视:"你干掉它了,这还不够吗?"

甲板上突然传来一阵惊呼声。原来,不知是处于惊恐还是疼痛,那头受伤的幼鲸突然做出一个惊人举动,它加速冲向冰坂,奋力跃出水面冲上了浮冰的表面,然后,痛苦地搁浅在那里。同一时刻,渡边彻关闭了发动机。

没等他下令,小山秀太已经敏捷跳上船舷边的冰面,检查船头撞击的情况。坚硬的浮冰在船头造成几道触目惊心的划痕,幸运的是,没带来致命伤害。

冰面上,垂死的幼鲸伤口喷射着血液,发出痛苦悲鸣,令所有人寒战心惊。

"我赢了!"庄列松冲向船头,浑身战栗但却大笑着指向冰面。

"你杀了它并不代表你赢。"渡边彻看一眼杨炼,"但他已经记录下你的'英雄壮举',你的目的达到了。"他转身朝驾驶舱走,"现在,我们必须离开。"

"等一下!"庄列松大声说。

"等什么?"渡边彻狠狠瞪他一眼,"这条水道是浮冰开裂形成的,温度正在迅速下降,它随时可能合拢把红丸号困住,真被困在这里,只需要几个晚上,海冰就会把整艘船捏个粉碎。必须立刻撤出去!回到开放水域。"

"多久?"

"什么?"

"到冰面合拢、失去退路,还要多久?"

"不超过一小时。"

"足够了。"庄列松凝视冰上的鲸鱼——他的战利品——说,"我要到冰上去。"

五分钟后,由庄列松、杨炼和三名船员组成的小分队踏上冰面,他们小心避开不稳定的浮冰,绕过一个个冰窟,向搁浅的幼鲸靠近。鲸鱼一动不动,看上去已经死了,它的躯体像一座小山,在极光照耀下反射着寒冷的荧光,背上插着那支矛枪。

庄列松准备爬上鲸背,没想到身手敏捷的小山秀太已经抢在了前面。

"你干什么!"

小山秀太被他吓了一跳:"拔矛钩,收绳索。"

"我来!"

"你?你要上来?"

"对。"庄列松回头看着杨炼,"在极光下拔下矛钩,这么震撼人心的画面,当然得留给我啊,对不对?"

杨炼分不清他是认真的还是嘲讽。

庄列松试图从鲸鱼的尾部爬上去，可那里结了一层霜冻，他试了几次都失败了。这让他很恼火。突然，意外发生了，幼鲸扭动着挣扎，猛力向侧面倾倒，小山被它从背上甩下，重重摔在冰上，差点就被它巨大的身躯压扁。另外两个船员立刻毫不犹豫地冲上去，抢出自己的同伴。杨炼的摄影机记录下这惊心动魄的一幕。

红丸号上，渡边彻大骂，通过对讲机，他命令小分队立刻撤回船上。一个船员告诉他，小山的右腿可能摔断了。这时，一个新情况出现了，声呐显示，反捕鲸船维京女王号正全速朝这里赶来。渡边彻高声催促，他恨不能亲自上冰，把小山背回来。

船员们迅速固定住小山秀太的右腿，准备撤退。

"还不能走！"庄列松夺过对讲机，大声对渡边彻说，"我必须拍到那个画面。"他看出船员们的愤怒，又放缓语气和渡边彻做最后的谈判：这样吧，"我留下，你让船员尽快送小山上船，红丸号可以先离开，等你甩掉反捕鲸船，再回来接我们。"

"你说什么？"渡边彻简直不敢相信他听到的。

"我不想留下，我也要上船。"庄列松身后的杨炼颤抖着说。

"你必须留下。"庄列松转身看着他，"我雇你，就是为了这个。"

"你这是在拿你们的生命开玩笑。"渡边彻低声警告庄列松，"很可能我需要花好几个小时才能返回，冰面会冻结，再回来接你们，需要成倍的时间……"

"云图显示，今晚天气如何？"庄列松打断他。

"天气状况良好，可是，没人能保证……"

"就这么决定了！"

船员们将受伤的小山送回船上。按计划，红丸号在撤出浮冰区后，将向南航行二十海里,在引开反捕鲸船并摆脱它之后,再回到浮冰边缘,接他们离开。对这个安排,庄列松很满意,现在,只要能让他留在冰上,享受成为捕鲸者的快意,怎么都行。

渡边彻知道自己无法阻止这个疯子,只好派人以最快速度送了一批补给品到冰面上,包括帐篷、饮食、一只充气救生筏和一只取暖用的酒精炉,这些东西足够让有经验的北极航海者在坚实的冰面上待一周。庄列松完全沉浸在喜悦当中,根本不在意这些,杨炼却要求送东西来的船员干脆连小艇上的手电筒、急救包和几件备用救生衣也全都留下。他立刻就把救生衣穿在身上。

红丸号在夜幕下掉头远去,杨炼把镜头摇向庄列松。

庄列松凝视着搁浅的幼鲸。它还没死,但奄奄一息,再也没有力气翻滚回到大海。璀璨的极光之下,庄列松脱掉手套,朝它走过去。他看着它的眼睛,伸出手,摸了摸。"你敢相信吗?"他转身面对着镜头,"它是被我杀死的。"

9

你是什么时候想到死的,涂涂?

是不是必须一死,才能结束这种痛苦。人至少可以放心选择自己的死,不像鱼,只是在游泳,就突然被捕食。应该有种无痛的方式,可以让人舒服地离开身体,进入水中,那个我们最后都要去的地方,而不是躺在一个窗外只看得到蛏子养殖滩涂的房间里徒劳呻吟。我们曾昼夜不停,在海上围猎,只因为鱼不会流泪,很少出血,它们的死亡活泼而闪亮,只是弹跳几下……对不起,涂涂,我只顾说这些,你不要厌烦,刚才说到哪儿了？

走私是个意外。

我对吴波的第一个贡献是发明了一种箱子，按流体力学设计的流线型铁箱，悬挂在船底，航行起来阻力小，油口在船尾又极为隐蔽，能装两吨油。海警用他们习惯的缆绳拖底法检查时，因为沉箱和渔船基本连为一体，又是流线型，很难被发现。如果用电钻穿孔检查，因为沉箱与船底之间有一段间隙，船底一穿孔海水就涌入船舱，根本不会想到下面还连着一个庞然大物。箱子上还装着电泵，控制开关在驾驶舱，遇到海警非要强制上排检查，别无他法，可以启动电泵把箱里的油打出去。海警能怎么办？总不能因为船只漏油逮捕我吧。

安装沉箱的走私船每次出海会关闭自动识别系统，一直开到公海，再用船上带的单边电台，联络等在公海的母船，暗号通过才开始卸油。很多船长胆子小，怕没有自动识别系统会撞船，不敢关，一旦被海警盯上又慌不择路，以为拒不停船、航速超过十节就能甩掉他们，最后无一不被强行登船检查，满盘皆输。

那段时间，被抓的驳船非常多。船主和船长都有攻守联盟，一旦被截获，都是船长一人顶罪，绝不供出他人。船主会给一笔补偿。但海警还是顺藤摸瓜，能从现行的一两起走私追溯出一串人名。我手上的箱船却一次也没出过事。

吴波又把硅铁这块分给我。我把手上的船同时注册国内、国际船舶两套手续，用国内手续把国内限制出口的硅铁在码头装货，伪报成水泥之类的大路货，说要运输到国内的目的港。等船行驶到外海水域，再把船名改掉，以另一套国际手续，用内贸的套路把货卸到日本和韩国港口。最后再重新把船名改过来，折返。

十月十九日夜里，我记得有场大雾，但没有风暴。如果一切顺利，后半夜我们就能回港。这艘大吨位船是报废的军舰改装的,吴波从国外收了一批驱逐舰和破冰船,导弹、大口径火炮都拆光了,以前装枪支的舱室很大,正好可以装油、水和后勤物资。

我站着的地方以前想必是火炮安放处。我想起你,涂涂,如果你依然在舰艇上站岗,应该会在这样的晚上仰看星空。

一切都很顺利,海面风平浪静,我不担心雾,想到我们在海警的望远镜中悠然开过,反而感到十分愉快。上岸之后是我例行打牌的日子,牌友里有个浙江人,一直在舟山和北方各个码头跑。填海造地的风潮把他引来。他混得不错,给各种需要做生意的人牵线搭桥,就住在港口的破房子里,还放贷。船长需要贷的款很多,每次几万、几十万都有,贷到款才能买得起网具油料出海,回港卖了货再还。休渔期开始前贷个二十万,几潮下来就要还二十五到三十万。这种生意镇上没人干,但这人脾气内向,手腕硬。还不上钱的船长被他押到海上,赤脚站冰,还了钱转年还是从他这里贷,他就这么成了镇上最出名的债主。我想说服他和我合伙,投资填海造地的生意。

前一天晚上我们猛灌冰可乐,滴酒没沾,却都醉了。这是今年最后一趟运油,就等上岸分钱了,晚饭时大家的话题就是如何挥霍。我因为心里有事,可乐也能喝醉,我的副手小路兴高采烈,醉得真假参半。他是寿光人,爱唱吕剧,上船之前没见过海,每天都要哼唧几遍想吃绿叶菜。

二十日凌晨一点,船从仁川港起航,大家还是开心得要命。除了我,每个人都带了东西给家里,有日本韩国产的剃须刀、旅游鞋、吹风机、电熨斗、化妆品、香烟、自行车、电饭煲、手机。最高兴的是机械师老饶,他是船上唯一一个连烟都不抽的,给女儿的化妆品和衣服却带了上万的。起航这天凌晨,根本没几个人睡觉,大家都在讲家里,没孩子的讲女人。我这才知道小路的老婆是个喀麦隆女人,像匹膘肥体壮的黑马,给他生了个女孩,现在和小路的老娘住在一起。

凌晨两点,我们驶出仁川。没多久对讲机传出声音,"有海狗"!

海狗就是海警。我向卧室舱房走去,小路已经坐起来,正揉眼睛,还在做梦。

"到哪里啦?"小路问我。

我说,刚出港没多久。我躺进我的铺位,不确定应不应该担心,我把识别系统关了。快九点多的时候,我对小路说:"倒杯水,我怎么开始晕船了。"

又过了一会儿,对讲机里传来新消息,"海狗上船了"。那艘船是干净的,没油,给我们望风的,说明我们被海警盯上了。我再想问几句,对讲机没声了,估计让海警给敲了。我下令全速前进。这时候起风了,很快就狂风怒号,我在海上跑了这么多趟,第一次晕船。小路晕得更厉害,先是动弹不得,最后坐在那低头打摆子,口中喃喃低语:"要翻船了,要翻船了……"

那是我第一次见小路这样。过了一会儿老饶也从甲板上下来,满头满脸都是湿的。他一声不吭。除了小路喉咙里的呜呜声,四下一片寂静。过了一会儿,小路能说话了:"你只要一发命令,让把油弄出去,我现在就去。"

"没什么大不了的。"老饶说。

这是四点五十分的事。

了不起两吨。我也这么想,来来回回几百吨,迟早有这么一天。那些私人加油站、小炼油厂和油贩子从来没想过他们吃的鱼肉里也会有油。

当时还没签中韩渔业协定,那是五年后的事。那时我们在荒漠一样的近海已经完全网不出任何东西,只能去韩国那边的海里偷。一旦海警盯上,有种破釜沉舟的办法,就是自己把木壳船凿个洞,让水灌进来。海警一见这种,款也不罚了,船也懒得拖,高压水枪一收,掉头就走。我听浙江人讲过一次这样的事,等搭伙的渔船一个多小时后赶到时,船已经下半截泡在水里,海水马上就要淹过船帮,七个船员猴子一样蹲在驾驶舱顶上,衣服兜里装着塑料袋封好的遗书。

这样想想,把油打进海里算多大事呢?再这么关着系统,睁眼瞎似的在风暴里航行,船毁人亡是迟早的。我仿佛真看见了,自己一个人漂在海面上团团乱转,船像块糊墙皮的纸,在我眼前慢慢下沉,四周一个接一个漂起那些礼物:香烟、衣服、吹风机、自行车……我明白小时候在海底看到的东西是怎么来的了。最后礼物没了,漂起小路和老饶的尸体。

涂涂,你就是那天晚上跳海的,我觉得你是看着天空跳的。我是不是预感到这个才没按那个电泵按钮?你是条爱清洁的鱼。我们一个在镇上的港口,一个在海里,都找到了某个答案。最后我把所有人连船带油弄回港口,告诉吴波这是最后一次。

10

三小时后,红丸号依然没有返回。

八月底的北极,傍晚气温通常在零下九摄氏度左右,白天有时会达到零上四摄氏度,但到了深夜,这里十分寒冷,有风的情况下感觉更糟。今晚没有风。

庄列松还站在鲸鱼背上,问道:"素材够吗?"

"绰绰有余。"杨炼说。他用胳膊夹住摄影机,活动一下被冻麻的手指,转身朝堆在身后的设备看:"是不是该支帐篷了?"

"用不着,你等着。"庄列松掏出卫星电话,和渡边彻联系。一分钟后他挂上电话。"好啦,"他用力拍着手掌,"搭帐篷!"他坐下来,以双手作为支撑猛一用力,沿鲸鱼的脊背滑下,像玩一个滑梯。

杨炼从没搭过帐篷,有庄列松在,他也根本插不上手。只花了不到十五分钟庄列松就把帐篷支起来。杨炼立刻就钻进去,狭小空间终于带来一些温暖和安全感。庄列松点燃取暖用的酒精炉,拿出一块巧克力,一边吃一边看杨炼刚拍的视频。

"明天早上,船长是这么说吧?"杨炼心神不定,朝庄列松摆摆手,拒绝了他递过来的巧克力。他一点也没有胃口。

"放心,明天早饭肯定会在红丸号上吃。"

"那为什么,他们要留下这么多食物?这些东西,够我们吃一个星期了……"

"来,看看都有什么。"

他们把所有食物都掏出来,摊开在墨绿色的睡袋上。比想象得更丰富,有两大包燕麦片,一袋香肠,十二块袋装即食鸡肉,一袋炒米,一大罐压缩饼干,六听沙丁鱼罐头,一整包士力架,一盒高蛋白能量棒,一小罐黑咖啡和一盒袋装红茶,另外,居然还有四个苹果和几根冻得硬邦邦的香蕉。庄列松撕开红茶包装,开始烧水。

十五分钟后,他们喝到了热茶。

"感觉怎么样?"庄列松问杨炼。

"你感觉呢?"杨炼低头盯着茶杯。

"杀鲸鱼,留在浮冰上过夜,哪个更可怕?"庄列松问。

杨炼颤抖不止,又喝了一口热茶,才开口:"怎么还这么冷?帐篷纸糊的一样。"

庄列松盯着他看了一会儿,站起来,拍了拍他肩膀,走出帐篷。他一离开,杨炼立刻扯过睡袋,从上到下把自己裹得严严实实。几分钟后,他掀开帐篷一角,看到庄列松又爬上了鲸背。他站在上面,向着头顶的苍穹眺望,看上去不像个活人,像一座拙劣的雕像。冰面四周寂静无声,如同一个冰冻星球。

杨炼一夜未眠。

除了庄列松的鼾声,周围什么声音也没有。

不知过了多久,他按亮电子腕表。凌晨三点。他依然非常清醒,睡意全无。他试着把外面想象成留学生宿舍楼外的林荫路,但没能成功,因为他清楚地知道,外面只有一眼望不到头的冰坂和一具庞大如山的尸体。

次日清晨,一钻出帐篷杨炼就被眼前的景象惊呆了:海雾弥漫,能见度只有不到二十米。被红丸号冲击造成的水道,已经被完全冻结。空气酷寒。

庄列松还在沉睡,杨炼不敢叫醒他。他活动了一下四肢,掏出指南针,朝南走了五十米。他不断回头检查自己走过的冰面,确保脚印清晰可辨,才敢继续走。十五分钟后,他感觉自己只走了大概四五百米,其间,他看到一两处被浮冰环抱的水面,但没能看到视野开阔的大海。周围的景象几乎没有区别,到处是冰雪和寒冷的浓雾。一个念头突然在他脑海闪现,一个挥之不去的可怕念头:红丸号不会回来了。

他突然很想大喊。可是,当他终于无法克制地喊出来时,浓重的带有咸味的海雾立刻就将他的声音吞没。返回时,他差点迷路。

浮冰的表面崎岖不平,破碎不堪,一不留神就会找不到脚印。他感觉心跳得很厉害,脚下这些冰和在晴天看时完全不同,这是一个冰冻的荒原，就像炼狱。海水有节奏地拍打着浮冰的底面，哗啦啦响声不断，听上去像某种呻吟。好不容易太阳终于升起来，但穿透浓雾的阳光十分微弱，像是鬼怪在不断眨着眼睛。当他经过一片海水，一块浮冰突然翻滚着颠倒过来，把几条小鱼困住，小鱼疯狂地寻找生路，想逃回水里。

半个小时后他才终于回到营地，先看到的是那头鲸。

直到这时他才看清雪地上残忍的画面，到处都是鲜血。他长时间凝视雪地上的血迹，感到呼吸异常困难。

庄列松从帐篷里钻出来，表情像见了鬼："你去哪儿了？你拿了卫星电话？"

杨炼魂不附体，拼命摇头。庄列松突然朝鲸鱼跑去。他爬上鲸背，接着又跳下来，围着鲸鱼绕了两三圈。杨炼冲进帐篷，把所有地方都翻遍了，没有。他感到毛骨悚然。

"找到啦！"庄列松在外面大喊。

杨炼冲出帐篷。庄列松站在鲸背上，双手攥着矛钩，正在用力搅动。杨炼跑过去，突然，他看见鲸鱼的眼睛仿佛在看着自己，吓得直往后退。

"它还活着……"

"别犯傻！"庄列松掏出刀子，跪在鲸背上，用力刺向被冻住的凝血，他把刀尖插进一个缝隙，用力一撬。杨炼看到，他抓起一个鲜血冻成的冰疙瘩。卫星电话。

庄列松的身体突然凝固不动，说："听到吗？"

没有，杨炼什么也没听见。他茫然地摇头。

"汽笛声。"庄列松跳下鲸背，飞快跑回帐篷。不一会儿，他举着信号枪跑出来，站在冰面上，朝天空射出信号弹。五分钟后，他又发射了一颗。

"雾太大了。"杨炼说，"他们根本看不见。"

庄列松开始大喊。很快,杨炼也跟着喊起来。

一直到筋疲力尽,他们也没有听到汽笛声。也许那根本什么就不是。他们回到帐篷,围着酒精炉试图烤干卫星电话。他们一言不发,度过了惊恐而茫然的上午。中午,电话终于干了,但无法开机。

"你带手机了吗?"庄列松问。

"在船上……你的呢?"

庄列松没说话。他打开急救包,把里面的东西全倒出来,又把充气救生筏从包装袋里拽出来,一寸寸地摸索。

"找什么?"

"GPS。救生筏上,应该有GPS。"

他们把手头的所有装备统统仔细检查一遍,然后又检查了一遍,没有,没有GPS,没有手机,没有对讲机……除了那个损坏的卫星电话,他们没有任何通讯设备可以和外界取得联络!杨炼从放食物的箱子里拿出那袋炒米,把电话埋进去。接下来,只能是等待。

到了中午,气温升高了一些,冰面上一点也不冷,但雾还没散。

"你不吃东西吗?"庄列松问。

杨炼突然站起身,朝帐篷外走去。他走到鲸鱼面前,掏出瑞士军刀,慢慢打开。看着鲸鱼暗淡混沌的眼睛,他低声说了句抱歉,然后举起刀,用力向鲸鱼的腹部刺去。死去的鲸鱼血液凝固,皮肤坚硬,可他必须把它切开,切到足够深,才能得到尚未凝结的血液。庄列松走到他身后,抽出自己的刀,用力刺进鲸鱼的皮肤。

"用这个。但你最好告诉我你要干嘛?"

"鲸鱼血。"杨炼抽出庄列松的刀,"我们可以用鲸鱼的血在冰面上写一行SOS,经过的飞机会看到。"

"这里是北极,"庄列松黯然地说,一边转身离开,"根本不会有飞机经过。"

庄列松的刀果然好用,是把求生刀,锋利、修长。血液从鲸鱼体内流淌出来,杨炼差点吐出来,但他没有停,继续疯狂对鲸鱼挥动刀子。

一个小时后,他用鲜血在冰面上写下巨大的"SOS"。

鲜血在他衣服上凝结成冰。

黄昏时分,吹来一阵北风,浓雾奇迹般地散去,天空晴朗,极光再现,一切就像昨晚一样。庄列松每隔半小时就发射一颗信号弹。

"你在浪费子弹。"杨炼很不安,"我们应该轮流爬到鲸背上去瞭望。"

庄列松没有理他,拿出雪茄,点燃抽起来。过了一会儿,他钻进帐篷,又开始折腾那只卫星电话。他把它贴身放在胸口,十分钟后又试了一次,还是不行。他一口气吃掉两根香肠,一个鱼罐头,然后抱着卫星电话钻进睡袋。

夜幕下,杨炼独自站在鲸背上,绝望地看着茫茫冰坂。

一个小时后,他听到帐篷里传来鼾声。他跳下鲸背,钻进帐篷。庄列松把酒精炉烧到最大,帐篷下面的冰都开始融化了。现在,酒精是救命的东西,绝不能用来取暖。他没叫醒庄列松,擅自熄灭了酒精灯。

午夜时分,他被惊醒。

"你想冻死我吗!"庄列松在大吼。

杨炼才刚睡着才几分钟,神智还很模糊:"什么?"

"酒精炉,谁让你关的!"

"得省着用啊。"杨炼低声说,"还有食物,也应该定量。我觉得,我们还是要做好最坏的打算……"

"别自己吓唬自己啦。"

"船长不会故意不来接我们,对不对?他一定遇到了麻烦。"

"海上没有风浪,天上没有暴雪,"庄列松划燃火柴,"他是故意的,他在捉弄我,他想报复我。"

杨炼吹灭他手中的火柴,说:"你以为别人都和你一样?你最好连烟也别抽了,火柴省下来。"

黑暗中,他能感觉到庄列松在逼近,下意识地向后缩起身体。突然,他们听到巨大而恐怖的声响。起初,他们不明白那是什么,最后才意识到那是海冰移动的声音。冰块之间刮擦碰撞的声音震耳欲聋,像海怪在咆哮。

火柴再次照亮黑暗,庄列松看着杨炼,点燃了酒精炉。他没有说话,钻回了睡袋。

次日清晨,他们醒来后走出帐篷,四处观察,结果发现一些古怪的迹象:帐篷西边半公里处原本有一道高大的冰脊,可现在看上去十分遥远。

庄列松很困惑:"我怎么觉得我们离那一大片冰坂越来越远了?"

杨炼爬上鲸背,向四周眺望,然后说:"不是它离开了我们,是我们正在离开它……冰裂开了,我们脱离了冰坂。"他的声音几乎要哭了,"我们现在在一个孤岛上。"

离开冰坂后,红丸号迎面遇上了维京女王号。它的目标并不是红丸号,而是那片冰坂。如果他们当晚到达冰坂的边缘,天一亮就会看到搁浅的鲸鱼,渡边彻决定拖延时间。他告诉维京女王号的船长,自己有位船员受伤,急需救助。维京女王号上配备有医生,很快,医生就乘小艇来到红丸号。

医生诊断,小山秀太右腿骨折,恐怕很长一段时间都不能回到甲板上去。他为小山固定好伤腿,嘱咐他务必静养,返回陆地前避免一切剧烈运动。渡边彻问医生,维京女王号为什么要往北走。医生说,几年前他们曾经解救过一只成年母灰鲸,在它身上安装了定位装置,最近他们发现,那头鲸一直在同一个区域徘徊,怀疑它可能遇到了麻烦。渡边彻暗自庆幸,要不是他再次让船员拆掉捕鲸炮,医生很可能会发现问题。庄列松杀死的那只幼鲸,极有可能就是他所说的那头母鲸的幼崽。

这时,维京女王号突然接到返航命令,医生临走前请求渡边彻,如果发现灰鲸的踪迹,尽快和维京女王号取得联系。

第二天清晨,红丸号悄悄前往出事浮冰所在海域,却被浓重的海雾拦住去路。浓雾之中,大片浮冰不断阻挠他们,尽管渡边彻下令不顾一切继续前进,但最终他们还是不得不暂时退出浮冰的包围。卫星电话一直打不通。

第三天中午,浮冰终于裂开一条水道,渡边彻决定不顾红丸号的安危,全速前往当天的出事海域。可是,当他们终于到达那片区域,却找不到庄列松、杨炼和搁浅的鲸鱼的踪迹。他判断,一定是浮冰发生了断裂,载着那两个人的浮冰很可能移动,偏离了原来的位置。现在,只能追踪洋流,希望可以尽快找到浮冰,救援失踪的中国人。但他心里清楚,仅凭红丸号一己之力,希望十分渺茫。

他在犹豫,要不要向维京女王号发出求救信号,请他们协助搜救。时间紧迫,拖得越久,找到中国人的概率就越低。几分钟后,他做出了艰难的选择。

维京女王号立刻返回,参与到救援行动中。

反捕鲸船上的人都对红丸号所做的事感到不解和愤怒,但眼下,救援必须放在第一位。可是,无论维京女王号还是红丸号上的人,无论他们具有多么丰富的北极航海经验,也无法想到,那块载着庄列松、杨炼和鲸鱼的断裂浮冰,并没有顺着洋流的方向漂浮,而是朝着几乎相反的方向漂去。

11

爸,你是零七年开海捕鱼前两周死的,没错吧?

我在那年完成了三百七十平方公里的填海造地,我在拉直的海岸线上点缀上海景房。"上帝填海,我们造陆。"我让售楼处把广告牌升到楼顶,让每个人都看见。我们的镇变成一个区,少了一些喜感。

那天他们在新港围着打一个男孩,十岁出头,瘦得像流浪狗一样。最早他们抓到他是因为他在港务局旁边的小商店偷香烟,卖给船员。好几个店都被偷过。前几天有船出海,走到半路电路故障,船员去舱底取备用电瓶,发现那里躲着个孩子,就是这个小偷,没爸没妈,每天趁半夜沿着锚缆爬到船上睡觉,第二天再爬回来。这次睡过头,跟着出了海。以前有孩子爬锚缆摔进海里淹死过,这是个小偷,罪加一等,水手们把他重重打了一顿,放了。过了两天,这孩子又拖着一条瘸腿爬锚缆进去,把一船渔网都放火烧了,十几万买的新拖网,新浮子,新沉子。九月中旬,离休渔期结束只有两三天了。

听说他点着渔网后直奔汽车站。他把放火的时机掐得很准,正好从长途车上能看到火势最旺的一幕。他从车窗内观赏火光冲天的渔船,喜形于色,如同深夜落海者看到光彩夺目的灯光诱围船。等几个船员拦住长途车时,那船已经差不多化为灰烬,旁边的一艘也跟着遭了殃。那是我的船,因此,他们把他交给我发落。

她长得像涂涂,男孩打扮,其实是个女孩,个子不矮,可是很瘦。这里不许女孩上船,因此水手们没办法让她干苦力赔偿。腥臭潮湿的舱底生活加上小偷小摸,让她女性特征全无,头发稀稀拉拉,模样低贱。她十四岁,应该上过学,但没教养,我有几个朋友特别爱找她说话,不拿她当孩子也不拿她当大人,态度有时还勉强,有时简直把她当牲畜。有个朋友说,"你等着章佐,等庄列松不拿你当回事的时候,我就去你家,浇一桶汽油,把你全家都烧了。"还有个朋友说,"这个娘们真他妈的丧气,奶子秃,屁股凹,瘦得像个海蛎子又,出来卖都叫不上价,但只要一眼,就一眼,你看她一眼,你就想上她。"章佐就大骂起来,用词之肮脏连水手都自惭形秽,她抡起桌上的酒瓶砸他头,几千块的酒洒得到处都是。

爸,你忘了我还有个妹妹吧,妈带走了。脑袋坏掉是个好事,忘了我俩都是没人要的。妹妹比章佐大两岁?三岁?

我决定带她去南方。走之前过生日,吴波把我拉到码头上,说要送我个礼物。他不知从哪把你卖掉的船找着了,比以前更破了,风一来,在海面上对我上下点头,像条和主人分别了十六年的老狗。

我想了好几天,眼看要走了,章佐问我到底想怎么弄?我说打算送给一个一辈子没船的老渔民。爸,这是你想要的吧?你最怕的就是它被拆了。这辈子,除了一艘又脏又丑的破船,你真是什么都没能留下,对,还有我。

章佐去买吃的,我坐在船上等那个老渔民,不停抽着烟。爸,你死了!我突然意识到这件事,死了的人最大的好处是管不了活着的人。

面包、香肠和可乐买回来,我激动得吃不下,因为接下来这事是我早想过无数次的。不过,为了保证体力,我还是一口气把所有东西都吃光喝光,然后借来手套、手电、电锯、气割。我让港上的人拉了条水管,把船弄到岸上。章佐要帮我,我同意了,拆一条十五吨的木船工作量太大了。

造这条船的时候我还在托儿所,你每天带我去看,从开建到完工八十天时间。交船那天,你带我去海边,几个技师都在。涨潮的时候,我看着你们把它从地面轨道推进海里。

我上了你的船,依次查看每个地方,太黑的角落就用手电照。地板上的漆,以前亮闪闪现在污迹斑斑,有两处发黑的,我怀疑是血迹。左舷和右舷颜色一边深一边浅,应该跟阳光照射有关,左舷见过更多太阳。桅杆很新,应该是后面的人换的,我不知道你原来的桅杆出过什么问题。

我用电锯锯龙骨,这是一条结实不易变形的红松木,原本能用五六十年。备料的人选了白松木做船身,这是我本来就知道的,但我已经闻不到当年让你流泪的木香,只有旷日持久透进木头里的熏人腐臭。我很快就把龙骨锯断了。因为是第一道工序,很不熟练,锯得七扭八歪,却让我分外感到刺激,分成两半的船舶勾起我血液里犯罪的欲望。我开始用气割拆发动机,因为里面还有残油,章佐需要一直握着水管浇水降温,熄灭那些切割喷溅出的火花。之后我开始切割船身,从杂物舱往后,鱼舱、油柜、机舱和尾尖舱,侧板、甲板、前柱、橹、舵、桅杆,依次锯过去。船板中钉了数不清的钉子,不少部位气割割完还得用锤子敲。十六个小时后,你的船变成一地骸骨。我站着发了会儿呆,意识到已经是傍晚,不算黑,但我的眼睛看不到远处。

我把这堆东西摊开摆在地上,像医生把两百零六块骨头拆散再摊开。你见过很多船停在那里,航行,看过海难上蛋壳一样倒扣的船,但你很少有机会看到这样平躺在地上的船。我把那堆废物搬来搬去,使之更加精确,却不知道下一步该干什么。我想起有一次,我把家里的探照灯拆成这样,你揍了我一顿,现在我把你的船拆了,我想不出有什么比这个更能让你发疯。你幻想留下点什么的念头被我一天就粉碎了,你的荣誉、秘密、侥幸,原来这么不堪一击。镇上没人拆父亲的船,可是爸,你死了,我置下的别墅后院,锦鲤池,你头昏眼花栽倒在里面,淹死了。死人管不了活着的人。

我让章佐把打火机给我,把木头聚拢到一起,点着。火很快烧起来。

一块载满雨的云层从远处不慌不忙移过来,有人往这边看,我毫不在乎,我现在担心的是木头没烧完就被雨水浇熄。那对我会是一种攻击,来自你的,爸。嵌在木头里没有敲出来的钉子在火焰中发出奇异的亮光。港口另一侧,路对面的餐厅华灯初上,现在是几点呢?六点半?七点?我很快不用担心雨的事了,所有木头都烧成了灰烬。

　　港口上方的空中,雨线如注,雨滴打在我脸上,沉重、浑浊、带有海腥味的水珠流进我的眼睛和嘴巴。海里几百艘船的颜色都变深了。章佐在远处等我,我突然感觉到整个过程空洞乏味,我的双手肿胀酸痛,喉咙发干。我本可以直接放一把火,最后只需要把剔出的金属零件处理掉。

　　我回过头,看到雨衣帽檐下一张湿漉漉的脸,是那个按约定时间来看船的老渔民,他目瞪口呆,似乎躲避不及,目睹了一幕惨剧。我掏出名片写了几个字,让他找会计拿钱,顺便把地上的金属处理给废品站。

　　吴波问我喜不喜欢他的礼物,我说喜欢。

　　不得不说,我很怕他,他控制了我的心理。他像那个把杀父仇人和剁下来的歌女的双手交给知己朋友的人,甚至更细腻、更难以抗拒。他问我,准备回礼给他什么?我不懂,他笑了笑。我突然明白了他的意思。

　　晚上,我让章佐去找他帮我拿个东西,自己去喝了几杯。那天我被港口两个四十多岁的妓女抢劫,打昏在地,实际上我跟她们一样一无所有。第二天我去了南方,告诉自己,吴波会用他怪异的方式去爱她,会好好照顾她。反正一切都已经太迟了。

12

　　有东西从帐篷顶上滑落,软绵绵掉在外面的地上。帐篷里光线昏暗,分不清是早上还是黄昏。"下雪了。"杨炼小声说,"雪掉下来了。"

庄列松把手伸出睡袋,立刻又缩回去问:"我睡了多久?"

杨炼活动手腕,一团荧光照亮他的前胸。"十六个小时"。

"我们在冰上待了……"

"这是第六天。"

"现在是,早上?"

"中午十二点。"

庄列松重新蜷起来说:"把火调大。"

光线变亮了一些。庄列松把头埋进鹅绒睡袋,闭上双眼又猛地睁开:"你试过了?"他说的是卫星电话。

"嗯。"杨炼说,他把酒精灯又调小一些,脱掉羽绒服,向前爬了两下钻回睡袋,"雪下了一上午,我写的字全没了。"

过去几天他们是在一片惊慌失措中度过的,焦虑和恐惧令人身心俱疲,没什么话好说,他们只能在沉默中静静躺着不动。如果雪大到覆盖帐篷,覆盖整个北极,他们将在沉睡中被冻死。黄昏时雪停了,空气变得更寒冷。

挣扎起床之后,庄列松立刻开始吃东西,他不停地吃,几乎是种无意识——在寒冷中,人不断渴望补充热量,这是本能。

"最后一根了。"杨炼盯着他手里的香肠。

庄列松决定重新统计食物,结果让他大吃一惊,过去六天,他已经吃掉差不多一半的食物,尤其是巧克力、能量棒这些高热量食物,几乎全被他吃光了。杨炼的消耗不及他的一半。

"省着点,也许还够五天。"杨炼声音显得麻木。他努力过了,每次庄列松又撕开一个能量棒或用酒精炉加热一个罐头,他都会提醒他,那已经超过当天的定量。庄列松从不因此住嘴,杨炼拿他根本没办法。

"我把食物重新进行了计算,"杨炼沮丧地说,"也许能再撑十天,问题是酒精,只剩下差不多半壶酒精了,用来加热食物可以用七天,用来取暖,两天。这是乐观估计。"

没有食物可以吃鲸鱼肉,可没有燃料,他们就再也无法吃到加热的食物,没有热水,没有茶和咖啡,帐篷里会和外面一样冷,意志会先于身体垮掉。一旦酒精用完,他们就只能靠体温去对抗北极的严寒。

"它还在吗?"庄列松问。

"谁?"

庄列松翻身起来,飞快穿戴整齐,走出帐篷。鲸鱼巨大的身躯已经冻得十分坚硬,他拿出刀,试了几下。

"你要不要告诉我你在干什么?"杨炼走到他身后。

"取鲸油。"

"我怎么早没想到!"杨炼振奋起来,"要是有把小斧头就好了。"

这话提醒了庄列松,他朝鲸鱼尾部走去。他想爬上去,可是积雪覆盖了鲸鱼,在积雪和鲸鱼的皮肤之间有一层厚厚的冰。他跑回帐篷,找出之前收好的绳索,切下两段,绑在雪地靴上,再借助求生刀做冰镐,他终于爬上鲸背。接着,他花了差不多半小时才把被冻在鲸背上的矛钩弄出来。他拎起它,让它顺鲸背滑下去。矛钩砸在冰面上。

"你休息一下,让我来!"杨炼拎起矛钩。

捕鲸矛钩十分锐利,像放大了几百倍的鱼钩,但这鱼钩足有三十公斤沉,想抡起来当斧子使,一个人很难办到。庄列松紧了紧手套,也过来帮忙。他们四只手攥住矛钩,算好节奏,一齐用力劈向鲸鱼,很快就都大汗淋漓。他们没有停下休息,而是一鼓作气,终于在鲸鱼腹部砍开一道约六十厘米长、二十五厘米深的切口,厚厚的脂肪层露了出来。

庄列松割下一大块鲸脂,放进小桶,立刻拎回帐篷。杨炼没有停下,继续用那把求生刀收集鲸脂。在切口重新被冻结之前,他必须尽可能多地收集。

鲸脂在变成可用燃料之前需要先加热融化,这需要消耗不少酒精。花了差不多一个小时,庄列松才成功融化第一块鲸脂,他把金黄色的鲸油小心收集在空矿泉水瓶里,然后倒一点在铝制饭盒的盖子上,尝试点燃。他切下一小段棕绳作为灯芯,试了几次,都失败了。他继续尝试,直到帐篷里充满动物油脂的恶臭,酒精炉也被弄得脏乎乎的。杨炼拎着一大袋冻鲸脂回到帐篷时,他差不多要绝望了:"不行,根本点不着。"

杨炼拉上帐篷拉链,在他面前坐下说:"你知道油灯是需要灯芯的吧?"

"我用的是棕绳。找根棉线试试。"

他们一口气尝试了鞋带、纯棉T恤上切下的一块布条、急救包里的一小卷纱布和从杨炼日记本上撕下来的一整张纸捻成的纸卷……最后,他们吃惊地发现,最理想的鲸油灯芯竟然是庄列松的古巴雪茄。鲸油终于点燃,他们振奋不已。

还需要做些改进,鲸油灯烟气很大,燃烧产生的气味相当难闻,雪茄灯的火焰也不算太大,但他们总算有了最重要的燃料,而且取之不尽。他们可以用鲸油灯融化更多鲸鱼脂肪,不必再继续浪费宝贵的酒精。就像一场战役决定生死的关键转折,火光,使他们重新振作起来。他们在鲸油灯上加热了最后一个罐头,分而食之,以示庆祝。之后他们连续工作,把能用来存放鲸油的空瓶子全都装满。到了第二天中午,他们发现,不能继续在帐篷里熬制鲸油,这项工作不但把帐篷弄得一股怪味,也在慢慢融化帐篷下的冰面。当冰面被融化形成一摊积水之后,他们就不得不拆掉帐篷,换个地方重新扎营。

"把帐篷支在鲸鱼身边怎么样？"杨炼建议。

鲸鱼巨大身躯形成的天然屏障可以阻挡海面上的狂风，但庄列松提出他的担心，如果哪天晚上冰层意外开裂，沉重的鲸鱼会首先掉进水里，他们就会面临灭顶之灾。他选择的扎营地点，始终和鲸鱼保持二十米左右的距离。

不久，他们又把鲸油灯移到帐篷外，将一只铁皮桶改造成炉灶。现在，他们终于可以源源不断提炼鲸油，同时免受浓烟困扰了，但潮湿的帐篷始终让人不舒服，而且根本没办法把它晾干。有一天，庄列松想到一个主意，他想学爱斯基摩人那样盖一座圆形冰屋，冰屋在侧面开个窗口，那样，炉子散发的热量就不会使冰屋融化，他们就不需要不断搬家了。他很兴奋，飞快画好草图，并立刻着手选址。他想找个地势略高的地方，但最困难的环节，是取冰。

从一开始杨炼就反对干这件事，他认为这是不可能实现的，也毫无必要。完成这项工程只会消耗不必要的热量，而食物已所剩无几。庄列松并不觉得冰屋一定能盖成，但关键是，有事做可以让人集中意志，缓解焦虑，肯定比待在帐篷里等死要好。无论如何，他都需要杨炼也参与进来。

"我来盖，你只管负责拍。"他对杨炼说。

"拍，拍什么？"

"只要机器还能工作，你就要把我们经历的都如实记录下来。这不就是你的纪录片吗？要是我们注定死在这个地方……我唯一希望的是什么，你知道吗？就是这段录像能被一些人看到。"

杨炼从帐篷里拿来水桶倒扣在冰面上，然后把摄影机架在上面，他决定和庄列松一起修建冰屋。

13

"冰屋计划"三天后宣告失败。

一开始,他们尝试在距离营地五十米左右的冰面上取冰,没有合适的工具,比如电锯,他们用刀子、矛钩和蛮力取来的冰块形状大小很不规则,根本没法用作冰砖使用。勉强搭建起的冰屋总是突然坍塌,弄得人很是沮丧。不得已,他们只好改变策略,用这些不规则冰块筑起一道厚厚的冰墙,然后把帐篷移到冰墙后面,好让它阻挡从北部吹来的寒风。

那天晚些时候,海上起了浓雾,接着浓雾转成滂沱大雨,冰面变得异常湿滑,根本无法外出行动。庄列松钻进睡袋,一进去就待在里面不再出来。

大雨下了一整夜,接着又下了一整个白天。积水从帐篷下流过,弄得里面又冷又湿。杨炼跑到外面挖了一道又一道排水沟,希望积水能远离帐篷,可雨越下越大,排水沟很快就被注满。为了防止渗水涌入、浸湿睡袋,庄列松干脆给救生筏充上气,平铺在帐篷里,然后把睡袋移到这艘"船"上。把救生筏当防潮垫使用的后果很严重——它被刺破一个洞。决不能失去救生筏,一旦有机会看到陆地,他们要靠它登陆,如果浮冰完全破碎,救生筏将是唯一逃生工具。庄列松很惶恐,只好用胶布小心补上漏气点,重新把救生筏收起来。

经历了这番折腾,帐篷被弄得一团糟,两人的睡袋都不同程度被泡湿。这是他们沦落浮冰之后最难熬的两天,两人被冻得瑟瑟发抖。

那天下午,大雨变成降雪,不过到了五点钟,雪也停了。当晚九点左右,狂风来袭,他们能明显感觉到脚下的冰层正在发生运动。庄列松不顾狂风,爬上鲸背,向西北方向瞭望。远处的海面有非常明显的浪涌,海浪正缓慢而坚定地将浮冰拱起。

晚饭时,杨炼从盒子里取出最后一块压缩饼干,掰碎后丢进被用来当锅的铝制饭盒,那里面煮着三十克左右的燕麦片。这锅稀粥,就是两人今天一天的口粮。冻香蕉皮昨晚已经被切碎煮着吃了。他们还有半盒袋装的红茶,四片即食鸡肉,一袋燕麦。除此之外,再没有其他食物。庄列松看着杨炼说:"你知道,我已经开始吃鲸鱼肉了吧。"

"我知道。"

"知道?"

"每次轮到你出去熬鲸油,"杨炼用勺子搅动着汤锅,没有抬头继续说,"回来脸色都比之前要好一点。"

"除了鲸油,"庄列松宣布,"现在开始,我们还需要囤积一批鲸鱼肉。海浪正在冲击这块浮冰,它会继续开裂,一旦出现最糟糕的情况,鲸鱼掉进海里,我们不能弹尽粮绝。"

"如果外面没有鲸鱼,"杨炼突然盯着他,"为了活下去,你会不会杀了我,吃我的肉?"

"你呢?"庄列松竟然充满善意地微笑起来。

"我会跳进海里,"杨炼低下头,继续搅动着汤锅,"只要四分钟,痛苦就会全部结束。"

第二天早上,万里无云。庄列松从外面带回一大块冻肉,煮过之后立刻就被他们吃掉。其他的放在帐篷外的"冰箱"里——"冰箱",就是他们建造的那堵冰墙。杨炼一口气吃掉一公斤煮鲸鱼肉,这是被困以来他吃的最满足的一餐。这次,庄列松没有嘲笑他。

早饭后,他们把湿睡袋绑在帐篷顶上晾晒。庄列松提议,趁天气好,他们应该去浮冰的边缘勘察一下地形。他们朝南走了三百米左右,来到浮冰边缘。

这里被海浪冲击形成一个个冰柱,十分壮观,也相当可怕。他们小心沿着浮冰边缘走了半小时,终于大致搞清了眼下的处境:这座"岛"直径只有不足六百米,最窄的地方不超过两百米。附近海面上漂浮着一些形状怪异的冰山,在风的作用下,有向这里聚拢的迹象。

"这很不妙,"庄列松充满忧虑地说,"冰坂最薄弱的中心会受到冲击,从中一分为二。万一浮冰裂开,"他提醒杨炼,"我们必须确保能待在有鲸鱼的冰面上。"

"可我更担心,"杨炼说,"如果浮冰越来越小,它会承受不了鲸鱼的重量。现在来看,浮冰的移动已经偏离洋流方向很久了。"

庄列松看着远处一大块高出海平面数米的冰山说:"如果我是渡边船长,发现浮冰断裂,一定会沿洋流方向进行搜索。没错,我知道,我们已经偏离了洋流……"

"怕了?"

"当然怕,"庄列松笑了,"但怕没有用。"

"我在想,"杨炼说,"我们是不是可以点燃鲸油,烧鲸鱼皮。"

"造狼烟?"

"对。"

"是个好主意!"庄列松显得很兴奋,"不过,别把希望寄托在救援上,这里可是北极。也不能坐以待毙,虽然我们现在有食物,有燃料,但这些不足以撑过整个冬天。看到远处那片雾了吗?"他指着西南方向海天之间一小片灰色地带说:"我感觉那是个岛。"

杨炼朝那里看去,雾气中确实有些昏暗的东西,但很难确定它是个小岛还是海市蜃楼。

"本来呢，我们应该再多观察个一两天，等雾完全散开。"庄列松说，"可问题是，那不是浮冰正在移动的方向，如果不尽早下定决心，我们很可能会错过它。"

"下什么决心？"

"划船，过去看看。"

"这不可能！"杨炼拼命摇头，他被这个提议吓坏了，"这片海域根本没有岛屿或陆地，最近的陆地是弗兰格尔岛……"

"不能只相信海图，要相信眼睛和直觉。"

他们在原地等待了两个小时，那团雾一直没有散开。

第二天上午，庄列松醒来的第一件事就是跑到浮冰边上去观察。那团雾相对浮冰发生了明显的位移，但它还在。方位变化，说明浮冰在缓慢向南漂移的同时，自身也在顺时针转动，那团雾的位置其实没变。一团海雾连续两天出现在同一个位置，让他坚定了自己的判断：雾的后面，有个岛。

早饭后，抽完最后一支雪茄，庄列松做出决定，要划救生筏去一探究竟。

杨炼坚决反对："我宁可死在冰上。"

"什么死不死的，相信我，"庄列松信心十足地说，"走不了多久就能看清那后面有什么，如果那是个岛我们就获救了，而一旦确定它不是个岛，我们立刻回来，怎么样？"

"不。至少有十海里，只会更远，就凭我们，划船要多久？五个小时，十个小时？要是中途风向改变，或者天气突然变坏呢？我们就再也回不来了。"

杨炼盯着海面。浪涛翻滚而来，铿锵顿挫地拍打着冰坂，加上庄列松突如其来的坚定态度,更让他感到压迫和威胁。

"这样的话,我可以自己去。"庄列松冷静地说,"你放心,我只带水和吃的,你在原地留守。如果那不是个岛,我会在天黑前返回,如果它是,我就设法登陆,然后尽量在三天内返回……"

"为什么不多等两天? 风会把雾吹开……"

"就这么定了。"

一个小时后,海上风浪变小了一些,庄列松准备动身。他给充气阀充好气,又在破损的地方多粘了几层胶带,然后和杨炼一起把它抬到岸边,把水和食物装上船。杨炼交给他一支手电筒。天气晴朗的晚上,手电筒的光可以传到很远。庄列松套上橘红色救生衣,上船,下水。杨炼站在岸边,目送他远去。

空气在一瞬间变得荒凉、紧绷,没有一丝缓和或宽慰的迹象。在划出去两三百米之后,庄列松最后一次回头,朝杨炼挥挥手,接着就转过身去,奋力划桨。

杨炼孤零零地站在岸边,直到海面上再看不到救生筏的影子。

不久之后,他飞奔回营地,把收集起来的垃圾扔进铁皮桶,浇上最后剩的半壶酒精,点燃。浓烈的黑烟直冲天际。接着,他又从鲸鱼身上割下鱼皮,切成细长条,一块一块添加到火焰里,确保火和黑烟始终不断。

傍晚时分,他往铁桶里加了两勺鲸油,离开了营地。

站在庄列松出发的地方,他拧亮手电筒,调整到频闪状态。

他彻夜守在那里。

第二天早上,海面起了大雾。

杨炼冻得几乎失去知觉。继续等下去已经没有意义,他一路小跑回到帐篷。现在,再也没什么能做的了,只能听天由命。他钻进睡袋,闭上眼睛,期待奇迹降临。很快他就睡着了,还做了梦。他希望自己梦到庄列松登岛,带着大船返回,但真正梦到的却是一只动物钻进帐篷,撕开睡袋,啃掉了他的脚。

醒来时,风把帐篷吹得噼啪作响。

他赶紧爬起来,朝岸边跑。在就要接近浮冰边缘的时候,他猛听到咔嚓一下巨响,接着脚下的浮冰就裂开了。他想起庄列松的话,"一定要确保留在有鲸鱼那一边",于是转身奋力跳到身后的冰面上,爬起来之后又朝前跑了几步。

裂开的冰面迅速向远处漂去。

惊魂未定,而他看到,冰冷的海水中似乎有个巨型生物正缓缓游过。他脑中闪过幼鲸死前突然瞪大的眼睛,闪过它被砍开的残肢,洁白冰雪上的鲜红血字……他觉得耳朵嗡嗡作响,而脚下的冰正纷纷裂成碎片。他没命朝帐篷跑去,迎面而来的狂风吹起碎冰,打在他脸上,使他无法看清前面的路。在越过一片隆起的冰脊时他摔了一跤,脑袋重重撞上一样东西,可并不觉得疼。他一伸手,摸到一个又圆又滑的东西……是救生筏!

救生筏的缆绳牢牢绑在冰脊上,冰脊下面,躺着被冻僵的庄列松。

不知是哪来的力气,他竟一口气把比自己高大得多的庄列松背回到营地。他把他扔进帐篷,脱下他身上被海水打湿冻成冰块的羽绒服,冻成冰疙瘩的靴子和裤子,把他塞进睡袋,立刻就去烧水。接着,他打开急救包,拿出急救手册,翻到如何处理冻伤急救的那一页,按上面的操作指令,逐项检查庄列松的状况。庄列松的手和脚都有不同程度的冻伤,尤其左手,不知为什么,他的左手没戴手套。杨炼取来积雪,用力揉搓他的手脚,直到皮肤再次呈现红色,血液开始回到四肢末端,恢复循环。

十五分钟后,他撬开庄列松的嘴,把烧热的燕麦粥灌进去。

一直到第二天中午庄列松才恢复意识。醒来后,他先是剧烈咳嗽,咳了十多分钟。他从睡袋里拿出手,凑在鼻子上闻了闻。上面涂满药膏。手脚都已经恢复知觉,开始感觉到疼痛。杨炼从锅里盛出混合了大量鲸鱼碎肉的麦片粥,庄列松吃了满满两大碗。

杨炼从口袋里掏出一根雪茄,递给他。"我藏了一根。"他忍不住得意地笑。

庄列松贪婪地闻着那支雪茄。看上去,像要把它吃了。

前一天,出发后的头两个小时,庄列松感觉状态特别好,充满信心,一直奋力划桨,眼睛紧盯着远处的目标。到了中午,他停下来休息了十分钟,吃了一块煮熟的鲸肉,喝了几口水,又继续划。可是到了下午三点,他发现,那团雾和他的距离似乎并没有缩短。他回头看,发现完全看不到浮冰的踪影,一道垂直的烟柱清晰地出现在海平面上方,他知道那是杨炼点的狼烟。他犹豫了一会儿,最终决定,继续前进。两个小时后,夕阳从侧后方斜照过来,他看到远处的雾慢慢变幻了颜色,随后散开。雾的背后,什么也没有。

夜幕瞬间降临。

他立刻调转船头。这时,极光出现了,越来越浓烈,微弱的狼烟很快被炫目的极光吞没。他一刻不敢停留,朝着那个方向奋力划桨。

他划了整整一个晚上,最后终于筋疲力尽。天亮之前,他睡着了。

醒来时周围只有浓雾,海浪却变大了。他大声呼喊,但听不到除海浪之外的任何回应,也无法辨别方向。海水开始灌进救生筏,他拼命用饭盒把水舀出去。

随着海浪越来越大,舀水的速度也必须加快。咸腥的海水不断喷溅到他脸上,有些进到眼睛里。右眼很快肿起来,导致视力变得更差,但他没有足够的清水冲洗眼睛,也没有时间,他必须一刻不停和海水展

135

开竞赛。在这个过程中,除了体力透支,还有另一件事让他恐惧,他的全身都被海水打湿了,他强烈地想吃东西,补充热量,可鲸鱼肉都被冻成了冰块。

积水一度达到二十厘米,就在他感到绝望,认为沉船不可避免的时候,一个巨浪将救生筏抛向空中。他双手紧攥住绳索,将身体平躺在筏子底部才没被抛进大海。剧烈的颠簸使他弄丢了一只桨,但船舱的积水也被甩了出去。随后,海浪奇迹般地渐渐平息。在经历了饥饿、寒冷、体力消耗殆尽的两个小时后,他终于遇到一块浮冰,立刻挣扎上岸。他没忘先把救生筏拖上冰面,手套就是这时脱落的,他试着用桨去够,但一个浪打来,手套沉进海里。

他把救生筏绑在一块冰脊上,立刻朝浮冰的"内陆"跑去,他边跑边喊,希望杨炼能听到,但很快他就发现,这块浮冰只有半个篮球场那么大,根本不是营地所在地。没办法,他只好回到救生筏那里,等待大雾散去。

之后,一场狂风吹跑了浓雾。寒风如同利刃吹得他睁不开眼睛。他已经冻到无法张嘴呼喊,只好躲在救生筏下,蜷缩在冰脊的凹陷处。他提醒自己千万不要睡着,绝对不能睡着,可还是睡着了。一天一夜的划船让他再没有一丝力气。

"你真命大……大难不死,三生有幸了。"听完庄列松的经历,杨炼前言不搭后语惊叹了半天,"你待的那块冰,让风一吹,正好和我们这块大浮冰撞在一起,它撞跑了浮冰一角,却和这个岛合二为一。不然的话,鬼知道你会漂到哪儿去。"

庄列松撩开帐篷。远处飞来一只白色海鸟。它落在鲸鱼背上,在那里踱步、张望,接着就旁若无人地啄食鲸鱼肉。

一种声音如同高声嘲笑,从远处的深海传来。

14

真的糟透了,我的妻子,我这几十年除了在监狱,现在就是最倒霉的。你几次问我监狱的事,我一直没细说,现在正是时候。

那个早晨,我拎着行李走进航站楼,四个小时后我就会到最南的南方,而且不打算再回来了。昨晚的抢劫和宿醉让我看到任何移动物体都直犯恶心。我坐在飞机上等待起飞,看到一个男人和女空服员交谈。他在看我。之后,那个男人一脸严肃向我走来,我立刻意识到,他是个警察。就这样,我一言不发站起来,取了行李,沿着走道和他一起下了飞机。

监狱位于一个村子旁边,与我的家乡不同,这里的人谋生依赖的不是海,是监狱。整个村的人都做着跟监狱有关的工作,庞大的犯人、狱警和家属群体给他们带来充足的就业岗位。在监狱里,我和吴波很少见面,我知道他判得很重,我判得轻一些,判得越少越难熬,因为有指望。吴波,我猜他很快就能找到保外就医或者找到别的路子,会比我早出去,他一直是这样的。

我避免和任何人发生冲突。在里面,我对人态度友善,遵守所有规定、听从所有命令,也没有自杀的念头。狱警最讨厌的就是犯人自杀,除了那些真想死的,不少犯人把这作为对狱警的一种报复,给他们添乱、添堵。

犯人平时除了要做大量编织、缝纫工作外,还印刷过中考试卷,剥过大蒜。有段时间,我每天都要剥蛎虾壳,这种计件工作我上次做还是在新加坡,乍一上手觉得十分有趣。

早晨,由牢头带领,我们穿过一扇小门去车间。那里满地脏水,我们都没穿水鞋，不敢贸然迈步，只能站在门口看着。有几个负责做示范的女工，我盯着离我最近的那个女人的双手。筐里的虾已经被切掉虾头，她们要做的就是剥掉虾壳、清理虾肠，同时尽可能保持尾部完整。离我最近的那个手指上下翻飞，处理一只虾只需要三秒，左手拿起虾，去壳，右手握刀，轻轻一划，一二三，一二三……女工演示了三四遍，狱警挨个发工具，命令我们照做。

安全起见，我们每人分到手的是一片竹篾子。我们齐刷刷坐下，戴上发网和手套，一人面前一整筐带冰的虾。我拿起一只虾，撕掉虾壳。多年前，在新加坡和日本时，我也能像女工一样手法灵活，可现在我握着软软的虾，却不得要领。见我接连扯断两条，旁边一个人从我手中接过虾，又演示了一遍：左手拉住虾足向上一扯，剥去一半壳，右手拉住尾部，轻轻把虾身拉直，在不拽断尾巴的情况下扯去另一半虾壳，最后用竹篾子在虾背上拉道口子，不能太深，也不能太长，刚好能把虾肠挑出来才算完美。整个过程不超过四秒。

他做了两遍，我才认出口罩和发套之间吴波的眼睛，他们监区也被分配来赶这批工。

"左手拿虾，"他纠正我的动作，"这样更顺手，动作熟练才会更快。"我手一抖，又扯断一根虾尾。"轻点儿，怕弄断就左手压一下，把虾拉直。"他耐心备至，一点没有责备的意思。

每人每天剥三百斤虾，剥不完就要加班，虾堆积成山，从视觉上先让人意志崩溃。十一点，大家去吃午饭，饭后再次回到工位，我已经比上午熟练多了。肌肉生成记忆，头脑被催眠，我一坐下，拿起虾，手指就极有效率地动个没完。为了保持新鲜，虾上要一直堆着冰块，撒在上面的冰块好像比上午更冷，寒气透过手套从指缝和袖口侵入身体，腰背跟着隐隐作痛，但经过上午的挫折，这些也不算什么。

这种高度重复的计件工作并非每天都有,我觉得犯人比流水线工人还要卖力,大家抢着干,除了可以加分,还因为在里面最难熬的部分不是没自由,而是无聊。这种机械化劳作虽然单调,却有实在的产出。

下午的工作结束,要去吃晚饭。关干部突然叫吴波的名字,说要给他检查身体。吴波拒绝。关干部让他把口袋里的东西全掏出来,他再次拒绝。最后,狱警从他口袋里搜出一把竹篾子。

"你这是啥意思?"关干部问他。

星期六是休息日。犯人们都在洗衣服、下棋,交换家属带来的东西,或者就那么干躺着。星期六下午对监狱是个危险的时间窗口,犯人一旦无所事事就会恨自己,恨白白流逝的时间。在里面,你很快就会习惯高强度、重复性的体力劳动,一旦出现缝隙,反而特别绝望。如果星期六下雨,一触即发的气氛会紧绷到下午两三点,之后就会面临集体的崩溃。有人趴在地上不停做俯卧撑,做上几百个,直到头脸充血,那一般是我。有人把藏在褥子底下的照片、信件、画在纸上用来手淫的大胸女人翻出来,东观西望,寻衅滋事。

我被叫到关干部的办公室。他在手里摆弄着一根竹篾子,脸色却很严峻。

"你和吴波很熟对吧?"关干部说。

"报告!是。"

"今天中午我刚和他谈话,下午联监就报告他要上吊?"

这时我才注意到,桌上还有根细布条,我装模作样地说:"干部刚关心完就自杀?太冲动了。"

"我就是不理解这个。"关干部忧心忡忡地说,"幸好及时发现,可谁能保证他不再干?他有什么想不开的,是脑子坏了,还是针对我?"

我看着窗外,飞快思索。远处,可以看到村里的屋子,四米高的海草苫盖在陡峭的三角形屋脊上,下面是粗犷的石块。我贪婪地看着那片自由之地。我得调整好表情,不能暴露细布条和报告都是我找七监区的耗子做的,那把竹篾子,则是我偷偷放在吴波兜里的。

关干部从桌上拿起卷笔刀,一只熊猫抱着个皮球,一堆彩色铅笔屑突然从熊猫屁股里抖出来。他在等我回话,开始不耐烦了。

"刚进来那天,"我一边回忆一边陈述,"他说要下车小便,押送我们的干部不同意,还猛开玩笑,一个劲讲大海啊、潮汐啊,把他憋得差点尿裤子。下车他看管教干部还在笑,就悄悄跟我说,迟早捅裂他的肾。"

关干部用手掌慢慢把铅笔屑聚拢,放到桌子上。

我继续说:"害我后来老做噩梦,发大水,我们要转移——犯人转移是我从报纸上看到的新闻,还是那个管教干部负责押送。半夜,我们都睡了,他就把管教干部的肾给捅了……"

"回去吧,少看点报纸。"

无聊吗?我的妻子。

后来吴波还是成功自杀了。按常理,他不会那么快崩溃,可我成功让关干部意识到他有伤人和自杀倾向,他不得不命令狱警对他严防死守。知道吗?如果周围的人整天都在提防你,提防你自杀,那你迟早就会真去死。精神崩溃之后,他们三天两头把他关禁闭,他无论在哪里都道高一尺魔高一丈,最后终于想办法成功把自己弄死了。

15

鸟叫声惊醒了杨炼,他睁开眼睛,又闭上。鸟叫声真实不虚,他想象自己躺在家里的床上,今天是周末,不用早起。他傻乎乎地笑了,享受了好几分钟。

一走出帐篷庄列松就迎面走过来,他看上去老了,鼻尖通红,没消肿的右眼长时间盯着冰面就会流泪,更糟的是左手,杨炼勉强帮他保住了左手,但小指和无名指末端现在呈紫黑色,说明末梢神经正在坏死,十有八九需要截肢。杨炼摘下自己的手套,递给他。

庄列松很兴奋,指着远处的鲸鱼:"知道吗,海鸟不会飞到远离陆地的地方。"

"什么意思?"杨炼瞪大眼睛,"我们离陆地,很近?"

"坏消息是,我们的鱼开始腐烂了。"

杨炼望向鲸鱼,在它背上现在有两只海鸟,是腐肉把它们引来的。

"得在它彻底烂掉之前,多存点能吃的肉。"庄列松环顾四周的冰面,"还得想办法,把肉分成小块,分几个不同的地方储藏。这就是今天的任务。"

吃过简单的早饭两人立刻行动。只用了不到三个小时,他们就收集了大约两百公斤的鲸肉和鲸脂,全用冰雪覆盖,藏在帐篷附近的三个雪窝里。他们甚至剥下一大块完整的鲸皮,经过清洗和晾晒之后,铺在炉子下面,作为保温层。这主意不错。在他们忙碌的时候,两只海鸟就待在鲸背上看着他们,一直也没飞走。它们好像挺喜欢这儿,方圆几百公里的海上,这里,也许就是它们能找到的最大的一块"陆地"。

次日清晨,打开帐篷两人惊呆了。帐篷西边三十米开外,一头重达半吨的北极熊,正在用爪子刨开冰雪,偷吃他们藏在雪窝里的鲸肉。

"放着整个的不吃,非偷我们的!"庄列松怒道。第一反应竟然不是害怕。

北极熊身上还挂着水珠,这使它整个身形显得愈发消瘦,但体型依然堪称庞大。它用利爪刨开冰雪,大口吞咽肉块。庄列松迅速回到帐篷,不一会儿拎着一支船桨出来,径直朝熊走去。北极熊停下,抬起头来看着他,它的双眼越发清晰,瞳孔没有扩张,眼中没有丝毫畏惧。白色的高积云在天空碎裂,在太阳底下融化。

北极熊又看了他一眼,低下头,继续吃起来。庄列松举起船桨,正要冲过去,被杨炼从背后一把拽住,低声而急促地说:"你疯啦!那是熊,它会咬死你的。"

北极熊极有耐心地吃着肉,不时抬头看看远处的两个人,好像没有要发起攻击的意思,但显然也不打算离开。它可能会在那里待上几天,直到把他们储藏的肉全吃完,再过来吃掉他们。过了一会儿,它对冻肉失去了兴趣,挪动屁股,朝帐篷走来。

庄列松站着没动,杨炼不得不回来拽着他朝鲸鱼跑去。他们背靠鲸鱼,观察北极熊的动向,如果它有任何企图进攻的意思,最好的办法就是立刻爬上鲸背。让北极熊感兴趣的是他们的帐篷,它先围着它转了两三圈,然后一头钻了进去,在里面待了好一阵。

两个人怕它把帐篷撕碎,徒劳地大喊大叫。北极熊终于从帐篷里出来了,嘴里叼着杨炼的睡袋,大脑袋用力摆动,撕扯着这个玩具。

"嘿!"杨炼疯了似的大叫,"嘿!嘿!操你妈那是我的!"他举起船桨,用力磕打冰面,制造噪音。

"别把桨打坏了!用这个。"庄列松摸出信号枪。

"快开枪!"

"等它离帐篷远点。别把帐篷烧了。"

"我去引开它!"话音未落,杨炼已经朝北极熊跑过去,一边跑一边高声呐喊,庄列松想阻止,根本来不及。北极熊抬起头,好奇地望着这个跑来的怪东西。在距离它二十米左右的地方,杨炼才突然意识到自己是在发疯,他想停下,可脚下一滑,重重摔在地上。北极熊来了兴致,朝他冲过来,慵懒的体态突然变得速度惊人。慌乱中,杨炼把船桨用力抛出去,爬起来就跑。北极熊躲开船桨,加速追赶他。

他没跑出几步,又再次摔倒。北极熊已近在咫尺。

庄列松果断开枪。

信号弹的小火球击中北极熊面前的冰面,弹起来,从它面前划过,向一边飞去。北极熊吓了一跳,慌忙转向,朝远处开阔的冰面跑去。燃烧的信号弹擦过它的前掌,落在雪上,发出嘶啪声,冒起浓烟,几十秒钟后才彻底熄灭。惊魂不定的杨炼从地上爬起来,望着庄列松,正想说什么,脚下突然传来巨大的咔嚓声,仿佛海洋深处打了个雷。

冰面裂开一道缝。

庄列松以最快的速度冲过来,把杨炼拉起来。又是一声惊雷。

他们看到,脚下的裂缝正迅速变大,接着轰然中开。最糟糕的情况终于发生了,这道裂缝不偏不倚,正好在帐篷和鲸鱼之间。短短不到一分钟时间,浮冰已经裂为两个部分,托着鲸鱼尸体的浮冰向南漂去,而他们脚下的冰面则裂成一个巨大的半月形,向西北方向缓缓移开。

"怎么办?怎么办?"杨炼完全慌了。

庄列松迅速观察一下四周,他发现,他们脚下的浮冰比正在离开的冰面要小得多。

"放弃营地,追鲸鱼!"庄列松说。

"可它已经漂远了。"

"现在没有风,它漂得不会太快,立刻出发,我们能在半小时内追上它……"

"没可能的……"杨炼惊恐万分,混乱地摇头,"我们不可能靠划救生筏追上它,不不不,我不想下水。"

"在吃掉我们之前,"庄列松指着远处的北极熊,"那家伙是不会走的。"

熊对冰面的开裂没有一点情绪,它原本坐在冰上,现在突然站起来,朝他们走了几步,接着又坐下。它伸展着四肢,打了个滚。

"杀了它!"杨炼亢奋地说,"我们有火,有信号枪,它怕火。"

"看它多瘦!"庄列松抓住杨炼的肩膀,直视他的双眼,"北极熊可以在不进食的情况下在冰海里连续游上百海里,它现在不出击,是需要时间恢复体力!靠信号枪,杀不了它!"

"它会游泳,我们逃,它不会追吗?"

"吃光雪地里的肉块之前,不会。"

杨炼把目光移向正在漂走的鲸鱼。现在,它和他们已经拉开差不多五十米远的距离了。没有别的办法,庄列松是对的,必须尽快出发。这和庄列松上次无意义的冒险不同,这次真的没得选。十五分钟后,他们拆掉帐篷,放救生筏下水,把全部物资转移上去。杨炼套了两件救生衣在身上,看上去又滑稽又可怜。"小时候,"他难为情地说,"我好几次差点淹死,我最怕的就是水。"

北极熊坐在远处的冰面上,用舌头舔着被烧焦的脚掌,困惑地看着自己的新邻居,不明白他们为什么要匆忙离开。

空间狭小的救生筏被塞进太多东西,别说划船,坐稳都难。鲸鱼和他们之间已经拉开了两三百米的距离,天气正在变糟。必须扔掉一些东西。

首先被放弃的是那张沉重的鲸皮,接着他们又忍痛扔掉几十公斤鲸肉。减轻了重量,庄列松终于能让救生筏保持住平衡,他在船尾坐稳,奋力划桨。和上次不同,现在有两个人,前进速度应该更快,可实际情况却正相反,从一开始两人就无法协调动作,导致庄列松越是奋力划水,救生筏越是原地打转。这样下去只会白白消耗体力,浪费时间,庄列松夺过杨炼的船桨,开始双手划桨。慢慢地,救生筏终于摆正方向,向着远处的浮冰艰难前进了。

在海上,人的视觉很容易被欺骗,浮冰距离他们也许只有不到一海里,但看上去却已经遥不可及。杨炼又开始晕船,趴在船头不断干呕,让庄列松更心烦意乱。

两个小时后,大约十二点,海浪开始变大,力量更强,救生筏左摇右晃,杨炼终于崩溃。"我们回去吧。"他不断哀求着庄列松。

风浪越来越厉害,救生筏开始进水。庄列松丢过去一只塑料小灰桶,命令杨炼往外舀水。可是,无论他舀得多快,灌进来的海水总比舀出去的多。庄列松只好不时停止划桨,和他一起舀水。海面上满是白沫,海浪不断让救生筏偏离方向。

庄列松只好竭尽所能,一旦积水变少就再次拿起船桨,奋力向浮冰前进。汹涌的波涛看似拍打得漫无章法,实则有自己的复杂规律,他努力想找到这种规律,但杨炼的状况越来越不乐观。云层在变厚,海水在身边聚集,他的意志被瓦解了。

积水是不稳定的压舱物,人在救生筏上本就歪来倒去,而海浪不断猛击小船,使他们如同坐过山车。庄列松大声告诉杨炼该怎么应对大浪袭击,每当海浪在眼前涌起,两人都紧靠没有浪的那一侧船身,眼看浪打过来,赶紧跳到另一侧,靠体重控制平衡。可情况正在越来越糟,风狂浪恶,有时两股浪会在半空中相互撞击,形成巨大漩涡,把他们高高抛起然后又瞬间扔下。两人在救生筏里翻滚,身体时不时撞在一起。救生筏有时漂浮在海上,给人感觉只是上下起伏,而不是在任何方向上移动。

一段时间之后,他们发现已经离鲸鱼更远了。

海水还在不断涌进救生筏，最多的时候积水深达十五厘米。他们一个劲舀水，浑身湿透，还得时刻注意方向。海水里的盐让庄列松的眼睛再次疼痛起来，身体浸泡在冰冷的水里，让他们迅速失去宝贵的热量。可是，无论他们怎么努力，和那块浮冰之间的距离始终没能缩短。他们不得不继续扔东西，辛辛苦苦收集来的鲸油被倒掉，还有十几公斤用积雪融化的饮用水，这意味着，如果他们不能追上浮冰，他们就死定了。他们很早就发现，用海冰融化的水有股淡淡的咸味和苦味，会越喝越渴，所以，从第一次下雪开始他们就小心收集积雪，用炉子融化，然后储存。这些淡水实在得来不易。

海浪折磨了他们一整个下午，两个人拼命倒水，救生筏才没有沉下去。连续几个小时，他们一直重复同样的动作，身心俱疲，几度接近昏厥。

接近黄昏的时候，大海逐渐平息。他们终于距离鲸鱼越来越近了，可是，夜幕即将降临，一旦天完全黑透，他们就会陷入伸手不见五指的漆黑汪洋。求生的本能克服了疲惫，他们又开始划船。一个好的情况是，风向发生了改变，现在，一小股北风正把他们吹向浮冰。庄列松把帐篷撑开绑在救生筏的两侧，用一根缆绳控制这张"帆"，这么干很危险，因为，前进的速度虽然明显加快，但也带来了更大的颠簸，风浪又开始不断把海水吹到救生筏里，他们只好轮流控制风帆和舀水，一刻也不敢松懈。杨炼开始哭泣。

庄列松冲他大喊："继续倒水，把水都清出去。"

"还不如让它沉了呢。"杨炼喊。

在天光即将消失的最后几分钟，他们终于接近浮冰。庄列松做好登陆的准备。他收起帐篷，把绳索绑在矛钩上做成一个锚。他站起来，尽量站稳，好把矛钩抛上冰面。突然，一股恶浪从左侧扑来，托起船底，救生筏倾斜差点倒扣。庄列松刚从船尾挪到中间，立足未稳就重重摔倒他爬起来,这才发现刚才的"恶浪",竟是一头鲸。

不是一只,是一群。

身后的海水中突然出现鲸群,至少有七八只,它们轮番跃出水面,激起的波涛险些掀翻小船。庄列松一次次摔倒,等他终于能爬起来站稳,突然发现杨炼不见了。

杨炼落水了。

庄列松扑向船头。谢天谢地,尽管海水淹没了杨炼的胸口,但他的双手仍紧紧抓着救生筏的缆绳。庄列松大喊,让他伸出一只手给自己,但杨炼好像根本听不见,双手始终死死攥住绳子。庄列松只好抓住他的头发,猛地用力,把他扯到救生筏里。杨炼浑身湿透,惊恐万分,不住地哆嗦。

"我要死了,我要死了……"水从他的嘴和鼻子里喷出来。

求生的本能使庄列松振作起来,在鲸群袭击的间隙,他终于找到一个机会再次向浮冰抛出矛钩。他紧紧攥住绳索,拼命用力,将救生筏拽向浮冰。

在落日的最后一丝余温中,他们终于登上浮冰。

庄列松以最快的速度支起帐篷,点起火堆。杨炼用最后一点力气脱掉身上的湿衣服,钻进唯一还干燥的睡袋,一进去,就再也没了动静。

16

杨炼在睡袋里躺了两天两夜,醒来后拒绝吃东西,哪怕外面天气再好,也绝不肯踏出帐篷半步。他蜷缩着,嘴里一直喃喃重复:"我要吃橘子。"

"现在就去给你买。"庄列松很认真地说。

他走出帐篷,在外面待上几分钟。上岸之后,他一直密切关注着那群鲸的动向,它们通常聚集在浮冰北侧,在海面附近翻腾,有时突然集体消失,不久又在浮冰的另一侧出现。每当鲸群消失,他都能感觉到浮冰移动的速度在加快。气温还在升高,现在冰面上到处是坑坑洼洼的融水塘,变得错综复杂,变得更小,只剩下半个足球场那么大。

不久他回到帐篷,大声对杨炼说:"超市没开门,但是别担心,下午会开门,到时候我再给你买橘子,还有香蕉和牛奶。"神奇的是,这套小把戏居然管用,杨炼不再胡言乱语,有时他进入梦乡一睡就是几个小时。恐惧让他精神失常,而睡梦转移了他的注意力,也让庄列松得到暂时的放松。

天黑后,庄列松不敢离开帐篷太远。现在,白天上冰他也格外小心。可是,如果不能尽快让杨炼吃点东西,吃上一点真正的食物,他肯定熬不过一个星期。此外,他们还面临淡水危机。这很荒唐,守着一大块浮冰,他们却取不到理想的淡水。可这就是北极的冷酷现实。

两天前的狂风把冰面上的积雪吹得一干二净,不得已,他们又开始喝被污染的海冰融水,那里面有盐,只会让他们越喝越渴。现在,庄列松每次外出,主要就是在冰缝和冰窟窿里收集小片积雪。尽管如此,纯净的淡水还是远远不够。他们的身体正在缓慢进入脱水阶段,嘴里的唾液变得黏稠,伴随恶臭,舌头不停黏住牙齿和上颚。如果再不降雪,继续饮用含盐的海冰融水,几天后脱水将进一步恶化,喉咙会肿大,呼吸变得困难,听力也将受到影响。

一连几天都没有下雪,庄列松不再心存侥幸,决定捕杀那两只海鸟。

两只海鸟始终待在鲸鱼身上,它们有充足的食物,完全没有离开的意思。要是有把气枪,哪怕有张破渔网也行,可他只有一把刀。用求生刀做投掷物当然是不错的选择,但他又不能失去这把刀,无论如何,他不能用刀去冒险。他决定用手电筒。他们有两支二十五厘米长的手电筒,都是德国雷神牌户外求生强光电筒,其中一把因为海水浸泡而报废。莫名其妙,它居然不防水。

手电筒是理想的投掷物,尽管庄列松有枪械射击和飞镖投掷的丰富经验,但还是不可能一次击中两只,他必须选择一个。体形更大、看上去肉更多的那只,自然成了他的偷袭目标。

这天下午四点,光线已经十分昏暗,大鸟突然向天空飞去,在鲸鱼上空缓慢地盘旋起来。它对飞行很有热情,好像乐在其中。突然,它猛地一转身,带着股横扫一切的气势,向下俯冲。留在鲸背上的那只小一些的鸟惊慌失措,迅速逃走,它掠过庄列松的头顶,落在远处的一块冰脊上,在那里待了足足十分钟。之后,它试着飞回到鲸鱼身上,可大鸟再次向它发起攻击。这次交锋之后,两只鸟彼此保持距离,互不侵犯。大鸟大获全胜,它占领了整条鲸鱼。

光线渐渐凝固。赢得领地的大鸟在鲸背上匍匐下来,准备睡觉。庄列松小心向它靠近。在距离鲸鱼十五米远的地方,他停下来,抽出手电筒,这是他有把握击中目标又不会惊动它的距离。他手臂用力向后一挥,正准备投掷,却听到背后小海鸟尖叫着飞起来。大鸟瞬间警醒,张开双翅,朝上空飞起。它飞得比刚才更高,庄列松失去了机会。

两只鸟都飞走了。它们一前一后,朝着西南方向越飞越高,最终,消失在夕阳晚照的海面上。

"你连鸟也不放过。"不知什么时候,杨炼出现在帐篷边上,他靠船桨支撑着地面。他的眼窝呈吓人的黑褐色,庄列松却很高兴。

"你醒啦。"

杨炼踉踉跄跄走到鲸鱼面前,夕阳在它背上涂上了一层均匀的金黄色。

"有一头鲸,"杨炼望着这一幕,轻声说,"52赫兹鲸,美国海军从八十年代开始向科学家们转交他们监听到的鲸类歌声,他们本来是为了监听前苏联的潜艇,科学家分析录音信号,发现有一头鲸的声音频率远超出其他鲸类……"

"Alice。"

"什么?"

"Alice,"庄列松说,"那头鲸叫Alice。"

"我老是想不明白,"杨炼说着将视线从鲸鱼尸体上移开,移向远处的海面,"它明明已经死了,为什么其他鲸鱼还是锲而不舍地追随它,就在刚才,我想通了……"他盯住庄列松的眼睛,"那群鲸里,有一头是它的母亲。"

"你童话故事看多了。"庄列松朝帐篷走去。

"你从不内疚,对吗?"杨炼大声问。

庄列松站住了,但没有转身。

"我要是死了,你内疚不内疚?"杨炼又问,声音小了许多。

庄列松转过身,看着看,嘴巴动了动,但最终还是一言不发地离开了。这天直到晚上,他没有再和杨炼说话。杨炼还是什么也没吃。

第二天早上,空气十分清冷。期待的降雪依然没有到来,庄列松没起床,一直待在睡袋里。上午十点,他被一阵怪声惊醒。一阵嘶嘶声,然后是低沉而含混的咆哮,接着他听到杨炼在外面破口大骂,他在骂那些鸟,骂它们不光吃鲸鱼,还在上面拉屎。

庄列松走出帐篷,眼前的景象让他震惊且大喜。一大群海鸟,它们都在鲸鱼身上,正在尽情享用着鲸肉大餐。他立刻返回帐篷,找出手电筒。杨炼回来了,抓起一条毛毯又冲出去。他挥舞着毛毯朝鸟群跑去,喉咙沙哑,却在拼命大喊大叫。可是,无论他怎么努力,就是赶不走那些鸟,它们飞起后很快就又成群落下,根本不把他放在眼里。

杨炼一次次的驱赶虽然没能吓走贪婪的海鸟,却让它们渐渐放松了警惕。

庄列松拎着手电筒,朝鲸鱼走去。十分钟后,他成功打下一只海鸟。受伤的海鸟扑扇着翅膀在冰上折腾,手电筒打断了它左边的翅膀。庄列松冲过去,一把抓住它的右脚,海鸟扭头拼命啄他,他手指一阵剧痛,一松懈它就飞走了。海鸟落在不远处,继续扑腾,庄列松毫不犹豫地冲过去,这次他一把抓住它脖子,另一只手攥住它的腿。海鸟凄厉地叫着,拼命反抗。庄列松把胳膊用力伸直,避免它啄到自己的眼睛,接着猛一用力,扭断了它的脖子。

五十分钟后,他们吃光了第一份鸟肉。庄列松在锅里重新加上水,走出帐篷,开始正式打猎。

他们一口气又打下四只海鸟,没死的两只被绑在帐篷里,死掉的拔毛,去除内脏,冻在帐篷后面的雪窝里。幸存的海鸟终于学乖了,现在,不管是谁走出帐篷它们都会立刻从鲸鱼身上飞走,飞到几十米开外的冰面上,瞪着他们,发出凄厉的尖叫。接下来,要想再抓住它们中的任何一只都非常困难,但是,只要它们还想吃肉,就一定会回来。

果然,当夜幕来临时,鸟群开始向鲸鱼发动偷袭。

在漆黑一片满是窟窿的冰面上捕鸟,极其危险,但他们迫切需要新鲜肉食。晚饭时,他们又吃掉一只海鸟,感到身心十分满足。

庄列松决定采取声东击西战术,他让杨炼从正面吸引鸟群,自己慢慢绕到鲸鱼背后,伺机发动突袭。他先朝东走了三十米,借助夜色,在冰面上潜行。他用手电筒小心照射冰面,以免掉进冰窟窿。那些鸟毫无防备,全聚在鲸鱼背上,不时对站在帐篷边上的杨炼尖叫几声。冰面太滑,庄列松连摔几跤,其中一次为了避免手电脱手,情急之下他只好用左手撑住冰面,尚未坏死的小指和无名指传来剧痛。他咒骂一句,爬起来。

距离海鸟只有不到十米时,他蹲下观察,寻找最佳投掷目标,最好能一次打下两只,或者更多。很快,他发现有五六只海鸟聚在同一个位置上,正用力啄食着鲸鱼肉块。他用左手挡住电筒光筒,轻轻打亮,确认是那只完好的,收起来,取出另一只。他慢慢蹲在地上,又朝鲸鱼的方向挪了两三步。

那只站在鲸背的最高处、没在进食的鸟可能是个哨兵。它机警地抬头,向这边张望,庄列松连忙停住不动。那只鸟确定没什么大碍,继续用嘴梳理羽毛。庄列松继续保持不动,直到他相信那只鸟已经彻底放松警惕。五分钟后,他猛然起身,抡圆胳膊,准备使出最大力气抛出手电筒。但是,就在他站起的瞬间,浮冰猛地抖动起来,像一场大地震。他打了个趔趄,电筒掉在冰上。他赶紧把它捡起来,拧亮,朝震动声传来的方向照射。群鸟惊飞,冲向天空,一转眼就消失在夜空中,全不见了。

"是鲸群!"杨炼在远处朝他大喊。

庄列松绕过死去的鲸鱼,看到杨炼站在帐篷边上,正指着远处的海平面说:"是鲸群!它们在撞击冰坂!"

他们以最快速度朝那里奔去。

北边的海面上,一大块浮冰正向这边靠拢,但鲸群疯狂撞击它,像是要把它撕个粉碎。

"它们……怎么了?"杨炼浑身颤抖,后退一步。

"它们好像,"庄列松皱起眉头,"不想让两块浮冰合拢。"

在这一刻,一个残酷的推断同时出现在两人心里,确凿无疑,他们瞬间如梦初醒,只恨醒悟得太迟:从一开始,就根本不是什么脾气古怪的洋流,也不是风云莫测、时运不济,就是这群鲸!一直以来,是它们在把浮冰推向南方,它们想让浮冰融化,它们想夺回那只死去的幼鲸。

"那头母鲸在向我们复仇,因为你,它们想杀死我们。"杨炼垂下肩膀,一步步朝帐篷走去,走出几步又停下,转身望着庄列松说,"很公平,对吧。"

他们感到震撼,却没有时间过多思考鲸的家族意识和这不可思议的血性冲动,他们现在是一群鲸鱼不共戴天的敌人,一切思想感情都要服务于现实。他们最迫切需要的,仍然是降雪。浮冰万万不能融化,它最好能冻得再结实些,然后和远处的冰坂重新冻结成一体。但他们对此无能为力。

午夜时分,鲸群撤退到远处的海面,杨炼打开摄影机,录下遗言,是说给他妈妈的。

五分钟后,他关闭摄影机,把存储卡取出来,放进一个小塑料袋,收在钱包里,拉上拉链。他抬起头,擦了擦眼泪。

"对不起我忘了,"他重新拉开拉链,取出存储卡,"你要录吗?"

庄列松摆摆手。"你没爸爸?"他问。

杨炼没有回答他。他把存储卡放回钱包,塞进口袋,说:"你那个朋友,是女人吗?你非得向她证明你捕鲸这件事……你的那个朋友。"

庄列松钻进睡袋,尽量让自己躺得舒服些。他想了一下才说:"我花了两年时间,才等到那次聚会,她们一家人都到齐了,可是,整个晚上我一句话都说不出来,我插不上嘴,一直到他们讨论去非洲猎狮子,那种自欺欺人的游戏……"

"一群上流社会的人,你也想跻身其中,你没有别的筹码吗?所以你就说,自己捕过鲸?这有用吗?自讨苦吃……"

"下个月五号,我必须带着捕鲸的录像去参加他们的下一次聚会,我的后半生会怎样,就取决于这次聚会的结果。"

"没有下次聚会了。"杨炼坐起来,举起摄影机,"不想对谁说点什么吗?家人?朋友?严肃点,我们没准就要死啦……"

"他们都没了。"庄列松也坐起来,下意识地摸烟,手边空空如也。

"随便说点什么。"

"你开始录了吗?"

"稍等几秒钟。"

"好。"

17

我是不是已经走到尽头了,妹妹。

出狱八年,我又回到那里,带着一个女人。她非要跟我回来看看,还问我的初恋和真爱是不是都在这里,叫什么名字。章佐,别误会,我的真爱不是你,也不是别的什么人。过去这么多年,我试图爱上点什么,可最后发现,我理解不了这个字眼,我唯一能识别的语言,就是掠夺。

你烧过渔网的地方,现在还是乱哄哄的。海边修了几个花园,离海不到十米竟然造了喷泉,成何体统。海浪声音很大,好多人喜欢趴在铁链上往下看,每次被海浪弄一身水就跺着脚叫个不停。我依然不能理解这种情绪。

还有废墟。海水浴场还在,可海螺、章鱼、水母形状的度假小屋都改成了公厕,二十年前的摩天轮、旋转木马和秋千被海风锈出红斑,一摇就发出嘶哑的怪声。从黄昏开始,各种颜色,各种形状的灯泡密密麻麻亮起来,旋转木马上一圈动物,斑马、鹿和鹈鹕,会突然发出音乐……最让人毛骨悚然的是倒闭多年沦为空楼的轮船旅馆。二十年前它蓝白相间，现在是灰的，站在沙滩上一个椭圆形水池里。一到晚上，成群的蚊虫围着它打转。小时候我从这艘船型建筑出发，经常划橡皮艇和人比赛，现在它就像一艘幽灵船，载着森森白骨，漂浮在海岸边。

酒店大门外有一块面目全非的花岗石石碑，上面只剩下几个掉漆的凹洞，写着双圆宾馆，还有几句古文，只能看到"月下飞天……，月生……楼"几个字。女人告诉我，那是李白写的，月下飞天镜，后半句现在我又忘记了。花岗石顶端原本有用黄铜做的海鸟，现在光秃秃的，只剩下一只被掰断的鸟脚还抓着石碑。酒店停车场和门前的花圃都是用扁圆柱体的石块侧立起来围成的，那是从附近农民家里收购来的磨盘。

这个地方，从它刚兴起的时候就被摧毁了。开发区建成那年，他们用很多诱人措施吸引外地游客，想发展旅游业，卖填海造地建造起来的房子。这里的人都自得于住在联合国认证的宜居小城，可旦夕之间，全完蛋了，建筑毁坏，设施侵蚀，没人关心这堆破铜烂铁，大家热情不复，一切留下的东西，像是一种对失败和耻辱的纪念。

那个女人，看完我的这片肮脏的海，她做了一个决定。

我们要到开普敦去结婚。

18

海上漂流的第二十一天，天气大好。

正午时分，阳光带来无穷热量，导致浮冰加速碎裂，帐篷外不远就到处有吱吱嘎嘎的响声。在这样的日子里上冰，要是被困在一小块断裂的浮冰上，麻烦很大，要是不留神掉进冰窟窿，会被活活淹死在冰下。他们觉得最好还是待在帐篷里。

庄列松再次尝试开机卫星电话。几分钟后,他把电话扔在一边,仰面躺下,望着帐篷的红色顶棚出神。头天晚上,煮熟的鲸肉可能已经变质,但他们还是硬着头皮吃了一些,结果整晚两人都上吐下泻。在过去三个多星期里,他们的身体本来就一直在自我消耗,肌肉萎缩,头发大把掉落,皮肤滚烫,粘上海水就会生疼,现在又食物中毒,再加上脱水,都有些精神恍惚。

"想喝口酒。"庄列松说。

"我想喝矿泉水。"

他们就这样在帐篷里待了整整一天。当天晚上,海面上没有一丝风。午夜时分,天降大雪。鹅毛大雪安静地下了一个晚上。他们终于又喝上干净的水,感觉身体恢复得很快,接着就感到饥饿。

上午,那群鸟又回来了,队伍变得十分壮大,这回有四五十只。这群傻鸟,完全忘了它们面对的是多么狡诈的捕食者。庄列松和杨炼重新来了精神,很快,他们就成功捕到五六只海鸟。每当他们捉住一只海鸟,庄列松就折断它的翅膀,防止它逃脱。鸟群受到惊吓,全躲到浮冰边缘。杨炼变得相当兴奋,他决定一鼓作气,再多打下几只。他在冰面狂奔,一靠近鸟群就用力扔出手电筒。

"操!"

手电筒没击中任何一只鸟,它在冰面上弹了一下,落进一个冰窟。他朝冰窟跑去,想把它捞上来。在距离冰窟五六米远的地方,他突然站住不动了。冰窟里的水正汩汩涌动,像充满活力的泉眼,转眼之间,水里钻出一只小海豹。

小海豹一上到冰面就愣住了,但它只迟疑了不到一秒,就扭动身躯疯狂向前跃动。泉眼中喷出更剧烈的水花,杨炼不由向后倒退几步。

泉眼突然炸裂,一头四米多长的豹形海豹冲出冰窟,一口叼住小海豹的脖子。

一切发生在几秒钟内,根本来不及反应。

杨炼僵在原地没动。

庄列松一把抓住他的肩膀,用力一推,"往鲸鱼那儿跑!"

豹形海豹撕咬那只可怜的小海豹,直到确认它已咽气,才松开利齿。它抬起硕大的头颅,盯着正跑向远处的两个人,兴奋得浑身的肉都在颤抖。接着,它开始向新猎物冲去,动作笨拙却十分凶猛,如同恐怖电影里的异形怪兽。

当庄列松把杨炼推上鲸背。豹形海豹已近在咫尺,他来不及也爬上去,只好绕着鲸鱼奔跑。豹形海豹紧随其后,不断怒吼,口中喷出团团白雾。庄列松终于再次跑到鲸鱼尾部,杨炼一把拽住他的手,把他拉上去。

豹形海豹慢了一步,它愤怒扑向鲸鱼的尾鳍,想爬上去。尽管体型庞大,力大无穷,冲撞鲸鱼时会带来剧烈震颤,但这个大家伙想爬上滑溜溜的鲸背,还是十分困难。

"上不来……没事。"庄列松安抚浑身发抖的杨炼。

豹形海豹又转了好几圈,最后,它咆哮两声,开始疯狂攻击死去的鲸鱼。它张开大嘴,在鲸鱼腹部撕下一大块肉,一股黏稠带腐臭的血瞬间喷溅出来,全喷在它脸上。豹形海豹恼怒地转身,跑几下一头扎进水塘。不久,又在小海豹尸体附近钻出冰面,它冲向小海豹,撕咬,把它一口一口吃下肚。

杨炼瘫坐在鲸背上,望着这骇人的场面,不住颤抖。

接下来几分钟,鲸鱼腐烂的内脏不停从伤口涌出,流到冰面上缓缓摊开。浓烈的恶臭让人睁不开眼睛。海鸟回来了,它们兴奋不已,尖叫着在他们头顶上方盘旋。不久,先是一只试探地落下,站在血泊之中,抬头看他们。发现人类毫无反应,更多海鸟迅速落下,一分钟不到,它们已经像一群贪婪的秃鹫那样疯狂争抢啄食了。

两只海鸟在撕扯争抢一块腐肉,金黄色的鸟喙一片血污。杨炼突然一阵剧烈咳嗽,接着开始呻吟,眼睛暴凸,好像一场恶疾突然降临,液体和固体从嘴里喷出来。

冰面一片狼藉,海鸟的尖叫声此起彼伏。

庄列松摘掉帽子用力挥舞,高声喊叫,想吓退鸟群。但完全徒劳。他不得不放弃,垂手站立。脸色苍白的杨炼转过身去,不敢目睹这一惨景。残暴的猎食者在狼吞虎咽,人类只能在一边旁观。鸟群的叫声震耳欲聋。

半个小时后,海鸟像是听到一声号令,突然集体腾空,朝西南方向飞去。庄列松站起来,盯着它们。他发现,在鸟群飞去的方向海面上出现一个小黑点。他一把抓住杨炼的肩膀,把他拎起来:"看!"

杨炼神经质地用手指抠着眼眶:"是个岛吗?"

不是海市蜃楼,肯定不是,那的的确确是一座岛。他们几乎要跳起来欢呼。不久,他们听到一种古怪的声音从岛的方向不断传来,一种隐约的嘈杂声,越来越响亮。一个小时后,当浮冰慢慢漂到距离岛几百米远的地方,他们终于看清,岛上黑压压的竟是海豹群,吼声是它们发出的。不远处,海鸟群和它们保持着距离,聚集在更高的地方。狂喜随即幻灭,因为,这只是一片小得可怜的海礁,涨潮时应该就会被海水吞没。

"怪不得会遇到豹形海豹,"庄列松低沉地说,"我们一定是无意间闯入了它的猎场。"

杨炼痴痴地盯着那片海礁:"我都忘了踩在地上是什么感觉了。"

"不行。"庄列松摇头,豹形海豹正虎视眈眈盯着这边,"我们一下水它就会冲过来,掀翻救生筏,把我们撕碎,现在我只希望,"他贪婪地盯着小岛,像是想努力呼吸到一点陆地的气息,"岛上的这群海豹能引开那个魔鬼……"

"它肯定会走,岛才是它的领地,对吧?"

夕阳散尽余温的时候,他们渐渐漂离小岛。

"如果,"杨炼说,"我们是第一个发现这个岛的人,按国际惯例,我们有权为它命名,对吧?"

"你想叫它什么?"

"庄列松岛。"

可能因为猝不及防听到自己的名字,他露出滑稽的表情。

"再见啊,庄列松岛。"

豹形海豹没有再来骚扰他们,趁着夜色,它悄然离去,一定是返回小岛附近的海域,继续去捕杀它爱吃的小海豹去了。理论上,它不会轻易放弃那片领地,不过还是小心为妙。庄列松和杨炼又继续在鲸背上一直待到天黑,直到小岛完全看不到踪影才离开鲸鱼。一回到帐篷他们就沉沉睡去,根本没注意到半夜又刮起强风。

强劲的南风呼啸不止,直到早上才停。

风把冰面上的积雪都吹跑了。

起床之后,庄列松立刻杀死两只海鸟。

经历了之前恶心的一幕,杨炼现在对处理鸟内脏这项差事望而生畏,庄列松让他去外面弄雪回来。杨炼拎起水桶,朝浮冰的北部走去。那里有一大片冰脊,狂风虽然把冰面刮净,但要是运气好,应该还能在那里的冰缝里找到一些积雪。他小心绕过一个个坑洼地带,格外小心地越过狭小的冰窟,淌过融水汇成的小溪。在经过又一个融水塘时,有个黑影在水下一闪而过,他恍惚了一下,不确定自己是否看见了什么。

他抬起头,海面十分平静。

他又继续走了几十步,很快发现一个雪窝。他收集了差不多半桶雪,用手掌压了压,这些雪融化成水,勉强够用来煮一锅鸟肉,但他发现自己离冰脊已经不远,就决定还是把桶装满。他来到冰脊下面,果然,在冰脊背后藏着不少积雪。他跪在地上,飞快装满水桶。他好像听到鲸鱼的声音,又看了一眼海面,但鲸群并没有出现。

四周突然变得异常安静。

那种非常不妙的感觉,又来了。

他觉得有东西正看着自己。他慢慢站起来,转过身。远处,帐篷的红顶在阳光下十分醒目,他看到庄列松站在帐篷外,正用矛钩砍下一大块冰。他长出一口气,正想笑自己的胆小多疑,一阵凉意却从后脑扩散开来。

他听到沉闷的喘息声,声音拉得很长,越来越清晰。他慢慢转过身,心脏在一瞬间几乎停止跳动。

五米开外,那头残暴的豹形海豹,正在盯着他。

他不敢动,不敢喊,和这头怪兽对视了一分钟。距离如此近,近到他能清楚地看到它的灰蓝色圆眼睛,吻部长而粗硬的触须,看到那血盆大嘴里喷出的热气在加大。它越来越狂躁。在它发起攻击的瞬间,杨炼举起水桶用力朝它砸去,豹形海豹扑向水桶,用脑袋撞击它,用牙齿撕咬它。几秒钟后,它丢下水桶,朝杨炼追上来。

杨炼在冰上狂奔,眼睛盯着帐篷,他想喊,嘴巴大张,却只能发出咻咻的气声。

豹形海豹在冰面上行动远不如在水里矫健,但依然堪称速度惊人,眼看就要追上,它却突然一头滑入水塘。杨炼没有停,继续沿着冰面狂奔。豹形海豹在冰面下追踪他的影子,几秒钟后猛然跃出水面,拦住他的去路。

杨炼站住不动,再次和它对峙。

在它的背后,他能看到,几十米外的庄列松正盯着自己,可是,他没有跑来解救他,而是突然朝相反方向跑去。杨炼终于扯开喉咙,喊出粗哑的一声,但他发现庄列松根本没有回来,而是直接跑向那堵冰墙,躲在后面,不见了踪影。

豹形海豹再次发出巨大的咆哮。

不能再往帐篷那边跑了,杨炼只能转身向西。豹形海豹缓缓挪动身躯,现在,它似乎并不急于干掉这个猎物,只想慢慢周旋,玩弄他,折磨他。它不断跃入水中,又在他前方某个冰窟一跃而出,有时甚至闭起眼睛,嘴巴作势撕咬咀嚼。杨炼转个方向继续狂奔,它就重新钻回水里,过一会儿又出现在他前方,再次拦住他。

五分钟后,杨炼只觉得心肺要炸成碎片,皮肤生疼,他已筋疲力尽。

该死!正前方出现一大片水洼,他觉得眼前一黑,豹形海豹果然再次跃上了冰面。它注意到猎物已经疲惫不堪、速度大不如前,该出击了,杀死他。

远处,庄列松在大喊。

豹形海豹朝那边看了一眼,但没过多久,又重新盯住杨炼。杨炼尸体一样瘫坐在地……他没预料到,最后,在这洁白的冰雪世界,自己竟是这么一个龌龊的死法。死吧,公平。

一阵尖锐、刺耳的金属敲击声从远处传来。庄列松朝这边跑来,一边用手电筒猛砸水桶。豹形海豹终于被激怒,转身跃入水中,向他游去。

在距离庄列松最近的一个水塘,豹形海豹冲上冰面,直接朝他扑上去。

至少有两次,庄列松差点被它咬中,他不断改变奔跑方向,目标是冰墙。他用尽全力加速狂奔,但豹形海豹和他的距离仍在迅速缩短,他终于一脚踏上冰墙,从上面腾空跃起,接着一个前滚翻落在冰面上,他爬起来,又继续狂奔。豹形海豹在他身后嘶嚎,猛力冲刺,巨大的身躯从冰墙跃下,重重砸在冰面上,正好落在锋利的矛钩上。

鲜血迅速从它躯体下方涌出,迅速染红一大片冰面,渐渐地,它不再挣扎,到最后,完全不动了。浓烈的血腥味在空气中弥漫。

"妈的……我还以为……"杨炼喘着粗气走过来,脚还是软的,"你不管我……跑了!"

"可惜啊,"庄列松仰面躺在冰上,"你没把它拍下来。"

他们想不好该怎么处置这个庞然大物,是拆掉帐篷在这家伙身边重新扎营,还是趁鸟群回来之前,尽可能多切下鲜肉带回帐篷。他们还没来得及做出决定,远处的海面又开始翻腾,冰面再次剧烈震动。鲸群又在撞击浮冰了。

来不及多想,脚下的冰面在颤抖中开裂。

才短短几分钟,裂缝就已经延伸到这里,冰面在豹形海豹尸体的下方裂开一道大口子,几秒钟,它就沉入大海,同时也带走了他们最得力的武器,那只矛钩。

他们撤退到帐篷边上,一时不知该如何应对。

浮冰开裂造成的大片开放水面距离他们不到十米,一头鲸突然露出头来,在水中抖动几下,用尾巴扑腾海面。脚下的冰面已经小到可怕,几乎只能勉强支撑死鲸的尸体,而水中的鲸鱼已经调转方向,怒气冲冲,加速冲了过来,看上去,它是想发动一场你死我活的决斗。

在距离浮冰十米远的地方,鲸鱼猛地停下。它将疤痕累累的大半个脑袋露出水面,尾鳍剧烈扑腾,周围的大片海水激起白浪。庄列松跑进帐篷,拖出救生筏,以最快的速度给它充气。

杨炼没有动手,不是因为体力衰竭,而是他确信,这无济于事。

意外的是,几分钟后海面突然安静下来。鲸鱼从怒不可遏复归平静,没有再对浮冰发起攻击,突然之间,它们又集体撤离了。

当天晚上,庄列松和杨炼都无法入睡,他们把所有东西打包,做好浮冰随时会沉没的准备。真到了那一刻,能容身的就只有救生筏了。整个晚上,在帐篷四周,他们听到持续不断的震动声,那是融化的浮冰解体并撞击其他大块浮冰的声音,新的旧的撞在一起,把冰碎片高高扬起。

深夜一点,冰冷的海水突然灌进帐篷。

他们跳起来,连忙寻找更高一点的地方重新扎营,可是,再也找不到任何一片合适的地方,浮冰正在迅速变小、解体,被大海吞没。

"要来世再见啦。"杨炼说,他的表情古怪难看,但没哭。

"没什么来世,"庄列松说,"这就是接受所有惩罚的地方。"

19

我坐在开普敦,这能看到海景的房子里,杯子里是一种蒲公英草本茶,我从不知道蒲公英泡水是这种气味,应该不是我小时候爱玩的那种。喝到嘴里凉丝丝的,一股金属味。厨房叮当作响,还有油脂和奶味。她在做鱼。

透过阳台可以看到对面的房子,一个六十多岁的白人,男人,在露台上烤肉,烟气很大。他院子里的芦荟像成精了一样,全是大树。我们房间里也有几株,不知是不是她从邻居那里拿的。

她,她哥哥,甚至她嫂子,他们整个家族都爱吃鱼。

我很少吃鱼,尤其是在盘子里还保持着游泳姿态的那种完整的鱼。很多水手都不吃鱼,这听上去很怪,但很合理。在海上,我们一般吃肉,没有肉宁可吃土豆、洋葱,也不吃鱼,上了岸就恶补各种蔬菜瓜果,见了绿色没命,更想不起吃鱼了。

开普敦找得到的鱼有金枪鱼、罗非鱼、海鲈鱼和鲷鱼等等,其中我最不喜欢海鲈,小时候出海钓鱼,大多数时候钓到的就是这种鱼。

她的家庭来自一个内陆市,不像我这样紧贴着海出生,但他们因为深陷当代健康神话的迷思,对鱼肉有着偏执的狂热。橙色的、白色的、粉红色、灰红色,她吃各种鱼,吃不厌。

上午我和她去位于码头的 Harbour House 吃饭。当地一度因捕鲸业而繁荣,后来沦为一个渔村。餐厅离海非常近,起风天,浪花甚至能直接溅到落地窗上。吃完,可以沿海湾散步,看看渔民们的收获,或者买上两条小鱼,喂岸边不怕人的小海豹。当天可能是某个宗教节日,我们去买鱼,直奔刚刚到港的渔船,豪特湾码头挤满了当地人和游客,我们早晨去提供鱼类和贝类的旧饼干厂交易所时,人也很多。

还记得我们走进码头扑面而来的那气氛,有种雪后初融的清爽与肮脏感。

铁灰色的鱼躯,肿胀,不无磨损,但背鳍、腹鳍和尾巴透明柔软,堪称完美。透明鱼缸外,一个渔民在它们的视线中按住一条鱼,用刀背猛击其头部,将刚刚晕过去的鱼刮掉鱼鳞,扣起鳃盖挖掉鱼鳃,最后剖开鱼肚,从泄殖孔下刀,一直剖到鳃盖下方,最后挖出内脏,包括鱼心和食管。他肢解它们的同伴,而它们无动于衷。

另一个渔民则在粗暴地撬开贝类密闭的壳,用曲刃刀齐根斩断健壮的闭壳肌。所有人都在用快到不可思议的手法击杀、解剖,内脏堆积如山,看上去与任何别种生物毫无二致,冲洗血迹的水直接流到地上,汇成一道小河。

我们最终买了鳕鱼和一些贝类,还有一只龙虾。回到家,我把贝放在一盆水里,加几颗铁钉,等它们慢慢张开壳,吐出泥沙。它们来自海底,虽然跟我不是同一个族群,但也经历了和我一样的历险。它们太软弱,导致猎杀它们的人几乎体会不到快感,一种挂在船上的钉耙将它们从泥沙中犁出,采摘过程跟采摘果实一样简单,而享用它们的人很少会像吃到带血牛排一样,产生莫名的愧疚和敬畏。

这正是鱼类的优点,尤其是她和哥哥喜欢吃的那种鱼,一旦躺在平盘里,浇上乳白色的质地消解掉所有暴力痕迹,好像我们的渔船三队一组,偷偷越过经济区撒网,被海警舰追逐,或带着鱼箱直冲交易市场,被港口的黑社会打到头破血流,或在半夜的甲板上被鱼刺穿手指,没有抗生素,靠吞吃安非他命劳作到天亮,一切都成了无法与之对应和自洽的幻想。

我永远搞不清每种鱼和与它们搭配的酱汁、酒之间究竟遵循哪种法则。我小时候,鱼只有两三种煮法,豆酱炖、炸,还有晒干之后蒸。爸和大部分水手一样基本不吃鱼,涂涂爱吃炸的,他吃炸黄鱼的样子像动物。

章佐,你喉咙卡过一次鱼刺,之后变得非常胆怯,只喜欢吃海带和海蜇,大家因此嘲笑你,因为一看就不是本地人。

八月那次,我带你去码头看一艘搁浅的渔船,船装了一舱海蜇,但迟迟找不到人来卸。我们站在那瞧热闹,沙滩上支起几顶帐篷,低价雇来的西部农民挖了一天海蛎,现在点起篝火吃饭聊天,火苗狂舞,吓得赶来卸船的马和驴阵阵嘶鸣。海鸟在半空盘旋,偶尔俯冲掠食,海面旖旎,人们的脸孔闪耀着金光。最后死了一匹马。海蜇在第二天开舱时变成了一船黏液。

半小时后,她把烤好的鱼、龙虾和炸芭蕉端上桌,开了一瓶很不错的酒。

我先喝一口酒,从鱼肉边缘那块颜色最深的部位下刀,无比柔嫩,毫无悬念。酱汁有奶味,白葡萄酒则浓烈而发干。

她尝了一口,说皮不够脆,要去用平底锅大火再猛煎两分钟,我说已经很好了。

"相信我,不够好。"她说。

她端起烤盘走向厨房,我看着风掀起她蓝色水兵服短裙的背影。这是一套道具,不是日常穿的衣服,她聪敏地知道什么会对我起作用。我在她说到船模、潜水、海军时异常沉默,看到她背上的船锚刺青时不由自主地发抖,她不知道,那一刻我想起的是一个敢从锚缆爬进船舱过夜的女孩。我把这个女孩卖了。这使这个水兵服女人或任何其他女人,今后再用任何方法,都无法启动我的肉体,让我尝到真实的爱情的滋味。我担心她哥哥看出了这一点。我需要这个男人,他的显赫家族背景还有他的那些朋友,我不想再去坐牢,我需要万无一失的安全。

客厅里的一切都是她和哥哥挑选的,他们有着极为相似的品位,黑色木家具,那是老船木做的,是他们兄妹从世界各地的古董商那里精心挑选的。看起来就像堆破烂,却价格高昂。经过海浪冲刷,海水多年浸泡,这些木块变得坚韧耐磨,防水防虫,那些孔眼,因为是天然形成,千疮百孔,却更令人遐想。船木里留下的螺丝钉,把浸泡形成的锈斑不断渗透到木材深处,变成水墨般诡异的黑色纹理。

章佐,他们说你死在偷渡船的舱底,是真的吗?你能烧船、拆船,我不信你不肯先杀了我,就自己去死了。

厨房传出一声尖叫。什么东西翻了。

她身体喷着火冲进客厅。

她不知什么时候戴了顶我没见过的海军无檐帽,打算这样端着煎脆皮的鱼进来,给我惊喜。那两根长飘带,被风吹进了火焰。

我等在病房外面,她哥哥为她提供了一部分植皮。她醒过来,示意我靠近,我不知道她想说什么,是想让我滚出她的世界还是命令我马上娶她?我伏身在她面前,等她说话。

"你捕鲸的录像,拿给我看。"

他早就看出我是个什么货色,早就怀疑我的一切,他疑惑于我的生活里几乎没有任何娱乐,既害怕潜水、骑马,也不喜欢赌场和漂亮女人。我不属于他们的世界,他不想接纳我,但因为妹妹,他找不出拒绝的理由。

我想指着他的蠢脸告诉他,捕鲸跟猎狮一样懦弱、令人作呕,那就是他们,他的家族,他的父辈,他的同样血统的朋友们,对革命浪漫主义想象的极限。我有过成百上千次九死一生的冒险,那不是游戏,而是掠食,一旦亲眼目睹,这种血淋淋的掠食行为会顷刻间让他们这帮意气风发的顶层雄性动物屁滚尿流。但我没有失去理智。

她仅仅失去了一小片皮肤,那无损她的价值。她逼迫我为他上演一出大戏,以示臣服。当然,我可以拒绝,承认捕鲸只是谎言,可代价太大,如果不肯屈服,我将被无情嘲弄,然后被永远驱逐出权力的核心。

那就演吧,这出戏需要我重新披挂上阵,需要先声夺人、电光火石,需要惊险刺激、惊世骇俗,它取材于海洋屠夫原汁原味的斗争场面,残酷血腥,又不乏壮丽的诗意。是的,捕鲸是他们要看的一场马戏,而我是他们指定的唯一演员。如果这出戏顺利谢幕,我将在这个显赫家族中占据一席之地,接着还会有无数场面等着我,他们将始终高高在上坐在贵宾席,懒洋洋,百看不厌,直到我从钢丝摔下,跌进烈火的那一天。

哈。我不能让我的观众失望。

20

黎明时分,浮冰只剩下狭长的一条。鲸尸还在冰面上。

他们在靠近鲸鱼尾部的一小块冰面上勉强扎营,最近处,海水离帐篷不足六米。浮冰已经很难再形成庇护,他们心里都明白,只要天气稍微变暖一些,或海浪增强,海水涌上冰盖,就会把他们连人带帐篷一起卷走。浮冰气数已尽。

鲸群在远处缓缓游动,没有再冲击冰面。

到了中午,气温持续升高,又有一块冰断裂漂走,海水不断上涌。他们不得不拆掉帐篷,做好放弃浮冰,搬到救生筏上去的准备。

午后,他们勉强吃了点东西,开始把东西搬上救生筏。

"那是什么?"庄列松突然呆住。

在他望向的正前方,陆地,它就在那儿。一座黑黢黢的崎岖山峰,两侧挂着一片片积雪,山峰从云雾中露出。也许只有十海里。片刻之后,浮云像大幕一样飘过海面,遮住了刚才的景物。已经没有关系了。陆地就在那里,他们都看到了。

杨炼激动到说不出话。二十七天来,他们第一次获得了生的希望,十分确切。他们相信,那应该是弗兰格尔岛北端的某个岬角。弗兰格尔岛是座面积巨大的岛屿,尽管岛上没有多少常住居民,但那的的确确是一大片陆地。他们抓紧时间,准备乘坐救生筏一鼓作气航向那片海雾,顺利的话,他们应该能在天黑前抵达岛的边缘。

没有一丝怀疑,也不想耽误一分钟时间,庄列松跑到浮冰边缘,寻找合适的地方下水。杨炼穿上救生衣,开始把最后几样东西——他们的背包、两只还没咽气的海鸟——放进救生筏。突然,冰面开始倾斜,他所在的位置猛然翘起。

鲸鱼巨大的尸体滑向冰面的另一端,眼看就要滑落大海。

"抓绳子!"庄列松朝杨炼抛出绳索,"抓筏子!"

杨炼抓住了绳子,但来不及去抢救救生筏,冰面高高翘起,随即重重跌落,顷刻间破碎成几片。一切都失去了。救生筏倒扣在海面上,食物、帐篷、睡袋……所有东西全部落入大海,在海面上四处散落。杨炼趴在冰块的边缘,拼命伸手想够救生筏。太远了。他一时心急,差点跳进水里。庄列松把他拽了回来。

现在,留给他们的只剩下一块五米长、七米宽的小小的浮冰。救生筏迅速漂离他们。它被锐利的冰锋划破,正在漏气。

庄列松在绳子一端绑上手电筒,用力朝救生筏扔过去,试了四五次,才终于把手电筒扔到筏子上。他试着把它捞回来。他很小心,坚定地运用着臂力。救生筏终于被拽住,但手电筒只是搭在一侧,要是他用力过猛,就会前功尽弃。脚下的浮冰很不稳定,"我需要你去后面,"庄列松说,"趴在那儿,让冰面保持平衡。"

杨炼慢慢向后退几步,趴在冰上。救生筏向他们慢慢移动。

海面突然咕嘟嘟冒起一些水泡,片刻后,沉入大海的死鲸猛地浮出水面,正好就在救生筏和浮冰中间,巨大的浮力使庄列松手中的绳索脱手,救生筏被浪卷向更远处。它已经完全瘪掉了,像一大片柔软的黄油。庄列松大声咒骂,站起来,拽掉帽子扔在冰上。他解下围巾,绕在杨炼脖子上,接着开始脱衣服。

"你干什么!"杨炼惊呆了。

"游过去。"庄列松目光坚定地盯着海水,"救生筏不能丢。靠这块冰,我们到不了那个岛。"

"你要冻死的!"

"有四分钟时间。"

庄列松已经走到浮冰边上。他深吸一口气,做好跳水的准备。杨炼冲过来,死死拖住他:"来不及了。"

救生筏在海面上缓缓沉没。

一大群海鸟飞来,落在鲸鱼的尸体上。

只能在浮冰上等死了。庄列松穿回衣服,在冰上坐下。过了一会儿,他干脆仰面躺下,躺在最后的冰面上,等待死亡降临。杨炼也躺下来。他们眼望蓝天,陷入沉默。

耳边,只有海浪轻拍以及海鸟的叫声。

不知过了多久,深邃蔚蓝的天空中,一架小小的飞机飞过。

两人一动不动,都以为那是幻觉。可那并不是幻觉。庄列松首先跳起来,他挥舞双臂,高声呼喊。接着杨炼也爬起来,他从口袋里摸出一颗信号弹,递给庄列松。

庄列松填装子弹,举起右臂,立刻发射。

那是一架小型客机,正在飞越北极航线,距离海面至少有几千米,从飞机上看下面的大海,浮冰应该只有芝麻粒大,上面的人根本不可能看到他们。

庄列松突然咧嘴一笑。

"你笑什么?"杨炼问。

庄列松什么也没说。过了一会儿,杨炼也嘿嘿笑起来。

他们平息了内心仅存的波澜,几乎是怀着惬意地看着飞机隐入天际。海面上,死去的鲸鱼上下起伏,鲸群围绕着它,不时喷出水花。

一块比他们所在浮冰面积大差不多两倍的浮冰,缓缓从左侧漂过。庄列松一动不动地盯着它。"我们得跳过去。"他突然说,"风向对我们有利,它正把我们吹向那个岛,我们得到那块冰上去……它会撞上我们……一步就能迈过去。你先来!"

"不。"杨炼平淡地说。

庄列松已经站起来:"两块冰相撞之后就会分开,你先来比较有把握。"他试着把杨炼拉起来。

"我不。"杨炼挣脱他,"我受不了你了,这样多好……别折腾了,求你了,一会儿就过去了……"

庄列松一把攥住他的衣服,把他从冰上拖起来。

"有什么区别?死在那块冰上和死在这块冰上。"杨炼大喊。

那块冰离他们更近了,底部已经和他们脚下的浮冰产生摩擦。短短几秒,两块冰已经聚拢在一起,接着,它们开始分离。

"跳啊!"庄列松暴喝。

杨炼不敢动。庄列松后退两步,加速奔跑,一下跳过去。他一站稳就立刻转身,朝杨炼伸出手:"把手给我,快!"

杨炼想挪动他的脚,可身体根本不听使唤。他的左脚已经踩在对面,右腿却使不出力气。两块冰即将分开,庄列松紧紧攥着他的手,想把他拽过去,可惊慌失措的杨炼却腿一软,落水了。

他在水里胡乱挣扎,结果离两块冰都越来越远。

庄列松愣了一秒钟。他脱掉羽绒服扔在冰面上,一头扎进水里。他抓住杨炼的救生衣,用一只胳膊穿过他腋下,转身朝冰面游。海水冰冷刺骨,他游得越来越慢。"四分钟,四分钟……"右手终于能碰到冰面,他死死抓住一块凸起的冰块,另一只手用力把杨炼拽过来。他拼尽全力,把杨炼推上去。杨炼翻个身,趴在冰上。

庄列松双手扶住冰面,想一鼓作气爬上去,可冰面太滑了。这块冰不是平的,它更像是浮在水面上的一大块不规则的泡沫,他越是用力,冰面就越是倾斜。锋利的冰割破了他的手掌,但他已经感觉不到疼痛,冰冷的海水使他的身体迅速失去知觉,他快要说不出话了。

杨炼匍匐着向他靠近,拼命朝他伸手,就在他可以抓住他的一瞬,庄列松的身体突然向后一仰,漂向远处。

几秒钟后,他沉入冰冷的海水。

冰面渐渐稳定下来。杨炼努力坐起来,他脱掉身上的湿衣服,用脚勾住庄列松留下的羽绒服,把它抓在手里,又花了些时间才把它穿上。他知道,自己也支撑不了多久了。他取出摄影机,对准自己的脸,拍下最后的画面……

说完最后一句话,他哆嗦着取出存储卡,放进塑料密封袋,把它塞进空矿泉水瓶,拧紧。做完这一切,他已经没有力气把它扔向大海。躺在冰上,仰望北极深邃的蓝色天空,他呼出一口气,独自等待死亡降临。

汽笛声。

轮船的汽笛声。

汽笛声响了一次。又一次。

杨炼睁开眼睛,他发现自己根本动不了。他一动不动趴在冰上,努力望向远处。阳光洒向大海,波光粼粼,海面上什么也没有。浮冰在水上慢慢转着圈,他不再感到寒冷,只是头晕,眼皮沉重好像困得不行,他闭上眼睛。这时,他又听到汽笛声。当他终于再次睁开双眼,远处出现一艘大船。

船越来越近,在距离他一百米远的地方停下,很快,从上面卸下一只小船。先是三个人下到小船上,紧接着是一个他熟悉的身影——小山秀太。

船上的人都激动地冲他大喊。

几分钟后,小船已经近到连上面人的说话声都听得很清楚了。

"活着吗?"小山秀太大声喊。

杨炼艰难地举起一只手。

被裹在毛毯里的杨炼浑身发抖。

"坚持住,没事了,没事了,别睡。"小山秀太激动地说。

"为什么……抛下我们?"

"没有,我们没有。"小山秀太眼含热泪,"二十七天里,我们先后向北极航道内的十六艘轮船发出了救援信号,其中十五艘回复了我们,大家一直在寻找你们,没有人放弃。"

"你们是怎么……"

"是鲸鱼。"小山说,"几年前,维京女王号在鲸群中的一只母鲸身上装了GPS,为的是观察鲸群迁徙。当我们在错误的方向上苦苦寻找的时候,他们发现,鲸群活动十分反常,往年在这个季节它们会向北方移动,这次却径直向南。"他擦掉眼泪,继续说:"船长,是他最先想到的,想到我们应该追踪鲸群,我们才调转方向……"

杨炼紧紧攥着漂流瓶,回头看着那块小得可怜的浮冰。有一刹那,他好像看到庄列松正在努力爬上它。"他,他在那儿!"

可是,船员们什么也没看到,冰面上什么也没有。此时,一头鲸奋力跃出水面,用它巨大的身体,拍碎了最后那一小块浮冰。

21

在溺死之前我清晰地看到杨炼脸上的表情,他还是个孩子,妈的。

我终于听见一切都沉寂下来,一股暖意闪电般击中我的脊髓,我想起她进厨房前最后的那句话:"不够好,相信我。"我想笑,真的很有意思。

我听见轮船的汽笛声,就在耳边。这是我最后一次听到这种不能再熟悉的声音。我曾经孤单一人,而现在终于可以沉入海底,和一些人重逢。他们曾像没有射中靶子的竹箭,飞到另一个时空,和我天人永隔。现在,我将游过沉船、礁石和海草,与他们相见。

已经不冷了。

你们在那里吗?你们是不是在等我?

忘记说了,这是我自己选择的,在死亡还是活着这个局里,从来都是我在操纵整个游戏。你们要听清楚。

鹈鹕小姐

1

当他离开鸟寺时,雪明显下大了。

空气里有烧干草的味道。他摇摇晃晃往前走,感觉酒劲正上来。小街倾斜有些坡度,尽头的山丘上依稀闪着灯光。隐约传来的声音像寺院的暮鼓,却又不是。当意识到那是背后的脚步声,他转过身,看到老板娘的儿子竹村正举着他的手机。

男孩冲过来,刚把手机塞在他手上就立刻后退,警惕地望着他。漆马笑起来,对着天空喷出一团酒气,大张嘴巴,吞掉几片雪花。

"しろうと!"男孩冲他吐吐舌头,转身就跑。

他一直看着男孩跑回了鸟寺。两个年老的日本男人走出来,站在屋檐下。简直像江户时代。是个好地方,别府。雄艳说得没错,这地方,早就该来。

他决定绕道去趟狼舍,去看看他们说的那只狼。

几天前山上下来一只狼,大家都在谈论它。据说它趁夜色溜进马廊袭击了一匹母马,又说它被马踢伤,现在被关在笼子里。

不是典型的日本狼,很高大。当漆马靠近时,它露出牙齿,眼睛一直盯着他。确实受了伤,左肩有块木屑嵌在里面,沾有血和泥土。他从墙上抽出一根绳子,做成套圈,然后从水桶里捡起粗树枝,再次靠近铁笼。狼向后退到里面,嘴巴大张,发出吓人的威胁声。他蹲在地上,把树枝竖在面前,双手握着,就这样和狼对峙了好长时间。

等他站起来,狼立刻站直,两肋仍不停起伏。过了一会儿,它突然低下头——他等的就是这个时刻。他把手伸进笼子,迅速扔出套绳,可是用力太猛,套圈飞过狼头,落在了地上。他猜这下狼肯定会撕咬绳子,但它并没有。

狼退后一步,冲他龇起尖利的牙。

漆马慢慢拉动绳子。当他把绳子全部收回到手上,狼似乎松了口气,又卧下来。

他重新做了个小一点的套圈,又走上前去。这次他没有犹豫,立刻扔出套圈,但狼一抖耳朵,闪身躲过。他又试了两三次,最后那下正好套在狼的脖子上,他立刻收紧绳子。狼立起后腿,扭动身躯,发出嚎叫声。

他后撤几步,用力把狼拉倒。它狂扭着身躯,把头剧烈向两边猛甩,想挣脱。他只好再把它拽倒。狼不住挣扎,不一会儿,似乎筋疲力尽,躺在地上,喘着气。它看着漆马,慢慢闭上眼睛,然后又睁开看着别处。

漆马把绳头抛向笼子顶部,待垂下来时,立刻抓住。他慢慢蹲下,捡起树枝,然后打开笼子,走了进去。他一边小心收紧绳子,一边向狼靠近。当狼向他扑来时,他猛地收绳,趁狼嘴巴大张,一下子把树枝塞进它嘴里。狼弓起身子,扭着头,想把树枝吐掉。

他把绳子完全收紧,使狼无法靠近。狼虽然窒息,可还是一副狂野的样子,而他迅速把绳头做出一个活结,突然上前套在狼的口鼻突出部上,用力再收紧。他狠狠抓住它的一只耳朵,另一只手将绳子在它颌骨外绕了三圈,然后一个箭步跨在狼的身上。狼被夹在他两腿之间,绝望地吸着气,又抬眼看了他一下,但气焰已经衰落下去,最后,无奈地闭上眼睛。

他站在那里也是气喘吁吁,大汗淋漓,却不敢有半点分神。

过了一会儿,狼又开始挣扎,不断跳起扭动,把头甩来甩去。他又用绳子将它拽倒。狼气急败坏,嘴里冒出白色泡沫。他伸手抓住它嘴里的树枝,控制着它。

"好了,"他对狼说,"好了。"

他抓住刺入它肩头的那根木刺,用力拔出。狼猛地抽搐一下,向后缩起脖子,没有再挣扎。他抓住它嘴里的树枝,一面对狼说着话,一面摸了摸它的头。它只是颤抖着退避。他掏出小刀,切断绳索,然后站起来,倒退着出了笼子。

狼一把树枝吐出来就退到角落,躺下来,舔着伤口。漆马看了看目瞪口呆的马廊主人,对他点点头,离开了。

回到旅馆,脱靴子的时候漆马听到淋浴间传来水声。他脱掉袜子,光脚走进客厅。雄艳在浴室里喊他,他听到了,但没有回应,而是打开推拉门,望着院子里的雪。这时候,他感觉酒已经完全醒了。

雄艳打开浴室门,大叫一声:"好冷啊!"

漆马关上推拉门。够冷了,他想。有那么一刻,他心存一丝侥幸,可她已经从身后把他紧紧缠住,一只手顺势摸了进去。

他没有让自己犹豫太久。

结束之后,他靠在床头点上一支烟,喷出一股一股。

他想告诉她自己新发现的那家居酒屋,"鸟寺",还有那只狼。他不知道告诉她狼的事她会不会害怕,或者生气。吹风机轰然响起。看着妻子的背影,看着她用吹风机吹着头发,他突然丧失了和她聊一下这件事的兴趣。

他站起身，朝淋浴间走去。现在，他只想尽快把自己冲洗干净，然后回到床上，关掉所有灯，让疲倦和黑暗将自己放倒。

十分钟后，他如愿躺下，紧闭双眼。

她一定是有话想说，因为她从后面抱住他，将脸贴在他的背上。他翻身抱住她，想说点什么，可疲惫突然袭来。几秒钟内，他便进入了梦乡。

岛田先生习惯上午写作，下午会客，所以，雄艳通常在午饭后赶到他位于悬崖上的度假别墅，等待与他会面。但事情并不像雄艳想得那么顺利。岛田的作品大都描绘江户时代人与妖怪共处的奇异世界，充满匪夷所思的暴力和匪夷所思的因果关系，他每本小说在中国都奇迹般地畅销，可对于出售作品的电影版权，他毫无兴趣。

"我的小说不适合被拍成电影，"岛田态度认真，又很严肃，"拍成电影，它们的生命力就枯竭了。"

漆马对自己的小说也持同样的态度。雄艳基本同意。

好在，岛田很喜欢和她谈论中国，他对中国的一切都充满兴趣，尤其是美食。她狡黠地抓住了这一点。傍晚时分，岛田通常会结束业务上的讨论，邀请她去厨房。在那里，他尝试烹饪中式家常菜，整个过程中雄艳负责一一纠正或肯定他对刀工、佐料和火候的理解。岛田学习劲头十足，常常一口气能做五六个菜，然后请来太太，三个人一起吃晚饭，再喝一点岛田太太酿的梅酒。不过，今天一见面他就连连抱歉，说今晚的活动不得不取消。一个好的信号是，他为雄艳引荐了自己的经纪人山崎努，山崎先生一本正经的谨慎作风使雄艳有种预感，岛田最终会被自己说服。

下午五点，雪开始下大，雄艳起身告辞。

岛田一直把她送到门厅，并再次表达了歉意，才安排司机将她送回旅馆。路上,司机小津告诉她,今天是岛田夫妇的结婚纪念日。

"他们两位结婚多久了?"雄艳问。

"三十年。"

雄艳喜欢岛田太太,尽管多数时候她都一个人待在楼上的画室,并不参与他们的讨论。她是一位儿童绘本画家,享有国际声誉,岛田曾不止一次说过,正是太太的画带给自己源源不断的创作灵感。岛田体贴女人,思虑周全,他告诉雄艳,他拜读了漆马的小说,两本都十分喜欢,很想登门拜访。她不确定他是否只是客气,但仍然把这事告诉了漆马,没想到,漆马听后态度相当冷淡。他对日本作家有偏见,或者说,对一切成名作家他都持有偏见。他根本就讨厌所有作家。

漆马出道很晚,写小说之前是个警察。

对待漆马,雄艳从最开始就很小心。她几乎时刻关注着丈夫的情绪变化,他很敏感,有时显得不通情理。她自认能洞悉他的痛苦,他曾经很难亲近,世上许多事都好像和他无关,而她渐渐对他产生了信赖和依恋。不过在她看来,漆马对自己的依赖,也许更深。

听到他回来了,她喊他,可他没有反应。他听力不太好,有一只耳朵几乎全聋。

没想到客厅是冷飕飕的。她忍不住大叫,跳到床上。可看到他用力关闭推拉门的结实背影,她又立刻从床上跳下,跑过去,抱住他。

她的身体需要他,现在就要。最近总是这样。

他什么也没说,直接用行动回应了她。她就喜欢他这样。

在他去洗澡的时候,她吹干头发,走到院子里抽了根烟。他一回来就关灯上床,看上去筋疲力尽。她回到床上,对他发出轻声呼唤,而他什么也没说,只是在她的拥抱中慢慢发出均匀的鼾声。

这样的夜晚,无论重复多少次,她都不会感到厌倦。

2

早上出门时,雄艳还在熟睡。

清晨长跑这个习惯,多年来漆马基本风雨无阻。到别府之后,很快他就发现了两条很棒的慢跑线路,一条是从旅馆的正门出发,沿观景大道一直到海边,再沿海滨步道抵达摄政王灯塔,然后折返;另一条是从旅馆后门出发,穿过果树巷到达温泉关,然后进山。两条线路的长度都在十公里左右,但跑山地因为有坡度,难度大得多。他喜欢有点难度。

上山公路早在凌晨时就被清雪车清扫完毕,此刻,潮湿的柏油路面呈现迷人的深黑色,寒冷新鲜的空气更是沁人心脾。跑了差不多两公里左右,他开始出汗。接下来是一段碎石上坡路段,没有路灯,他这才注意到云层很低,天色阴沉异常。

他放慢速度,补充一点水,决定今天跑十五公里。

半小时后,计步器提示他已经跑了八公里。他并不感到疲惫,相反十分兴奋。周围是不知名的群山,天色依然昏暗。柏油路已到尽头,接下来是覆盖积雪的砂石路。在这里掉头刚刚好,可他感觉体力仍十分充沛,就继续跑下去,结果却发现了雪地跑的妙处——跑鞋踩在雪地上,会咯吱咯吱响。一公里后,他意识到五厘米厚的积雪对体力的消耗实在太大,于是放慢脚步,直到最后停住。他想撒尿。

他松开运动裤,试着在雪地上写字。

才进行到一半,背后突然响起一片喧哗,感觉就像是有人贴近他的耳朵用力将一张报纸揉碎。一股劲风卷起地面的雪。

几秒钟后,周围恢复了平静。他睁开双眼。

什么也没有,没有人,也没有风,树木全静止不动。接着,他看到了那个让他害怕的东西——雪地上,在他脚印的旁边,有另一行脚印。

他清楚记得,一路跑来,雪地绝对是完整的。

难道,有个人一直悄无声息地跟着他,十秒钟前又凭空消失了?

脚印一直延续到距他一米远的地方,也就是说,在消失之前,他就站在他身后,伸手就能够到他的肩膀。

汗湿的运动服瞬间变得冰冷。他掏出手机,朝脚印走过去。他已经想好要从哪些角度,拍下哪些细节。

一束强光照射过来,双眼刺痛。从山坡上开过来一辆白色小货车,司机摁了两下喇叭,迫使他让开路心。他向后闪开,心里有些愤怒。

货车放慢速度,在他面前停下。司机摇下车窗,摘掉棒球帽露出圆圆的光头,问他:"搭车吗?年轻人。"

漆马一言不发,木然地摇头。他直挺挺站在雪地上,眼望着司机,眨也不眨。司机压低帽檐,冲他双掌合十:"祝你好运。"

竟然是个和尚。

和尚轻踩油门,货车从他面前开过。漆马看到,车上拉的是油漆剥落的旧门板。他猛然想起什么,可已经来不及了,雪地上,他和"那东西"的脚印被碾成两道整齐的车辙。

"会不会是只大鸟?一只,"雄艳展开双臂,表情夸张地说,"超级大的鸟。"小巧的金耳环晃动一闪,她把餐叉上半个煮鸡蛋送到他嘴边。

"不要了。"漆马说。

"好吧。"她拿起勺子,把碟子里的蛋黄捣碎,倒上一点酱汁,开始吃她的午饭。"说真的,你是不是吓得要死?"她笑眯眯地说,心情愉快,"我倒觉得这是个好兆头,一到日本就遇上灵异事件,你的新小说……"

他目不转睛地盯着她,盯着她的嘴巴,可耳朵没在听。一分钟后,他从桌上拿起手机看了看:"你是不是该走了?"

"来得及。"

她往椅背上靠了靠,越过隔壁桌客人,朝餐厅大门的方向张望。车还没到。岛田会来接她,今天,他们要到山崎的办事处去,就版权合约进行第一次正式谈判。

"真不想见吗?"雄艳眼中充满期待,"他可认识全日本的妖怪哦,也许能跟你解释雪地里那只大鸟是怎么回事。"

"我说了,不是鸟。"

一辆黑色轿车在餐厅门口停下。小津从车上下来,向餐厅内张望。"要是我能在六点前赶回来,"雄艳已经站起来,从身后拿起大衣,"带我去鸟寺怎么样?"

漆马帮她拉了拉衣领:"好,当然。"他说。

透过玻璃门,他看到她已经上了车。没看到岛田,他应该是坐在后座吧。车没有立刻开走——也许,岛田想过来跟自己打个招呼,但被雄艳劝阻了?

回到房间,漆马打开电脑,写出下面的内容:

很难说清当过警察对我意味着什么。

我不止一次救过别的警察,他们也救过我的命,我们没机会上战场,但互相把对方当成战友。和亡命之徒面对面较量是毫无人情味的,只有你死我活。随着执行任务的次数变多,出于某种进化而来的机制,人会开始对危险反应迟钝,没有谁能永远一触即发。但在当警察的那段时间里我是比较满足的,我甚至想过,如果在某次行动中丧生,那也算不了什么。

有时候，我们去抄犯罪分子的窝点。这种任务会让人肾上腺飙升，很刺激，却容不得半点差池，因此在最初当警察的那段时间里，我特别专注于一些格斗技巧的学以致用，比如使用制服绳（在制服犯人的过程中完成捆绑），把毒贩、袭警者和不良少年用绳子连成一串带走，真的别有一番趣味。

一天上午，完成了这样一次抓捕任务后，我去看守所办事，当时我在特区一个比较偏的分局，正好赶上一队新兵正在训练，用犯人练习捆绑。

一个犯人，还是个孩子，很听话，轮到他时，几乎立刻就笑着跪下了。捆他的是个新兵，老兵一声号令，他就一脚把犯人踢翻在地，开始系执行绳。这是对死刑犯执行时的一种捆绑，你要先把绳索在中间打结，预留绳扣，然后套在犯人的脖子上，再从左右两边分别缠绕双臂直至手腕，将其双手反剪，接着两端绳索合一，绳头向上穿过后颈预留的绳扣，再将反剪的双手用力向绳扣靠近，扎紧。内部我们叫五花大绑，因为是对付死因的，捆和被捆的，双方都怵这个。

任务要求三分钟搞定，新兵很紧张。可越没经验越容易下手没轻重，最糟糕的是，他把执行绳和制服绳弄混了。男孩趴在地上低声惨叫，脸也越来越苍白，可新兵还在不得要领地用力紧绳子，男孩突然大叫一声，完全不动了。有人跑过去，把绳子和他的上衣全剪开，我看到他胳膊和肩上都勒出绳印。

这件事后来在系统内部演绎成一个古怪的笑话，说是有个实习女警拿男友练五花大绑，男的在床上昏了过去。

不管我怎样竭力驱散，就是忘不掉男孩被踢倒前的笑容。并没有什么可怕的事情发生，男孩后来自己站了起来，但从那以后，我对多数警察的感觉改变了。对于暴力的正义性，他们显然是诚心诚意相信的,而我对此产生了深深的怀疑。那时我正面临一个抉择,我已经当了三年警察,得决定是继续,还是去考在职研究生。我想拿定主意,谁知心情却变得更抑郁。

写到这里,他才发觉脖子隐隐作痛,呼吸困难,好像被捆住的人是自己。

他把这些统统删掉,合上电脑,裹上大衣。

除了鸟寺,久谷书店是漆马无意间发现的另一个很值得消磨时间的地方。书店在铁轮温泉西边的体育馆旁边,从温泉旅馆出发,步行用不了太久。书店的招牌和门厅都极小,不注意很容易错过,里面却别有洞天。不过客人并不多。

女性杂志区有两个中学生在窃窃私语,离她们不远的科技区,一个眼睛眯成一条缝的宅男盘腿坐在地上,正用手机逐张拍画册。女优写真?走过去他才发现,居然是俄罗斯T系列坦克的家族图谱。除此之外,还有个在柜台后面磨咖啡豆的男店员,相貌滑稽,眼珠突出,像克什米尔山羊。

一进门就闻到咖啡的浓香。漆马问店员,有没有拿铁。

"对不起先生,咖啡是不卖的。"山羊说。

穿过小说专区,漆马来到摆放绘画和摄影作品的艺术区。很快,他就发现两本珍贵的滨谷浩摄影集,其中一本竟是1965年的初版,价格非常合适,他当即决定买下。滨谷浩是他最喜欢的日本摄影师,遇到他的作品,他向来不犹豫。

花了差不多半小时,他又仔细翻阅了艺术区的所有图书,确保没有遗漏其他好东西,接着,他来到摆放有大量植物分类学、动物分类学和博物学的图书专柜。走运的是，这些书今天统统打九折。一本名为《日本巨型鸟类考》的精美画册引起他的好奇，里面的照片让他吃惊，其中有些动物是他从未听说过的。

巨型鸟类？……真是鸟吗？

不，不可能。他确信自己看到的不是鸟类的足印，是人，除非那只鸟在腾空飞起之前，穿着一双防滑慢跑鞋。《日本巨型鸟类考》定价一千八百日元，打完折人民币一百块出头，他在考虑要不要买。

"打扰了先生，"山羊店员出现在他身后，手上的托盘里放着一杯咖啡，"请您品尝。很抱歉，也许我们以后会考虑供应咖啡。"

"谢谢。真不好意思。"

漆马接过咖啡，心里却只觉得尴尬，好在这时门铃"叮"一声响，来了新客人。

一男一女。男的六十开外，身材十分高大，裹着厚重的黑大衣，神情异常严峻。在他身后的女孩穿着纯白和服，毛茸茸的粉色围巾下面只露出眼睛。在老男人和店员低声交谈时，女孩朝漆马走过来。

漆马低头喝了口咖啡。出乎意料，相当难喝。

女孩差不多一直走到他面前才停下，她一边盯着专柜上摆得整整齐齐的书，一边解开围巾。她拿起的那本书，偏偏就是漆马刚才翻的《日本巨型鸟类考》。

他正想看看她的脸，背后却传来脚步声。老男人走过来。不知道为什么，漆马感觉这人浑身上下都散发着令人不安的气息。漆马低下头，整理了一下要买的书，准备去结账。空中突然闪过一道显眼的白光，伴随快门声，所有人都凝固了三秒。偷拍女孩的，正是坐在地板上的宅男。他举着手机，自己也愣了。

老男人盯着他说"交出来！"

宅男一动不动,好像吓傻了,猛地把手机扔在地上。老男人捡起手机,翻看着,并回头瞥了女孩一眼。女孩像是完全没意识到发生了什么,她看着漆马,恳切地说:"先生,这本书可以让给我吗?"说的是标准的汉语。

漆马惊呆了。

"可以吗?"女孩又问了一遍。

"当然。"漆马不由地后退一步。

当他终于敢转过身去看他们,那对父女已经走出书店,朝海湾的方向走了。漆马迟疑一下,快步朝门口走去。经过柜台时店员突然问,"先生,咖啡味道如何?"

漆马不知所措地摇了摇头。

3

鸟寺最出名的美食是炖香鱼,但此时已错过季节,漆马只好点了一份没吃过的石鲷鱼,几样旧菜。雄艳要了一瓶清酒。

"今晚我要喝到不省人事!"她兴致很高。

漆马和她碰杯:"成了?"

"成了一大半。"

下午的谈判一开始并不顺利,最后却有不小进展。话不多却句句有分量的山崎让雄艳见识了日本人做事的严谨和苛刻,他出具的合同草案有七十八页之多,这还只是草案;在国内,同样的版权合同通常不会超过十页纸。雄艳不得不逐页逐条"寸土必争",弄得头昏脑涨,连想好要和岛田说漆马山中奇遇的事都给忘了。

一直在店里穿梭帮忙的小男孩举着一大瓶清酒经过,猛然站住,冲漆马大喊:"しろうと!"

原本有些恍惚的漆马,突然笑了起来。

雄艳瞪大眼睛问:"为什么他管你叫素人?"

"新手,"漆马摸摸下巴,"我觉得他说的是新手。他认为我是个菜鸟。你觉不觉得,别府这地方有点诡异,每个人都怪兮兮的。"

"你才怪,"雄艳也笑起来,"这里的人都很警惕你。"

漆马脸上的表情突然僵住,显得有些好笑。雄艳侧过身朝他注视的方向看去。柜台前,一个面相凶狠的老男人正和老板娘说着什么,老板娘递给他一包东西,他接过去又转身交给身后的女孩。一个穿白和服的女孩。

雄艳表情也僵住。她下意识地转身望着漆马,一时却不知该说什么好。她知道,自己最好别说话。可她克制不住,又再次回头。那两个人正在离开,只剩下背影。雄艳举起手,召唤老板娘。

"你干什么?"漆马很紧张。

"你不想知道她是谁吗?"雄艳说,直视他的双眼。突然,她笑起来,问老板娘:"那两位是您的朋友吗?差点误认成是我们认识的人。"

"这种事常有,"老板娘也笑着说,"那是棉先生,他们最近经常来这里买寿司。"

"那位是他女儿吗?"

"哪里,"老板娘继续笑盈盈地说,收起桌上的空酒瓶,"是他太太,他们十分恩爱。起初大家还说棉先生和鹈鹕小姐不般配呢,她太年轻。"

"鹈鹕?"雄艳重复道。

"嗯,那位太太的名字是鹈鹕……很漂亮对不对?"她注意到漆马的脸色,又赶紧补充说,"和您的太太一样。"

189

"她很像我们的一个朋友。"雄艳无所畏惧地说。她看到,漆马喝光手里的酒又立刻倒了一杯。

靠窗那桌三个穿蓝衬衫的年轻人在不停催酒,老板娘应声走了。

"不想谈谈吗?"雄艳抓住漆马的手。

他把手抽走,脸扭向别处。

"你之前就见过她,为什么不告诉我?"她继续问。

"我每天见的人多了。"

"你还在生我的气?"

"没有。"

"你就是这样。"

雄艳转过身,冲着厅堂喊:"加酒!"她盯着漆马,大声说,"我要是醉了,你背我回去。"

"你已经醉了。"

"那你现在就背我走吧!"

那个小男孩走了过来,歪起脑袋盯着他们,又大喊:"しろうと!"雄艳一把抓住他,她想问问他那究竟是什么意思,可男孩用力挣脱,跑开了。

她又要了酒,一杯一杯把自己灌醉。漆马看着她,一言不发。一个小时后,他履行之前的承诺,把她一路背回旅馆。

风很冷,趴在丈夫结实的背上,雄艳心里一直在咒骂,咒骂那个曾经险些让丈夫离开自己的女人。尽管她只见过她的照片,尽管她早已不成为他们之间的问题。

她用力抱紧漆马的脖子,用了全身的力气。

"轻点,你要把我勒死了。"

是的,如果他再那么干,她发誓,一定会亲手把他勒死。

别府是个奇境。仅仅一百多年前,这里的人还坚信,人类和妖怪共同拥有这片土地,只是人类在白昼活动,妖怪在夜晚出现。如今,一切证据早已荡然无存,只剩供妖怪栖身的山林和初雪,但人们仍顽固地用画笔和刻刀在每一个地方,庭院,门窗,墙壁和屋顶,都伪造出妖怪出没的痕迹。天空飞舞着枭号,它是一种鸟的灵魂,附在喜欢杀虏鸟兽、吃鸟兽的人身上,被附身的人七天后会化成一堆枯骨;温泉池中潜伏着濡女,外表很美,但万不可贸然靠近,一旦她站起来,你会发现她浸在水中的部分全是骸骨;树林里穿行着怨灵,那是妒忌怨念的化身,半夜出没,专门吞吃小孩的魂魄,它们居住的地方磷火闪耀,披上羽毛变成鸟,脱下羽毛就化成女人。

酸汤旅馆周围有几株"人面树",据说是江户时代一个死了心上人的男人种的,他听信邪鬼的话,将心上人的头颅种进地下,四十九天后长出树,百天之后开出花,结出的果实是女人的脸;最后,男子与人面树一起在烈火中被焚毁。每个旅馆服务生都声称曾听到过男人和一树女人惨遭焚烧时发出的哭声。别府就这样存在于由痴情种子、奇珍异兽与暴力狂所构成的"百鬼夜行"幻象中。

漆马坐下来,决定改变思路,写一个以第一人称开始的妖怪故事。

我。他敲下这个字。

我,从和妻子住进酸汤旅馆的第一天起,别府的春情就注入了我们的婚姻生活。一百多年前女妖魅惑男人们所勃发的那种下流力量,通过床榻传递到我们身上,我觉得用旅行修补关系的任务很有希望提前达成,可没过多久,似乎引诱我们彼此憎厌的妖术,也开始起效了。

我们遇到一个穿白色和服的神秘女人。

在我看来,人死之后仍能存在的说法,和认为人死后肉与灵都灰飞烟灭一样荒唐。人类无论以何种形态、何种面目呈现,都是难以捉摸的。

我认为,有些死去的人会游荡到遥远的地方,有的则会一直待在你身边,永远也不消失。

穿白和服的女人是从哪里来的?她真是这个世界的人吗?这个问题让我心烦意乱。她和我死去的前女友长得太像了,如果不是妻子的反应,我会怀疑自己已经精神失常。

那个女友叫杜丽。妻子曾在书架上找到过一张她的照片,这让她很愤怒,因为我没有保留任何别的女人的照片。她问我,是不是特别爱这个女人?我没有解释。她问了我很多问题,还试图自圆其说。她的解释别开生面,但她不可能给出正确答案,因为虽然我跟她讲过一些杜丽的事,但最重要的那个晚上,我从没和她说起。

那是一个后半夜。在我离开她住的那间出租屋不久。杜丽独自坐在屋子里,面前摊着一些纸牌。电话铃响了。这种打扰她已经习惯了,因为这就是小河的方式。

她接起电话。果然是小河。他们已经有十天没有见面。小河的声音听起来非常虚弱。

"对不起我又打来了。"他说。

"我记得跟你说过,两点以后别给我打电话。"

"行个方便吧,杜丽。"

"什么事?"她不开心地说,这么晚了无非又是诉苦。

"今天不一样。"

"怎么不一样?"

"我身体特别不舒服。我觉得我明天没法去比赛了。"

"我管不了这个。"她心硬如铁。

"以前,每次比赛前你都在我身边,你能不能过来?"小河轻轻咳嗽。

她有点想发笑。"别装了。"她说。

"那让我现在过去找你?"

"如果有事,明天我和爸爸一起去跟你见面。"她耐心地说。

"那就明天。我不去比赛了,都在家,你随时过来。"

"你到底怎么了? 不行去医院。"

"你现在过来行吗?"他问,"我头疼得厉害,手腕也疼。没骗你。"

一阵沉默。他几乎能听见杜丽在叹气,叹了两三声。终于,她不耐烦地说:"好吧,我过去。"

"快到了打电话,"他说,"我下楼接你。"

他披上衣服等她。窗台上晾着他的拳击手套和绷带。他想喝点什么,冰箱里有很多啤酒,但他想到第二天的比赛——出于职业迷信,前一天他总是滴酒不沾。他喝了几口冰可乐,最后发现冰箱最里面有红牛。他喝了一罐。

杜丽来了。她很冷静,带着种抓恶作剧现场的神情,一点都不大惊小怪。

"谢谢你过来。"小河说。

"没错,"杜丽说,"你把我骗来了。"

她在屋子里来回走动,一边看着他,一边坐立不安地绕着椅子转圈。杜丽个子不高,面容苍白,表情一本正经。

"你过得怎么样?"他问。

"不错。"她说。

他有点受伤。他从一开始就紧紧盯住她的脸,现在,她的嘴角浮现一丝嘲弄的微笑。

"你真的很绝情。"小河说,"你不知道,我今天觉得天都要塌了。我在想我以后什么都干不了了。"

"听着,"杜丽说,"你可以去死。这对我来说无所谓。"

他在想自己是不是要哭了,他很少掉眼泪,每次都因为她。她却马上说开了:"我来是想把东西都拿走。刚好你打了电话。"

"他今天来安慰你了是不是?"小河伤感地问。

"和别人没关系。"杜丽说,"你别天天盯着我了。"

"你觉得他特别爱你是吗?"

"他都要结婚了,过来送帖子,还写了你的名字。"

"那我得答谢一下。"小河说,伸手去拿电话。

"这种时候别给他打电话!"杜丽想阻止他。

"起床接个电话,他不会怎么样的。"小河望着她说,"冲你们俩的关系。"他让铃声不停响着。过了一分钟,传来磕磕碰碰的声音,拳击手小河不由地微笑起来。

"漆马,"他欢快地说,"我是小河,希望没打扰你。"

"哦,是你。"当时我一定口齿不清,稍微停顿了一会儿,在电话里,竭力想让自己显得理智镇定,"有什么事吗?"

"说话方便吗?我意思是,你身边有人吗?"

"我女朋友,她也醒了。"我说。

"谢谢你,"他笑着说,"我不一定能去,祝你们幸福到永远。"

"你们也是。"

"我们俩挺好。"

"那肯定。"

"我们在一起,杜丽在旁边呢。"小河的声音像裁判那样冷静而平和。"漆马,我不知道你是怎么想的,"他说,"但杜丽非常爱你。"

我没说话,头脑被什么箍住了。

"漆马,我问你,"小河的声音非常清楚,"要是杜丽还想跟你在一起,你要不要甩了你女朋友?"

电话线成了一根活的触须,我盯着它,直到视物模糊。

"好好对杜丽,"我说,"大家都好好的。"

"嗯,谢谢,漆马你睡吧。以后我们自己的事情自己处理。代我向你未婚妻问好。"小河放下电话,发现杜丽拖着行李箱从卧室出来。

"他以为他是谁……白天你跟他说什么了?"

杜丽看也不看他一眼,走向虚掩着的门。

"我问你跟他说什么了?"

杜丽没说话,突然扔下行李箱,冲向房门,但立即就被抓住,被拳头打倒在地。

五小时后,杜丽死了。这场对话的后半部分是我的回忆,前半部分,只是一种假设和猜测。

写到这里,漆马意识到窗外的风停了。

他站起来,走到床边,看着熟睡中的雄艳。他看了好几分钟。最后,他脱掉衣服在她身边躺下,侧过身,闭上眼睛,强迫自己入睡。

4

醒来已经是下午两点。

漆马打开衣橱,找出那件深灰色羊毛外套穿上,去旅馆餐厅边的酒吧。一进门就看到常坐的那张桌子有人,于是他走到靠墙的挂钟下方。各桌的咖啡杯前都有几张生面孔,全是说汉语的老年人,戴着小红帽。服务生野口走过来,把一个白色马克杯和一壶咖啡放在他面前。

"下午好,先生。"没等漆马问,野口已经解释起来,"旅行社突然把这些人安排到这里来,事先连声招呼也不打,"他瞥一眼远处身材娇小的旅行社女导游,"她说老人们需要休整,参观吉利海鲜工厂的制冰车间,都给冻坏了……真拿她没办法。"

"他们怎么会对那种地方感兴趣?"

"是个商务团,"野口低声说,"为了报销差旅费,日程安排里必须有对日本企业的考察内容。"

"好吧。"漆马点点头,"有旧报纸吗?"

野口快步走到里面的房间,拿了一叠报纸回来:"没什么值得看的,别府这鬼地方,一年到头都无聊得要死。"

"哪里都一样。"漆马接过报纸。

"不,东京有趣多了。"野口说,倒好咖啡,他挺直身,目光循向窗外的蓝天,"像您这样自由自在的作家,应该常去银座转一转,那里才是男人的乐园。"接着,他非常自然地从兜里掏出一叠礼券,说:"打上面的电话,提我的名字,有折扣。"

"谢谢,你已经向我推销过了。"

野口笑笑,仍然把礼券放在桌上,问道:"您这几天没跑步,是不是也觉得别府的冬天太冷?"

"脚受了点伤,"漆马说,因为背雄艳回旅馆,他在雪地里扭伤了右脚,"暂时没法跑了。"

"想试试家父自创的药油吗?他曾是一位了不起的相扑手,这种药油他和他的朋友们都在用。现在预订,最迟明天这个时候给您送到房间。"

"我想泡个温泉。"

"差点忘了,"野口环顾四周那些疲惫而茫然的老人,"晚上九点之前,汤池已经全预订满了。我建议您十点以后再去,那几个独自旅行的女人也不喜欢和老人们挤在一起,我告诉她们,十点以后温泉会空出来。"他诡秘一笑,"十点以后,你不会失望的。"

女导游站在酒吧门口冲野口使劲招手,野口又给漆马添了一次咖啡,才端起咖啡壶,朝她走去。

漆马一边喝咖啡,一边快速翻看报纸。野口说的没错,一如往常,别府没什么大事发生。某种程度上,这地方像是与世隔绝的,除了一年一度的"耐寒大赛",最大的新闻可能是今年中国游客又暴涨三成。这座小城差不多一半的困扰都和这一数据的变化有关。

"先生,"野口回来了,兴致变得很高涨,"十五分钟后,南果小姐安排旅行团在街角的小剧场观赏能剧表演,她想邀请您也参加。"

"替我谢谢她,可我……"

"不必推辞。她读过您的小说,她认为,这也许能给您带来一些灵感。"

"那我去谢谢她。"漆马站起身,准备去见南果步,"等一下!旅行团不是无缘无故到这里歇脚的,对吧?你们……"

野口羞涩地微笑说:"我们,就要结婚了……是我让她把人带到这里来的。距离演出还有一小时,总不能让老人家们在剧场外的寒风中等候吧。我呢,也不过是顺便推销了几张旅馆温泉券而已,举手之劳嘛。您应该能看出来,他们很期待……我告诉他们,这家旅馆的温泉是允许男女共浴的。"

"恭喜。我是说,你和南果女士……"

"谢谢。那么您去吗?今天负责表演的是小学校的能剧社团,谈不上多专业,但孩子们实在是很认真,整个暑假一直都在排练,看过的外国游客都很喜欢。"

还真是一场小学生担纲的能剧表演。除了负责乐器的三位女教师,其他演出人员包括灯光师在内,全都是三到五年级的小学生。孩子们的认真劲十分可爱,唯一痛苦的是,剧场里太冷了。漆马后悔出门时没多穿件衣服。

尽管设施简陋,寒意阵阵,可一旦熄灭照明,灯光聚焦舞台,伴随诡异的音乐响起,戴面具的小表演者陆续登场,气氛立刻变得很不一样。慢慢地,你就忘了宽大戏服和吓人的面具下面只是些五年级的小学生,眼中所见,是发生在幕府时代,一个背信弃义的渔夫和被他伤害的白海豚的悲剧故事——

美丽的白海豚救了落水后被水母蜇伤的渔夫的命,可是,当将军为救生病的女儿悬赏捉拿白海豚时,渔夫却出卖了昔日的救命恩人,决定用她的肉,换取赏金。白海豚被他骗到海边,用渔网捕获,拖上了岸。在死之前,她请求渔夫能蒙上自己的双眼,冷血的渔夫没有答应,直接用鱼叉杀死了她。代表迟到正义的闪电从天而降,烧毁了渔夫的双眼,使他余生都遭到世人唾弃。

细节漆马无法看懂,但大意如此。孩子们的表演非常精彩,催人泪下。

孩子们谢幕时,南果步突然靠近漆马。他闻到她身上的香水味。他从没闻过女人用这种香水。南果步在他耳边低语,是对着他坏掉的右耳说的,所以他并没有听清,但他明白,有必要和这位友善的邀请者寒暄几句,于是立刻热忱地开口:"听说你们就要结婚了,恭喜!"

"结婚?"南果脸涨得通红,"和谁?"

"野口先生。"

"是他跟你这么说的?"南果流露出不适作呕的神情。

漆马很意外:"我以为……"

"他是渔夫,我可不要做他的白海豚!"

停电了。漆马站在黑漆漆的玄关,把电灯开关开来开去,然后走回到客厅,重复着同样的动作。他在扶手椅上坐下,瞪着黑色虚空。

坐了一会儿之后,手机响起。是雄艳。

"对不起亲爱的,今晚估计又会很晚。"

他看看表,十点十五分。"还在开会"?

"不,在吃饭。"听上去她很难为情,"吃完还得和大家去唱歌。"漆马听见她用手捂住话筒,压低声说:"下午我实在是忍不住,忍无可忍,跟山崎大吵一架……岛田提议饭后大家去放松一下,借此机会增进理解,缓和矛盾。"

"觉得委屈吗?"

电话那头,雄艳沉默片刻:"工作就是这样。"

"结束前打个电话,我去接你。"

"不用,小津会送我回去。你放心,我不会再让自己喝醉的。"

接电话的过程里漆马的眼睛渐渐适应了黑暗。他熄灭香烟,用手机打开邮箱。那里藏着他仅存的一张杜丽的照片,是她在长春读研究生的时候,他用手机拍的。

那天他坐火车去她学校看她,他记得下着挺大的雪。晚饭他们吃的是延吉冷面和酱汤。之后,两个人在校园里散步,在一个脏兮兮的雪人前面,他给她拍了这张照片。毕业前不久,她向他提出分手,半年后就嫁给了拳击手小河。

漆马放下手机,呆坐在黑暗中。

床对面的写字台下方有道不易觉察的光斑。他挪动一下身体,站起身。奇异的是,一旦走近,光斑就变得难以觉察,后退几步,又重新出现。这件无关痛痒的小事突然引爆了他的愤怒。

必须要弄个究竟,他搬开写字台,发现了那个洞。

堵住墙洞的是块布,一块丝质黑手帕。透过缝隙,隔壁房间的灯光正好照在这边的地板上。他试着拽了一下,那块布松脱,一道橘黄色光柱出现在面前。

洞的另一边是隔壁客房,他想都没想就把脸凑了上去。隔壁房间,格局、设施和这边并无差别,洞口视线应该是从那边的写字台下方穿过,正好能看到双人床和浴室的一角。视线尽头的远处,还可以看到房门。

这是一家偷窥旅馆?

他听说过这种事。让他不安的是,如果从这个房间可以偷窥到隔壁,那另一边,是不是也有什么隐蔽的缝隙,可以偷窥到这边?他在迅速权衡两个解决方案:换房间,或者干脆换一家酒店。

隔壁房间的房门突然打开。一个男人走进来。漆马下意识侧过身,抓起手帕,迅速把洞堵上。隐约能听到男人的说话声。他把写字台挪回原位。

黑暗中,他环顾四周,从烟盒里摸出烟。

有人用力敲房门。

手中的打火机掉下来,正好落在玻璃桌面上,发出砰的一声巨响。他感到羞耻。还好,敲门的是野口。

"对不起,房间是不是断电了?"野口问。

"已经十五分钟了,我正要打电话。"

"线路故障,马上就好。"野口不无尖刻地说,"空调设备太陈旧了,经理总狠不下心来花钱换新的。放心,五分钟内问题就会解决。"

漆马犹豫了一下,问:"隔壁房间这几天住着什么人?"

"没人,您隔壁房间这几天一直空着。"野口看一眼走廊,"啊,对了,刚刚才有一对夫妇入住……他们的酒店供热系统崩溃,两人不得不连夜搬到这里来。"

电来了,身后一片明亮。

"哈!"野口看着漆马身后的客厅。

漆马迅速扫一眼写字台,应该没露出什么马脚。

"太太还没回来?"

漆马看他一眼,没说话。野口意识到他的不悦,立刻退后一步:"还有什么需要吗?先生。"

"没有。"

夜里十二点,雄艳还没回旅馆,打电话她也没接。

漆马很想立刻见到她。在过去两个小时里,运用所有他知道的反侦查知识,加上经验,他对房间的每个角落都进行了耐心搜索,结论是,除了写字台后面那个洞,一切正常,没有窃听器,没有针孔摄像头,没有双面镜,但他被自己的疑心弄得筋疲力尽,一身是汗。

五分钟后,她回复了几个字:"先睡吧,我会很晚。"

隔几秒,她又发来一个笑脸图标。作为惩罚,漆马决定不告诉她这个孔的存在。以她的性格,知道了一定会换酒店,不知为什么,他并不希望她那么做。

他决定去泡温泉。

温泉在旅馆靠山体的西侧,位置十分隐蔽,分室内温泉和室外温泉两个部分。无论室内或室外,这会儿都没有客人。漆马先在淋浴房冲洗一番,然后走进更衣室,换上宽大舒适的浴袍。值夜班的服务生发现他,很诧异地问:"先生,您有什么需要吗?"

"我要酒。"

服务生很快就把冰块和威士忌端来了,忍住哈欠,指了指托盘上的摇铃说:"那个……其实温泉已经停止开放,我也下班了,不过……万一您还有什么需要,可以摇铃。"

"我不会待太久的。请便。"

室内温泉分冷水、浅水、深水、水流按摩和药汤五处,每个汤池都有蒸腾的热气升往幽深不可测的木质屋顶,偶尔有凝结的水珠从上面掉下来。基本上,屋内十分温暖,但空气中弥漫着草药和潮湿木头的味道。户外就完全不同了,雪花正在无声飘落,一片片跌入温暖的汤池。

漆马走入庭院,把酒放在池边。

他用手试了试水温,然后脱掉浴袍,进入汤池。他先迈进一步,再迈一步,然后慢慢蹲下,最后一股脑沉下去……

为了不思考,他开始猛灌自己酒。不知不觉就有了醉意。

差不多泡了十五分钟,他起身离开池心,在靠近岸边的热石上躺下,拿起一条毛巾,盖在脸上。他感到身心逐渐放松,世界被清零,身体轻飘飘的。

不知过了多久,他听到一串清脆的木屐声,然后是有人下水的声音。

淡淡的香水味离他很近。他一下就醒了。原本他以为,允许男女共浴是野口招徕顾客的把戏,没想到,真的可以这样。他既尴尬又窘迫,赶紧把脑袋沉进水里。

他决定离开,越快越好。

浮出水面之后,他立刻从岸边扯过浴袍,准备以最快的速度上岸,逃离现场。一股涌动的水流向他袭来,不看也知道,那个女人就站在他身后。

"还有酒吗?"女人淡淡地说。

他拿起酒杯,吞掉残酒,重新注入半杯琥珀色的酒汁,然后才转头望向她。

"请等一下。"女人举起双手,把头发盘在头顶用毛巾缠住之后,才伸手接过他手中的酒杯,"谢谢……啊,是你。"

他干涩地说:"你是……"

"巨型……鸟类。"她笑了。

"……你是中国人?"

"不。"她似乎惶恐起来,"从没去过。"

毛巾在她头顶散落,被他一把抓住。她突然向后退去,眼睛盯着他看,而身体慢慢沉进水里,最后,只留举着酒杯的右手露在水面。不久,她在几米外的水中冒出头来,咯咯笑起来。

他不敢看她,窘迫地问:"为什么笑?"

"你知道这里是女宾区吗?"她说。

回到房间已是深夜一点,雄艳不在床上,她哪也没在。她没回来。

漆马感觉自己喝的并不多,完全没理由醉成这样。是她先离开的,他记得,她上岸后抖了抖身上的水。见鬼,她太像杜丽了。

他想在淋浴房中自慰,结果却吐了一地。

恍惚之间,他想起,鹈鹕上岸时他看到她腿上似乎有鞭痕,或是捆绑后的痕迹。他回到床上,躺了一个小时,感到十分恐惧。尽管这种恐惧他早已习以为常,每天早晨一醒来就会感受到,被追捕,被揭穿……可现在又多了一种恐惧:他怀疑自己是不是真看到了那些东西,还是,酒精作用下的幻觉?

他又看到自己在狂殴拳击手。

他想把他活活打死。他不止一次这么想过。这种想象让他呼吸不畅,舌头越来越僵硬,几乎要窒息,他赶紧用一种特殊的方式调整呼吸,这是擒拿格斗考试前一个朋友教他的。

那时他结婚刚满一年,在警校教书,因为常喝酒,体格虚弱。在更衣室,那些学生比他更紧张,这场考核,他们要拿擒拿格斗的成绩,而他只是被拜托别专业的讲师，趁机和他们比划两下罢了。学生们分成两组，侦查和缉毒一组，经侦一组，大约每隔十五分钟，每组就有个人走出去，走到大厅里，前一个返回。他们互相击掌，开玩笑要把对方揍出屎。这门课比他教的纯理论更能彰显男子气概，在警校里更受重视。在他之前，有个学生给抬了出来，是被一个赫赫有名的特警专业优秀学生打倒的。他看了手脚发冷，很想放弃。

和雄艳的婚姻从一开始就很糟，因为开了个很坏的头，但雄艳什么都不知道，对于他为什么从警察岗位下来，教书了还非要找学生练格斗，当然更一无所知。

学生们都考完了，朋友安排了个中等偏上水平的和他打。朋友帮他缠绷带，检查护齿，最后在他屁股上踢了一脚。

"玩命打！揍出屎！"朋友说，"我来当裁判。"

然后他就不顾死活地打上了。他转圈，对方防卫，他挥拳猛打，对方左右躲闪。他生怕雄艳在下面乱喊，但他记得，整个过程她一声没吭。上场不到半分钟，他就忘光了所有技巧和招式。他懵了，只顾劈头盖脸地出拳，左勾拳不断砸向对方。对手黑黑的、瘦瘦的、缉毒的学生，被他的狂乱吓住了，出拳也毫无章法。第一回合结束时，他的心脏要爆了，唯一能感觉到的是舌尖，在反复舔牙齿和上颚的腥味。到了第二回合，他连一拳也打不出去，丧失了意志。

终于结束了，裁判举起学生的手，他的另一只手则在不住地擦拭鼻血，困惑地盯着漆马。

当漆马最后回到更衣室时，感觉自己像被拆解机器挤扁的报废汽车，每个部分都变了形。半夜，他孤零零和雄艳坐在一家二十四小时诊所里，雄艳一边收拾纱布一边低声说："你差点就要赢了。"

他翻身趴在床上，闭上眼睛。

他梦见了雪崩。

5

深夜两点多雄艳才从KTV脱身。衬衫被泼了红酒,袖口有颗纽扣怎么也找不到了。她是带着一肚子恼怒和难堪走的,同时在为自己的软弱生气。岛田亲自开车把她送回旅馆,一路上不停地向她道歉。谁也没料到,平日一本正经的山崎,醉酒之后竟会变成那样。

回到房间,萦绕心头的恶心感丝毫没能缓解,一进门她就看到漆马整个人斜趴在床上,衣服也没脱,正在浑浊的酒气中酣然大睡。她花了很大力气才帮他把鞋和外套脱掉,其间他鼾声不断,声音像在锯木头。

浴室里有呕吐物的恶臭,烦得她连澡也没洗成。

才早上六点她就从噩梦中醒来,感觉胃部刺痛。漆马也醒了,神志不大清醒,却疯了似的非要做爱。她压抑住恶心,挣扎,推他,踢他。他突然哭出声来。

"你怎么啦?"她把他抱在胸口。

"我开始写了。"

"我知道。"

"我老想起看守所那个男孩。"

"他是坏人。"

"他问我,会出现在我的小说里吗?"他目光呆滞,"我为什么要写小说?你说那有用……可我觉得,真实的世界在地下,洞穴,暗流,时间徘徊不前,女人受虐,男人互相残杀……"他一边流泪一边吻她的眼睛和鼻子。"别动,"他说,"和我待会儿。"

他对她毫无顾忌地表达从未有过的依赖,浑浊的嘴巴不断说着这些混乱的、过度伤感的话,而她在他怀中扭来扭去,感到很不舒服。

他们开始做爱。

"不行。今天我不行。"他说。

她充分明白了他的处境,因为她从一开始就没有投入,只是轻轻抚摸他的头发:"还有什么想说的,都告诉我。"

他说给她听,足足半小时,或者更长时间。他告诉了她一些从未对任何人说起过的事。杜丽死前的那个白天他刚刚见过她,她的遗体呈现灰黑色,头部肿胀,大了一倍。一个女人,被一个职业拳击手连续殴打五个小时致死,面目全非。他阻止两个老人近距离观看遗体,尽管其中一个也是警察,见过比他多几倍的尸体。

警察们晚上聚餐,说一定要让拳击手吃尽苦头,要发动包括监狱犯人在内一切可以发动的力量。他们一遍遍形容着他饱受折磨的滋味,谈论谁最内行,谁最靠得住,以及之后会怎么回报从中效犬马之劳的人。

他努力把这一切都告诉雄艳,看守所男孩的捆绑练习,以及那之后他如何更加逃避见那些曾经的警察同事,到头来,他甚至无法去警校上课。他找不到让自己快乐的事,丧失食欲和性欲,不知该如何生活下去,哪怕她和他结婚。直到她鼓励他写小说,他才感到有路可走,不用继续麻痹自己。她对他来说太重要了,比他经历的任何事情和任何人都重要。

"天哪。"雄艳流出眼泪,"你为什么不早说?"

之后她的动作格外温柔。就这样,在他们躺了好几个小时之后,他的恐惧才慢慢消退,理智回归。下午他们起床。洗好澡换好衣服之后,他们决定去鸟寺吃饭。

山崎打来电话,希望雄艳能允许自己登门致歉。他的声音一如既往,和昨晚的粗鲁判若两人。雄艳勉强接受了他的道歉,但表示短期内不想再见到他。电话那头,山崎沉吟片刻,最后说:"这样的话,雄女士,我只好把工作移交给其他人,但你要明白,这只会让谈判进程更加漫长。"

雄艳没有反击,也没有反对。

没过多久,岛田也打来电话,再次向雄艳表达诚挚歉意,并表示接下来所有版权协议的商定全部由他亲自负责,他保证程序会大大简化。雄艳心软了,说这样很不妥,她没有想要利用山崎粗鲁行为的意思。

岛田听后爽朗大笑:"事务所和山崎那边我会处理好,你不必多虑。"

也许是因为岛田的态度,雄艳感觉胃里没那么难受了。整件事,岛田根本没有责任,他才是三人之中处境最尴尬的那个。雄艳说,接下来,在自己职权范围之内,她一定尽量为岛田争取最大的利益。

午饭后,漆马提议去散步。

他们手挽手,沿泥市街的林荫道朝温泉旅馆的方向走。雄艳喜欢这条街,她喜欢观看一路的行人、便利店、咖啡馆和低矮的民居,看它们出现显而易见的差异。走在白雪覆盖的小街上,她会试着想象它在夏天时的样子,想象人们在夏夜,坐在庭院里的苹果树下乘凉,想象他们和自己截然不同的生活。

在距离旅馆最近的十字路口,漆马突然停下。"去爬山吧。"他说。

"可我很困,"她把头靠在他肩膀上,"昨晚我就没怎么睡。"

"去吧,最多半小时,你会睡得更香。"

果然,翻过那道小丘,山后的景致更美了。天空湛蓝,阳光照耀在洁白犹如瓷器的山脉上,宛如仙境。对面山腰上有座别致的古建筑,她猜,那后面应该有大面积的温泉,因为那里正升腾起重重白雾,使深陷其中的建筑物时而浮现,时而隐没在云端。

"去看看?"

"像个神社。"

恍如仙境的神社的大门外,停着一辆旅行社大巴。还没走进庭院,就听见女导游在用扩音器讲解着什么。院子里全是老人,戴着小红帽。漆马和雄艳走进去的时候,女导游的一双眼睛在他们身上来回扫了好几次。

"雪女是传统的日本妖怪,"导游转身看向神社大殿说道,"据说,她长得绝美动人,但极其危险。她喜欢在大雪之夜,穿着白色和服在山中游荡,寻找落单的男人。万一你在山中遇到一个雪女,要想活命,千万别看她的眼睛……"

"看了又怎样,她吃人吗?"问话的老头南方口音浓重,说完笑起来。周围几个男人也跟着笑。

"日本妖怪,不吃别处的男人。"有人大声说。

"我要纠正大家一个错误认识,"女导游笑着说,"雪女是不吃人的,她只喜欢色诱男人……"听到"色诱"这个词,游客们立刻发出一阵愉快的骚动。导游提高音量,继续说:"她喜欢把被诱惑的男人冷冻起来,带回山洞,食用他的灵魂……"

游客们爆发出意料之中的哄笑。

女导游调整了一下嘴边的麦克风:"作为妖怪,雪女最喜欢的一件事是拆散相爱的恋人。当她遇到中意的男人,就会在他眼中放一块冰,从此之后,那个男人就会变得冷漠无情。据说在别府,曾有一对青梅竹马的恋人,男孩不幸遇到雪女,雪女把冰块放进他的眼中,当女孩历尽千辛万苦找到她的爱人时,他早已忘记和女孩曾经的感情,任凭她想尽各种方法去唤醒他,去融化他眼中的冰冷,也无济于事……"

她说得太长,老人们听得兴味索然,叽叽喳喳互相扶持,缓慢向偏殿移动。

只剩下雄艳和漆马留在庭院里。漆马站在台阶上,一动不动。雄艳盯着他,轻声说:"她老看你。"

"谁?"

"那个女导游。"

"那是……"漆马想了想,"是野口的女朋友。"

"旅馆的野口吗?他那种人,也会有人喜欢?"

"她叫南果步,野口喜欢她,但她讨厌他。"漆马慎重地说。

雄艳无所谓地笑了笑,牵着他一起跨入大殿。他们在雪女的壁画前停下。壁画并没有很大,但画工精湛,雪女看上去圣洁而端庄,根本不像妖怪。

"你还是写这个吧,你擅长啊。雪女,充满艳情色彩的恐怖故事……挺动人的。"

"哪里动人?"

"她有点像狐狸精,可又不一样,"雄艳说,"狐狸精是反婚姻的形象,有独立意识,争强好胜,擅长欺骗,意味着对传统道德的反叛,还会为衰败家业力挽狂澜,救助那些落魄的无能男人,而她,雪女,她更厉害、更直接……"她结结巴巴说了一大段,发现漆马双手插兜,古怪地看着自己。"为什么她非要拆散有情人呢?我是说雪女,"她硬着头皮说下去,"她又不是真的爱那些男人。我猜,在变成妖怪之前,她一定被男人无情伤害过。"

"并不是所有女人被男人伤害都会做出这种事。"漆马说,"而且昨晚不都说了,不写妖怪,要写别的了吗?你是试探我还是自己反悔了?"

"还有不要和雪女对视,这一点你也应该写。"雄艳自顾自说着,往庭院里面走。

刚在一起时,他们在床上特别好。她问他有什么秘诀,他说,就是尽可能始终盯着女人的眼睛。和女人相处、追求女生没什么诀窍,唯一的秘诀在于,你得不停呼唤她们的名字,紧紧盯住她们的眼睛,没几个人能抗拒这个。很多男人性格外貌都不错,但他们喜欢一边想别的事、看别的东西,一边和女人说话,但他不。大学时代,他曾目不转睛地盯过一个冰山美人,最后她脸色绯红,给了他好几次机会。

"你现在说这个什么意思?"漆马问。

"没什么意思。"

"没什么意思是什么意思。"漆马说完自己先笑了。

回到旅馆天已经很晚了,夜色中的庭院十分寂静,积雪未经打扫,依然保持着雪停时的样子。长椅上,积雪形成的白色小丘至少有十五厘米厚,漆马环顾四周,估算着院子里的积雪够不够堆一个大雪人。一连几天,他对雄艳的态度都很恶劣,理应做点什么来弥补。这种赎罪的心理不仅仅来自他对她的态度,还有别的。

客厅里传来一首英文歌,是雄艳手机的来电音乐。她正在洗澡。漆马关上庭院门,走到写字台前,看着屏幕闪动的黑色手机。

来电照片是个面容清瘦、胡茬花白的男人,站在开放式厨房的水池前,双手将一只巨大的龙虾举在胸口,冲着镜头愉快地大笑。在这之前,漆马只在《百鬼夜访小津》的小说封底见过这人的黑白照片,印象里,他应该是个面孔古板、很难相处的老头。

对方挂断电话,大笑和龙虾都消失在黑色屏幕上。

漆马走进浴室,雄艳正在冲头发。"大作家打电话找你。"他大声说,拿起电动牙刷。

"什么?"雄艳切断水流,拉开玻璃门,"谁找我?"

"岛田。我没接。"

"哦。"她缩回去。淋浴蓬头水流再次响起。

雄艳给岛田回电话的时候,漆马也去洗了个澡。他放弃了堆雪人的想法——窗户外面,近在咫尺站着一个雪人,想想,也可能会有点吓人。

洗完澡回到卧室,她的电话正要结束。听上去他们在谈论的是山崎。雄艳一边认真听着电话一边看漆马,嘴角挤出笑容。一分钟后,她挂断电话。

"有问题吗?"漆马把浴巾搭在椅背上。

她把手机扔在床上,朝他走过来:"下午岛田正式向山崎提出解聘,山崎很愤怒。岛田担心,他可能会打电话骚扰我,因为在他看来这是我在推动……谁能想到岛田会做出这样的决定?"

"这不是你的问题。"漆马说。

"他们认识都快三十年了。"

"那个山崎,他敢打电话骚扰你,我来替你接。"

"怎么,"她笑起来,"打算臭骂他一顿?"

"我要告诉他,"漆马握紧拳头,扬起下巴,绷起胳膊上的肌肉,"你惹错人了。"

她笑了,整个人完全放松下来:"我洗澡的时候你在干嘛?"

"我本来想在院子里给你堆个雪人,不过……"

"真的吗!"雄艳眼中闪过惊喜,同时却使劲抑制住打哈欠的冲动,"可我太困了。明天吧,明天早上……我都二十年没堆过雪人了。"

"你一个江浙人,堆过雪人?"

她拉他上了床,和他并肩靠在床头。

"我要用……"她环顾房间,看到茶几上的果盘,"我要用葡萄给雪人做眼睛,用香蕉做它的嘴巴,我还要用……"她终于无法忍受,打了个巨大的哈欠,眼尾淌出眼泪。

"困到不省人事了？"

"困得要死。"她向下滑入被窝，对着光眯起眼睛说，"漆马，追捕自己，既没有可能，也没有必要，你明白吗？"

"嗯。"

"我现在后悔了，我觉得你还是写妖怪故事好。你看岛田就挺豁达的。"

"我就知道，你这个人总是想太多。别想了，爱你。"

她用食指点着他的胸口说："还是爱你那些曾在心头开花却尚未在笔下结果的小说吧。"

"我早有心理准备，"漆马说着，调暗台灯，"任何写作者在这点上都难以两全：要尘世的成功，还是要创造作品的力量。现在，我感到自己又有了力量。"

"那那个尘世呢？"

"不屑一顾了。"他说，"有朝一日，小说一旦写成，或许……"

"或许什么？"

"我总得许诺点什么，是不是？"

她急躁起来："我都不想这些，为什么你要想？"

"因为你是个女人，你当然不会关心这些。"他恼怒起来。"岛田什么的，他们都看着呢。"

"他们对我没意义，你不相信吗？"

"如果我能写出一部杰作……有你在，我肯定会写出点什么东西来。无论将来怎么样，我会好好对你的。"

他熄灭台灯，用力抱了抱她，然后松开一些，便保持住不再动。

他闭上眼睛，安心嗅着她头发的气味，听着她均匀的呼吸。她睡着之后，仿佛变成了另一个人。慢慢地，他感觉周围涌起水，又黑又深的水。

一个女人漂浮在水面之上，苍白、无声、没有重量；风吹起白色的面纱，露出下面的白羽毛。

他猛然惊醒过来。

窗外是浓重的黑夜。他闭上眼睛，试着回想刚才的场景，希望睡意将自己重新拽回梦里。他没看清梦里的女人，但心里清楚她是谁。

他突然感到一种冲动，许多话涌到胸口。他爬起来，坐到写字台前，快速而潦草地写完一份自序：

这是我的第三部作品。我在里面写了我的一段真实经历。

没什么人知道，我和那起骇人听闻的社会新闻有关。我的前任女友在自己家里，被她的丈夫杀死了。这件事改变了我的生活。我做的一切事都为时已晚。

这部作品是没有明确类型定义的：没有以眼还眼的复仇，也没有个人对抗权威的壮举，虽然我能理解，人们更容易把发生在她身上的事作为一个严肃的社会议题加以讨论。这也不是个悬疑故事，因为不存在狡诈的凶手、惊心动魄的悬念、奇情的人物。也不会是一个爱情故事，我不会回忆我们的情感，或描写她的样子。在她生前，我没有认真对待，现在我也不会用职业化的写作，试图去弥补什么。故事里不会生发出新的爱情，没有人因为我的这段经历而爱我，或者不爱我，我也没有因为这段经历而不爱别人，或者更爱别人。这件事之后，我确信任何人和我在一起只会更容易遭受厄运，但现在看来，这也可能是一种误解。

所以，这个故事没有任何主题，也没有任何意义，到现在我也无法预知结局。没有正邪交战，也没有救赎，没有爱的力量，也没有恨的力量。我将以没有主题，没有意义的心态开始写，我唯一想做的就是把这件事发生后我曾想起过的每一刻,都尽可能记录下来。

　　这个故事会呈现我前所未有的勇敢和诚实,作为最凶狠的追捕者,我要找到另一个我:贪生怕死、把每天都当成末日的逃犯。而这两个人都将获得满足。

　　一种结果是,小说获得成功,成为杰作。

　　另一种结果是,它可能永远也无法写完。

漆马 2018 年 12 月 29 日

　　醒来时雄艳还在睡。他小心不惊动她,起身独自去餐厅吃早饭。

　　饭后,他搭配了一份西式早餐,用托盘端回房间。这么做的时候他没有刻意去想她的反应,可看到她打开房门、兴致勃勃、孩子般雀跃时,他也由衷感到高兴。他把餐盘放在桌上,准备看她吃饭,她却紧紧抓住他的手,放开后又环抱住他的脖子,两眼发亮。

　　"我看了你写的东西,"她欢快地说,"我理解你的意思。我又支持你了。"

　　漆马点点头:"那么写挺可笑的对不对?可我确实感觉到了久违的激情。"

　　她也连连点头,充满希冀,仿佛年轻了好几岁。她突然想起什么,牵着他的手,一蹦三跳地走向庭院。"说好了一起,你这是作弊!"她责怪的声音里全是喜悦。

　　他没明白她的意思,直到她拉开窗帘向他展示那样东西——院子里,一个巨大的雪人正在对他们微笑。它的眼睛是葡萄做的,嘴巴是一根香蕉。

　　眼前这一幕完全没给他带来同样的喜悦,相反,他觉得毛骨悚然。

　　这个雪人不是他堆的。

6

他怀疑是山崎。

当雄艳心血来潮拿出他的毛线帽、羊绒围巾,给雪人"穿戴整齐"又硬拉他合影时,漆马仔细观察着雪人周围。只有一种脚印。纹路清晰,跑鞋,尺寸很大。幽灵是个男人。没错,幽灵——如果雪人不是自己走进院子——那这就是唯一的解释。

怕吓到雄艳,他没告诉她雪人不是他堆的。

在弄清真相之前,她什么都不需要知道。他很认真在考虑,是否应该报警。他不想惊动警察,但很想看看旅馆昨晚的监控录像,尤其是庭院外、一层走廊和停车场这三处。他知道,有个人肯定能帮上忙。

野口正在吧台和一个女客人调情,他用白手帕擦着玻璃杯,每擦几下,就装模作样对着光瞧上一眼。察觉漆马过来,那个女人立刻走开了。

"这是不可能的,"野口听完后胸有成竹地说,"您那间是贵宾房,庭院封闭式,外人想进去只有一条路,就是穿过你的客厅或者……"他想了一下,"穿过你隔壁客房的客厅。你确定不是他们干的吗? 1309。"

和隔壁共享庭院,作为一个前警察,漆马并没有遗漏这点,但他已经排除了那种可能。因为院子里没有一个脚印是从隔壁房间出来的,雪人距离隔壁庭院门至少二十步,这之间的雪地是完好的,未经踩踏。所以,堆雪人的家伙究竟是如何进入庭院又如何离开的,是个不解之谜。

他提出想看监控。野口没让他失望,在这家旅馆没有他办不到的事。当然,他做事总是需要一些回报。十分钟后,当他们在监控室门口碰头,漆马递给他两本签好名的小说,那是野口答应给南果步的礼物,理论上他能用它交换到一个吻,可惜他还不知道,这桩交易早被南果步单方面取消了。

监控录像没有提供更多线索。除了凌晨三点左右误闯进来的一头鹿,昨晚并没有任何人接近过庭院外的枫树林。从昨晚到现在,只有服务生、清洁工和有据可查的客人经过,没有陌生人在他门前停留;停车场也没有可疑车辆。

没别的办法,只能报警,请他们弄只警犬来。

野口强烈建议他别这么干:"相信我,那只会给旅馆和您带来意想不到的麻烦,除了那堆乱七八糟的脚印,你根本没证据能证明昨晚有人闯入。警察可不管堆雪人啊。"

漆马返回庭院,再次对现场进行勘察。他拍了很多照片。

雄艳一直坐在桌前吃着早饭,看他进进出出。她看到漆马走到门厅,拎起一只跑鞋,又回到庭院,她听到他对雪人骂了声什么。漆马发现了之前忽略掉的一个问题:幽灵的鞋印,和他自己那双红色慢跑鞋的底纹和大小,完全吻合。

如果报警,警察能得出的结论恐怕只有一个:你梦游。

"你到底在干嘛?"雄艳终于忍不住问。

"做实验。"漆马打开鞋柜,把鞋子扔进去。

现在,只能寄望于住在隔壁的客人了,运气好的话,也许昨晚他们曾看到或听到了什么。漆马来到走廊,走到 1309 房门前,举起手。

身后传来开门声。雄艳走出来,她一边穿大衣一边告诉他,岛田刚打来电话,说山崎想见她,"山崎闹了一夜,情绪激动,就差切腹了"。

"昨晚他们在一起?"漆马很吃惊。

雄艳点点头:"泡了一夜温泉,喝了很多酒,一起重温了旧日时光。"

"岛田被他说服了?"

"没有,不是那样。解除和山崎事务所的合约这一点不变,但岛田希望我能给山崎一个当面道歉的机会,这恐怕是山崎本人的意思。我是不是该原谅他?"

"我跟你一起去。"

"不用。小津已经在门口等了,我坐他的车去。"

山崎被排除了,漆马却更加不安。他再次回到1309门前,抬手敲门,没有人。他又用力敲了几下,还是没有反应。

他决定放弃。这时,房间内的某处突然传来沉闷的声响,像有东西从高处跌落。他立刻又用力敲了几下门。还是没人。

走廊尽头,清洁工在望着他。

回房间之前他已经想好,要先用内线给隔壁打电话,如果没人接,就通知前台,让他们派个人来把门敲开,踹开,砸开。

1309的电话果然没有人接。

他思索片刻,按下前台电话的零号按键。等待接通时,他的目光落在写字台上,突然感到头皮一紧。这时电话通了。

"您好前台,请问有什么需要?"

"呃……"漆马迟疑着,"今天是周几?"

"星期三。怎么了?"

"谢谢。"

他挂上电话,来到写字台前把脸贴向墙壁,朝下看。那块布原封不动还在。为了防止对面偷窥这边,把它塞回去时他有意做了记号,在手帕露出墙面的末端,他打了个结。结还在,保持原状。他把硬木椅子拉出来,又把写字台朝窗口的方向挪动半米。坐在地板上,他一动不动,盯着那块黑手帕。那块布,此刻看上去有些诡异。

他抓住打结部位,轻轻扯出手帕。

隔壁没人。床是铺好的,很整洁,如果不是上面平铺着一件黑大衣,房间看上去就像根本无人入住。他飞快思考,可以用什么理由说服服务生同意他擅自打开隔壁房门。他想不出任何理由。

黑大衣突然动了一下。

不是错觉。它确实在动,像是下面藏着只小猫,正努力寻找方向想钻出来。

不是猫。

一双女人的腿从大衣下滑出来。她用力翻身,大衣滑落在地上。视线只能看到她的脖子以下的部分,看不到她的脸。她全身赤裸,肌肤雪白。

漆马喉头发紧,心跳骤然加速。

他听到她发出一声细微的呻吟,接着,整个身体开始因用力而紧绷。她的嘴可能被人捂住了。漆马怀疑,她的双手被捆在床头上。

女人再次翻身,终于使身体趴在床上。她用力拱起背部,双膝向床头方向使劲挪动……漆马吃惊地看到,在她大腿的后侧有两道十分醒目的鞭痕。他不敢肯定眼前的女人是不是他正在想的那个,接着他被吓了一跳:浴室里站着一个男人!

漆马一下从洞口闪开,惊魂未定,下意识去摸手机。110,他知道日本的报警电话也是110,但他最终没有拨打。还不到时候。他小心回到洞口。

男人正走向客厅,不久他捧着一只鞋盒大小的黑匣子回到床前,把它放在床上。这一次漆马终于看清他的脸,是棉先生。

所以,被绑在床上的真的是鹈鹕!

漆马从地上爬起,飞快来到床头拨通前台,压低声说:"1309房间,客房服务。"没等对方回复他就挂断电话,又返回洞口。

棉先生侧身在床边坐下。女人开始颤抖,极力蜷缩,想逃避他的触碰。突然,她开始拼命挣扎。漆马看到,棉先生从黑匣子里取出的是一把匕首。他将刀尖落在她的肚脐上方,缓缓画着圆圈……

令人作呕。

漆马张开嘴,却没有出声。

他爬起来,冲向房门。拧开房门的一刻他听到敲门声,赶紧把耳朵紧贴门背,同时抓起门后的棒球棍。走廊传来服务生的声音:"对不起先生,请问您需要什么服务?"

片刻之后,一个男人说:"午餐,送到房间来。"

"两份吗?"

"不,一份。"

"好的,请稍等。"

漆马屏住呼吸,小心回到洞前。

洞口一片昏暗,黑大衣搭在写字台上正好阻挡了视线。他坐立难安,开始在房中来回踱步,然而一秒钟也熬不过去。他认为不能再耽搁,于是开门冲到1309门前。他深吸一口气,随后大力敲击房门。等了几秒,他听到脚步声,里面的人迟疑一下,开了门。

是鹈鹕。

两人四目相对,都有些不知所措。

她披着一件带银色暗纹的白睡裙,双手交叉在胸前,头发披散但并不凌乱。漆马一句话都说不出来,而她突然伸出右手放在他胸口上,用嘴型对他说了一个字。

漆马站着没动。

棉先生不悦的声音从浴室方向传来:"你在干什么?快点。"

听声音,他就要走出来了。

"走!"她又说了一遍,接着用力推漆马。他转身就走,却迎面撞上蒙着丝绒罩的餐车,把站在旁边的野口吓了一跳。漆马没有道歉,匆忙回到自己的房间。

7

一走进书房,雄艳就看到坐在岛田对面的是个陌生男人。

她不明白为什么是个陌生人,而不是山崎。在他们面前摆着一盘未下完的围棋。岛田执黑先手,胜算已经不大。看到雄艳,男人立刻起身,向她鞠躬,随后飞快和岛田交换了一下眼神。

"这位是小泉先生,"岛田热情介绍说,"我一位老朋友,二十年前,他救过我的命。"

"您好。"雄艳伸出手。

小泉的手并不粗糙,但很硬,即便是和女人握手用的力气也很大。雄艳有种感觉,他看人的眼神像警察,她猜,他的来意应该与自己和山崎的矛盾有关。

岛田直截了当地说:"这么急请你来,是因为小泉先生有件事希望面谈。"

小泉左手握住烟斗,右手缓缓揉搓下巴:"是这样,雄女士……"

"我不想告他。"雄艳脱口而出,"他确实做了很失礼的事,但他已经道歉,而我也原谅了他。他当时喝了很多酒,我觉得可以结束了。"

小泉困惑地看着岛田。雄艳猛然意识到自己的唐突。

"这事和山崎无关。"岛田尴尬地说。

"我弄错了,很抱歉。"雄艳说。

"山崎那个人,小泉也很熟悉,"岛田说,"自从太太去世之后,他一直都很消沉,但他绝不是坏人……小泉,请继续。"

小泉慎重地咳嗽一下,准备开口。岛田做了个手势,示意大家坐下说话。

雄艳坐在面向窗口的向阳位置,岛田和小泉各自在原位坐下,这使三人的格局看上去很像是一场围棋赛,雄艳担任裁判。

小泉又踌躇了几秒,才把目光从棋盘移向雄艳。"事情是这样的,"他说,"您猜对了一件事,我是个警察,但我已经退休了。大约半个月前,十二月十三日,你们中国农历冬月初七那天,北边山上下来了一只狼。这种事在这个地区并不经常发生,可能是因为今年雪量太大,狼在山上很难获得食物,饿得发狂才会这么冒险。它找上了我养的一匹母马,那是我女儿女婿前年送我的生日礼物,一匹脾气相当暴躁的退役赛马。狼在袭击它时丝毫没占到便宜,反而差点被踢死。我发现它的时候,它缩在马廊的角落里,只剩下半条命。我把它暂时养在笼子里,计划它一恢复健康就尽快送到别府的动物园去。"

雄艳看了看岛田,有点困惑。岛田冲她点点头,意思是,请继续往下听。

小泉把烟斗换到另一只手上,继续说:"很多人听说了这件事,出于好奇或者无聊,常有人跑来要求看看那只狼,他们称我的马廊为'狼舍'。为了避免意外,我一般拒绝陌生人参观,但有天傍晚,来了一个男人,看得出来他喝了不少酒,兴致很高,坚持要看狼。我发现他是个外国游客,就没有对他过分严厉,最后,我实在拗不过他,只好让他进去看一眼。日本狼虽然个头不大,可毕竟也是野兽,生性很凶残,有攻击的本能,跑来看狼的人多半都不敢直视它的眼睛,但这个男人非常勇敢,他站在离狼很近的地方,盯着它看了很久……"

"然后呢?"雄艳问。

"然后……这个男人趁我不注意,突然打开笼子,钻了进去。我吓坏了,如果他受了伤或者更糟——被狼咬死,我得去坐牢。但是,让我大感意外的是,狼原本龇着牙,非常凶,可当那个男人钻进笼子,它突然变得十分……害怕。"他谨慎地回忆道,"那个男人在笼子里停留了大约五分钟,其间我一直站着不敢动,最后,他把木刺从狼的伤口里拔出来,还抚摸它的头,才心满意足地走了。"

雄艳低低惊叫一声。

"还没结束。第二天,我又遇到了他,"小泉看一眼岛田,然后看向雄艳,"当时,他和一位女士在鸟寺用晚餐,我一眼就认出他来……那位女士喝得很醉,后来是被他背着离开的。"

雄艳用力咬着下唇,一言不发。

小泉继续低声说:"岛田听我说完这件事,尤其当他听说那个男人是中国人,无论如何都要让我和您见上一面。"

岛田垂下眼皮,沉默片刻,才又重新直视雄艳的双眼:"小泉先生认为,那个男人在走入笼子的时候并非神志不清,而是……带着一种决心。"

小泉立即接话:"请理解,我们的本意,是想排除某种可能性……"

"你们是想说,"雄艳打断他,"我丈夫,他想让一只狼咬死自己,却意外和狼交上了朋友?"

"对不起。"岛田低声说,"我只是觉得,此事你有必要知情。"

"可以打开窗户吗?我有点头晕。"她说。

两个男人同时都站起来,小泉迟疑了一秒,又坐下。岛田打开窗户,又拿来一条毛毯,披在雄艳身上。"我们没有任何的推测和结论,"他语气诚恳地说,"请您来,是想问问能不能试着猜测一下,为什么他会那么做？还有,狼为什么没有伤害他？"

"他醉了,不是吗？"雄艳低声喃喃,"……有些人,天生和动物有某种默契,这种事,并不是没有。"

"的确如此。"岛田点点头,"所以,我想知道的是,你们最近是不是还遇到过什么其他不同寻常的事？"

"有天早上,"雄艳不假思索地说,"他在旅馆后面的山上跑步,遇到了一只大鸟。"说出口的那刻,她莫名地后悔了。

岛田同时和小泉相互看看。

"他说是一个人。"雄艳深吸一口气,决定继续说下去,"说那个人在他跑步时跟踪他,他一发觉就回头找,但什么也没有,只有雪地上留下的脚印……当时我说是鸟,因为他说听到很大的翅膀扇动声。但后来我觉得,那可能是他在胡思乱想,他……他一向都很喜欢在慢跑时构思小说情节,我以为……"

"还有吗？"岛田问。

雄艳摇摇头,可立刻又说:"之后我们遇到一个女人,就是我喝醉的那天晚上,在鸟寺。是个很年轻、很漂亮的日本女孩,我不知该怎么形容……她和漆马,就是我丈夫,死去的前任女友长得很像。"她低下头。

岛田大吃一惊,但没有说话。

"死去的人是吗？"小泉忍不住问。

"是的,死去的人。"雄艳说,"是个年纪略长的男人带她来的,来取寿司。我丈夫一看到她就失魂落魄。为了证明那不是鬼魂,只是个长相相似的女孩而已,我请来老板娘。她告诉我们,她叫鹈鹕。"

"鹈鹕？"岛田吃了一惊,"那个男人是什么样子？"

"普通。表情有点凶。"

"他们交谈过吗？漆马和鹈鹕小姐？"

"没有,我们只是远远看到她。漆马并没有走过去。"她说完这句,突然感到筋疲力尽。

岛田陷入沉思。他们都沉默下来。小泉站起身,踱了几步,关上窗子。雄艳还在想着漆马钻进狼笼的事,他们说他"带着一种决心",究竟是什么意思?

岛田请小泉去餐厅吃些点心,暗示他想和雄艳单独谈。小泉立刻拿起烟斗,起身告辞。过了好一会儿,岛田才恢复了平常的镇定。

"这样吧,"他看着雄艳,很认真地说,"三天后我们就签合约,请尽快拟定,细节不必再征询我的意见。"

一如既往,他的语气温和而诚恳,可雄艳不理解他为什么突然转变话题,此时她无暇也缺乏意志力去思考别的事。唯一合理的解释是,岛田希望她和漆马能尽快离开别府,为了这个目的,他甚至愿意对协议做出巨大让步,就好像他认为这里对她和漆马来说,已经十分危险。

"好的。"她说,"如果你需要我这么做的话。"

"谢谢。"岛田站起身,表明谈话结束了。

送雄艳出门时,岛田突然问了她一个古怪的问题。"你们亲密吗?你和你丈夫。"他又补充了一句,"你很爱他,我了解。"

雄艳忘记自己是点头还是摇头了,直到小津开车把她送回旅馆,她还是没能想到应该怎么得体地回答这个问题。她没有立刻回房间,而是在酒吧坐了一段时间。

她喝了一杯咖啡,又连吃两份巧克力布朗尼,感受到大量糖分注入血液后才起身,回到房间。她摸出房卡,打开房门。她的丈夫原封不动还在。

她看到,漆马站在院子里,正用一把锋利的铲锹,铲掉雪人的头。

8

摄政王灯塔,始建于明治三十三年,也就是一九○○年,塔身高三十七点五米,光程十五海里,一百多年来,它最大的贡献是引导渔船穿越迷雾,安全返航——别府丰富的地热资源,令此地的温泉闻名遐迩,但也曾让世代居住在这里的渔民饱受其苦,雾太多且浓,有时会带来不幸。从远处看,摄政王灯塔并不像一座灯塔,更像是一根傲然矗立在海边的白色大烟囱。早上醒来,雄艳突然提出要来看看这座塔。

昨天回来之后她发起低烧,整个晚上一句话也没说。吃过早饭后,她的精神好了一些,坚持要来这里。漆马没能拗过她。不过,眼下说服灯塔看守人同意他们爬上去,恐怕是更难的一件事。上了年纪的灯塔看守人将手指按在头巾下方的额头上,陷入沉思,双眼用力盯着漆马,看了好一阵。他拿起电话,拨打一组号码,用口音甚重的日语说了几句什么,然后挂上电话。"要等一等,"他看看雄艳,"也许行得通,也许行不通。这得看运气。"

雄艳点点头,在小屋干净的木质长椅上坐下。

"我看上去,"漆马低声笑着问她,"像得了绝症就要死了的人吗?"接着他望向窗外,白雾正飘过眼前黑色晶亮的海面,"就算到了上面,也可能什么都看不到。"

"那我们走吧。"雄艳站起身。

每当这种时刻,漆马就会感到无所适从。她如果生闷气,他不能劝,更不能顺势放弃,那只会让情况变得更糟。好在这时电话响了。

灯塔看守人接起电话,仔细聆听,一言未发,挂上电话。

"跟我来吧。"他说。

沿着幽暗的满是潮湿水泥气味的螺旋楼梯向上攀爬的时候,雄艳突然抓住漆马的手,抓得很紧。这是昨晚到现在她第一次主动碰他。

守塔人陪他们爬了两层楼。穿过一扇弹簧门,他按下壁灯开关问道"我最后再问一次,你们确定要继续吗?要我说,上面只会更无聊。"

"确定。"雄艳说。

"一直向上,"灯塔看守人点点头,"每七米有个平台可供停留,经过第三个平台,就能到达灯塔顶部……这实在不合规矩,不过……"他充满同情地看着漆马,把钥匙递给他,"你们只有十五分钟,到时间还不下来,我就拉警报。你们不会被逮捕,但耳朵会被震聋。"

两人一口气爬到第二个平台。漆马屏住气息,听着雄艳急促的呼吸声,狭小空间总是让她浑身不舒服。当她决定继续往上爬时,楼下突然传来"砰"的关门声,她被吓了一跳。漆马赶紧抓住她的胳膊,以防她向后跌倒。

"要继续吗?"他问。

她没看他,但用力点头。漆马攥住她的手,牵引着她,缓缓前进。面方出现一道绿色铁皮门,他拿出钥匙,插入锁眼,打开这道门。

强劲的海风猛地灌进楼梯间,险些将他们吹倒。雄艳身体前倾,从后面用力顶住漆马。一只海鸥瞪着他们,尖叫着飞出窗外,冲进四周白茫茫的海雾。看不见的汪洋在他们脚下几十米远的地方,尽情拍打礁石和防波堤。

漆马一手紧抓钢铁支架,另一只手环抱住雄艳。风把她的头发吹得奇形怪状。这根本不是个适合谈情说爱的地方,冬天很冷,不难想象到了夏天,高温又能把人活活烤熟。他认为她不可能在这里坚持超过三分钟,可她一动不动,凝望着窗外的某处。

手机在震动,是图书编辑打来的。

漆马咬掉手套,向雄艳投去一个征询的眼神。

"去吧。"她说。

他走到背风的地方接电话。都是些对小说进展情况的简单问题和嘘寒问暖,电话的开头让他怅然若失,但最后,他却心情愉快。之前,他已经把新小说的开头发给编辑,她很兴奋,尽管她是雄艳日语系的下届师妹,也是日本怪谈的发烧友,但漆马放弃妖怪路线在她看来是个爆炸性的好消息。漆马认为她并没完全理解自己的意思,他要写的并不是"非虚构作品",也没有想要制造话题小说的意思,但他没解释。他们约定了一个交稿日期。

"滕老师鼓励了我,"漆马走过来,"她说,写作的人就要身体力行做赌注,我总算找到了自己的本分。"

"她同意了?"雄艳问。

"非常支持。定了四个月的时间出初稿。"

他此时才意识到雄艳有些心烦意乱,但他开始不停解释,说四个月不算短,都是发生在他自己身上的事,写起来一定不假思索。况且这个小说要的就是快,慢了反而瞻前顾后,就不是那个味道了。

"你这么有把握?"她问。

"我也想知道这么写下去会发生什么……可能我是想逼自己一下。我这个人,你不是说过吗,就是对自己太仁慈。"

"也不用催这么急吧。"

"这是好事。"他说。

"我觉得你该再考虑一下,我可以让她先别急着报上去。"

"有必要吗?"

"有的事情我没经历过,帮不上你。"雄艳黯然地说,"这次只能靠你自己了。"

他们牵着手,看墙上的大喇叭。一个老旧的东西,恐怕还是战争年代的遗留物。是个警报器。这东西在面前炸响,确实能把耳膜震破。

在守塔人拉响警报之前,他们照原路返回,离开了灯塔。

他们一路沿薄雾笼罩的防波堤疾行,不久就来到码头。雾在此处散尽。

远处,上百艘渔船正在波浪中摇晃,海鸥从头顶掠过,发出令人难忘的凄厉尖叫。漆马感到寒冷的海风正穿透衣服,穿透他身上特别保暖的内衣,防寒外套和皮靴。很难想象,那些渔民在这样恶劣的天气里出海,究竟是种怎样的心情。

因为太冷,他们走得飞快。

"想吃炭烤白饭团吗?"漆马突然问。

"想。"雄艳的表情像是快要哭出来,嘴唇直打战。

很快,他找到了那家小酒馆,就在进入渔市场的西侧,旁边还有一家只在白天营业的小便利店。一些渔民聚集在便利店门口,正把成桶的煤油和日用品装上小推车,准备送往出海的渔船。渔市场大门附近进进出出的几乎全是男人,这些渔夫,在凛冽的寒风中忙碌有序,对越来越恶劣的天气毫不在意。

漆马指着小酒馆的橱窗,那里有温暖的橘黄色灯光透出来,"是这儿没错!"

他们加快脚步朝那里走。在距离小酒馆十几米的地方,漆马看到,酒馆门被猛地拉开,一个女人冲出来,跌跌撞撞奔向码头。深色围巾裹着她的脸,只露出眼睛。经过时,她狠狠撞了漆马一下,但没有停。漆马认出她,雄艳也几乎同时认出了这个女人。

一个黑影从酒馆冲出来,盯着正逃走的鹈鹕,一脸怒气。他迈开大步,朝她追上去,是棉先生。漆马感到浑身的关节骨骼都开始疼痛。

发现鹈鹕跳上一艘渔船,棉先生明显加快了速度。

正在解缆绳的一名船员企图阻止他上船,被他一把推开。一跳上甲板棉先生就冲进船舱,很快,他拎着鹈鹕的胳膊把她从里面拽出来。鹈鹕奋力挣脱,跑向船头的驾驶舱。船长打开门,放她进去,然后拦住棉先生。

他们开始争吵。船长显然是在要求棉先生离开自己的船。那个愤怒的船员也走上去,手里还握着一截缆绳,棉先生突然大吼一声,用胳膊肘猛击船员腹部,又用力推开船长,趁船长站立不稳时,他再次冲过去,猛地把他推进海里。

船员爬起来,一面大喊,一面把救生圈扔向海面。

旁边渔船上的人都赶来帮忙。棉先生从驾驶舱揪出鹈鹕,死死拽住她的围巾,想把她拖上岸。赶来救人的渔民在他面前愣住,几秒钟后,让开了去路。

棉先生把鹈鹕拽到大路上,伸手拦下一辆出租车。出租车刚停稳,他就把她塞进后座。几秒钟后,出租车启动,向右一拐飞快驶离了码头。

"要不要报警?"雄艳浑身战栗着说。

漆马没说话,他已经看到远处那两个巡警。警察骑着自行车,刚刚赶到这里。他快步朝警察走去,雄艳要小跑着才能跟上他的步伐。

漆马简明扼要地向警察复述了刚刚发生的情况,其他目击者证实了他的描述。警察询问了几个问题,让他留下联络方式,他一一照办。他最后对警察说的话,让雄艳很震惊。

"我知道他们在哪儿。"漆马指着温泉旅馆方向对警察说,"他们住在酸汤温泉旅馆,就在我们房间的隔壁,1309,那是他们的房间号……

据我所知,他们是一对夫妻。"

9

出租车前方出现的是温泉旅馆正门那棵酸角树。酸角树生长在热带,存活在这里是个异数,旅馆因此得名。树下停着辆黑色奔驰,身穿深蓝制服、戴白手套的司机小津,正恭恭敬敬站立车旁。漆马突然想起岛田写的那本叫《百鬼夜访小津》的畅销书,鬼怪们夜访的并非小津,而是一位名叫池田弘一的失明作家,但他们拜访池田的方式都一样,就是乘坐由司机小津驾驶的黑色奔驰。所有故事由鬼怪向小津讲述自己的经历完成,在小说结尾,池田弘一向小津揭示了一个秘密,鬼怪们拜访他,是为了让他念经超度他们的亡灵。池田弘一除了是个作家,还是一位隐居乡间的法师。

"好,我看到他了。"雄艳挂上电话,甚至没看漆马一眼就从出租车上跳下,直接上了小津的车。倒是小津,很有礼貌地对漆马点了点头。

对于雄艳突然变坏的情绪,漆马努力让自己不去细想,现在,他最想做的是回房间冲个热水澡,先把被海风冻硬的身体解冻,再去酒吧找点东西来喝。

经过酒吧时,他下意识往里面看了一眼。野口坐在他常坐的位置上,正自斟自饮,面前摆着一块三角形覆盖着奶油的蛋糕,上面插着一根伶仃的小蜡烛。这场面实在古怪,说不出的滑稽,他不由想走过去看个究竟。

"生日快乐,野口。"

"你怎么知道?"野口抬起头,双眼血红。

"你要回东京了？"

"你怎么知道！"

"上班时间，大摇大摆坐在这里喝酒，一个人庆祝生日……"

"我失恋了。"野口把蛋糕推到一边，又给自己倒上一杯酒，"谁也不能阻止一个爱情失败的男人沉沦，对不对？"

漆马点点头，在他对面坐下。面前这个失魂落魄的人，实在不像那种被女人拒绝就会丧失意志到这种程度的痴情种。"据我所知，"漆马说，"南果步小姐，好像并没有要和你结婚的打算。"

"不，不是她。"野口拢了一下披散的长发，并没有丝毫的尴尬。

漆马看到，在他颧骨上有一大块淤青，问道："她打你了？"

"我没动手……我不想当着她和警察的面跟她丈夫动手，不过那家伙实在需要被好好教训一顿。"

"原来她是有丈夫的。"

"你到底在说谁？"

"南果步啊。"

"不，不是她，是……鹈鹕小姐。"

漆马大吃一惊："你是说，住在我隔壁的……"

"没错！"野口指着走廊方向，"就在那儿，棉，他掐她脖子，差点把她掐死。要不是我阻止，她肯定没命了。"

这么说，棉先生确实是把鹈鹕掳回了酒店，在这里再次对她施暴，正好被野口打断，而警察及时赶到了现场？

"警察来过了吗？"漆马问。

"对，派出所来了两个警察，把他带走了。他们告诉我，至少会关他一个晚上。这个蠢货居然认为是我报的警，他攻击我，把我的脸往墙上撞，就当着两个警察的面！还威胁我，说不会善罢甘休。"

"鹈鹕呢，警察把她也带走了？"

"不，没有。他们认为先把两人分开会比较好。"

"没听明白，这件事和你说的失恋有什么关系吗？"

野口迅速瞥了漆马一眼，漆马再次注意到他异常血红的双眼。野口压低声说："我担心她，想拯救她，这你不明白？警察带棉先生离开后我陪她回到房间，告诉她，我可以带她离开，离开那个凶暴的男人，我在东京有自己的生意……"

"她答应了？"

野口苦笑，灌下一大口酒："她咒骂我。"

"这不能算是失恋，"野口的坦率让漆马想发笑，但他忍住了，"只能算生日当天遇到的一件倒霉事。"

"你不明白，"野口黯淡地说，"十年前，我就爱上了她。"

"这怎么可能？"

"十年前我就见过她，那天也是我生日。"野口嘴边泛起微笑，他用双手握住酒杯，目光浮向空中，"十年前，在北海道忘川滑雪场我第一次见到鹈鹕……当时我在打零工，负责度假小屋的出租登记，准备攒钱买冈林信康的演唱会门票，对她一见钟情……"

"可是，"漆马觉得这不可思议，"十年前她应该还没成年吧？"

"她和现在一样。十年了，她好像一点也没变，但那个男人已经成了一头衰老的畜生。那时我是个发育迟缓、满口烂牙齿的小浪人，所有人都讨厌我、嫌弃我，除了她。我永远忘不了她对我的好意……"

漆马打断他："你是说，当时他们就是夫妻？"

野口点点头："至少是以夫妻名义登记入住的，我记得很清楚，整个滑雪季他们足不出户，就待在小屋里。"他痛苦地呻吟了一声，"我还以为，他活不了多久了，没想到，她直到现在还没能摆脱他。他们第一天到这里我就认出来了,可他们,显然把我给忘了。"他掏出打火机,把蛋糕移到面前,点燃蜡烛,盯着烛光,"但是,即便她永远不会爱我,我也要带她走。十年后我们再次相遇,这不可能只是巧合,对不对?"他突然靠近漆马,右手铁钩似的挂住他的肩膀,在他耳边气咻咻地说:"他有把枪,放在一只黑匣子里,你猜我会干什么?"

漆马摇摇头,像蚊蝇钻进耳朵的马那样抽搐了一下。

"我要拿到那把枪。"野口缩了回去,闭上眼睛。几秒钟后,他睁开眼睛,用力吹灭蜡烛。当他抬起头时,才发现,漆马已经不见了。

公车上只有她一名乘客。雄艳把头靠在窗户上,这样她就看不到玻璃上自己的脸。

漆马的毛线帽戴在她头上有点大。中午她下车时,他硬要塞在她手上,当时她还挺恼火,可现在这东西派上了用场,很好地保护了额头。望着窗外一个又一个公交车站,她想起买车之前,每晚下班,漆马都坚持在熟食店前的公交站接她的情形。

傍晚笼罩着别府,黑暗越来越浓,逐渐抹去事物的轮廓。从岛田那里离开后,她就上了这辆公交车。她不想那么早回去。现在还是不想。

下午见到岛田时,他独自坐在二楼画室的中央,望着画架上一幅未完成的水彩画。一幅静物写生,画的是一只深褐色的陶罐和两个红苹果。她注意到,在画架对面的灰色衬布上,苹果早已干瘪,其中一只果皮都发黑了。这幅画带着某种初学者的懵懂,笔触幼稚但很狂放,因此显得十分可爱。她猜,那应该不是岛田太太的作品,而是出自岛田本人之手。

"学画画吗?"她笑着对岛田说,"会不会太晚了点。"

"是个孩子画的,"岛田站起身,也笑了,"才五岁。画得很不错,对不对?"

233

雄艳重新端详那幅画说:"我不懂画,不敢乱说。"

"美枝在负责一项慈善基金的公益项目,"岛田说,"她带了十一个孩子,都是孤儿,每个周末他们会到这里来待上一下午。大部分孩子只是信手涂鸦,唯独这个女孩,"他看着那幅画,"坚持要学习真正的水彩画。美枝很爱她,想收养她。"

"太太真是个天使一样的人。"

"遇到美枝是我的幸运。"岛田转过身,看着远处空荡荡的工作台,那是岛田太太平时待得最多的地方。

"我想,她也这么认为。"雄艳说。

岛田看着雄艳说:"昨天,我的失态可能引起了你的一些误会……我希望尽快签订协议是因为信任你,但更重要的是因为我急需用钱,孩子们需要一笔款项。最近美枝每天都住在孤儿院,忙于工作,"他顿了一下,"孤儿院给她带来的快乐,远比我带给她的多。"

"这版合约传回去以后,我相信一两天内就会敲定。"

岛田点点头:"每对夫妻都有属于他们自己的秘密,不需要轻易丧失信念。你的丈夫需要你。"

雄艳悲伤地笑笑,重新把话题转向岛田太太:"您打算什么时候接她回来?"

"等一下就出发,但之前我会先把你送回旅馆。"他又补充说,"一定要相信我,尽快离开别府,一旦你们回到家里,那就是另一个世界。"

离开时她谢绝了岛田的好意,自己跑去搭公车,结果却坐错了方向。一直到发现窗外景色变成乡下,她才意识到这个错误。她立刻下车,走到对面相反方向的车站去。等了很久才有一班车开来。

回到旅馆她整个人差不多都冻透了。洗完澡上床,她发现,漆马已经煮好一大杯姜味可乐放在床头。他正埋头工作,与她保持距离,使自己免于直面她。

她抱紧滚烫的可乐,小口喝起来,眼睛盯着杯口。她能感觉心头充满绝望,这绝望使他们刚刚复苏的关系萎靡不振,刚振奋起的精神困乏不堪。

"原谅我好吗。"他突然说,转过身来。

她发出很大的吞咽声,然后抬起头,看着他:"原谅什么呢?"

思考是否要原谅他是可笑的 —— 他并没做什么需要原谅的事,哪怕他的确对她隐瞒了一些事:他对一只狼疯疯癫癫的好奇;他把对妖怪的想象带进了他们的现实生活,制造了惊吓和恐慌;他对一个长得酷似前女友的陌生女人不由自主地移情……可她就是因为这些才和他在一起的。

"所有,一切。"他说着朝她走过来,"你是不是讨厌我?"

"你怎么会这么想!"她生气了,"你根本不知道我在想什么。"

"我知道我什么也没有给你。"

"别说了,说了也不会获得豁免。"

"那你要我怎样啊?"他终于暴躁起来。

她闭上眼睛,不想再和他讲话。在上一个夜里,他在黑暗中偎在她身旁,因为害怕而浑身颤抖,而现在,直觉告诉她,她所拥有的他的依赖,他们的亲密无间,他们之间最美好的时刻,再次一去不返。

半夜,她被一个噩梦惊醒。睁开眼睛,她看到,远处没合拢的电脑发出暗淡的光,写字台似乎移动了位置,在旁边的墙角趴着一个黑影。

"漆马?你在干什么?"

她看到,摇摇晃晃站起来的黑影确实是漆马,他正朝自己走过来。恍惚中,她看到的又不是漆马,而是一只浑身漆黑、长着巨大翅膀的大鸟。她想逃、想喊,却动弹不得。黑色大鸟走到床边,俯下身来,凑近她的脸,低声说道:"我想告诉你一个秘密……"

她从噩梦中惊醒。

远处传来隆隆声响。窗外又在下雪了,而她知道,雷声和下雪很少同时发生。她翻个身,发现漆马在身边躺得好好的,大张着嘴巴,发出熟悉的鼾声。

她摸了摸他的脸,抱住他,哭了起来。

10

天色十分阴沉,整个城市靠海岸线的一侧全笼罩在铅灰色的午后薄雾之中。出租车司机猛一脚急刹,在码头邮局的台阶前把车停下。

"在那里。"司机指着海岸线方向。

唯一还停泊在海湾的那艘渔船上,野口正高高举起一只手。他穿着一件墨绿色仿美式军装大衣,和那个熟悉的旅馆服务生简直判若两人。在他身后站着两个男人,其中一个是被棉先生推下海的倒霉船长,另一个是他的船员。在出租车引擎的轰鸣声中,漆马迈步朝他们走去。十五分钟前,野口打电话请他来这里见面,没解释原因,但替他叫好了出租车。船上,三个男人全面无表情地注视着漆马,身体随渔船起伏上下晃动。

漆马朝远处的阴郁海面看了一眼,跳上甲板。

"抱歉,麻烦您跑这一趟。"野口用力和他握手,随后指着那两人介绍说,"这位是红丸号的船长寺川千吉,这是他的船员,坂本村。"

两个渔夫分别上前和漆马握了握手。他们好像并不喜欢这种礼节,漆马感觉他们的手都异常粗糙冰冷,脸上的表情也是一样。

"请您来是想确认一件事,"野口抹去脸上的笑容,"昨天在这里,被人从船上掳走的女人,是不是鹈鹕?"

漆马看着他,点点头。

"怎么样,没错吧!"坂本村立刻大声说道,"那个混蛋!我坂本是绝不会让他舒舒服服离开别府的。"

"你想干什么!"船长面色阴沉,头和肩膀都在抖动,"想让他也尝尝别府海水的滋味?然后让我女儿每个月去监狱看你一次?这件事,就到此为止吧。"

野口拍拍坂本村的肩膀:"放心,都交给我。"他准备下船。

坂本一把抓住他说:"你想自己去解决?这可不行,这已经不是你和那个女人的事了,这件事关系到我和船长的声誉,那个混蛋必须当面向我们道歉!"

"够了!"船长用力推开坂本,"去解缆绳,今天是出海的日子,我们已经迟了。"

漆马和野口站在码头上目送红丸号开足马力,颠簸远去。野口从口袋里摸出一根皱巴巴的香烟,放在嘴上,还没点燃,就被风吹跑了。

两人走到矮墙前。被刷成淡蓝色的砖墙内是吉利海鲜工厂巨大的一号冷库,沿着斜坡一直延伸到远处的工厂大门,那里站着一个穿深蓝色制服的警卫,正在看着他们。

漆马从烟盒里拍出两根烟,递一根给野口,帮他点燃。

野口深深吸入一口烟,将烟雾吹散在风里:"我的警察朋友告诉我,他们最晚可以扣留他到今天中午。"

"你想干什么?"

"我想去你房间喝杯茶,可以吗?"

漆马打开水龙头,接了半壶冷水,对着客厅大声问:"想喝什么,日本茶还是中国茶?"没有任何回应。他走进客厅,发现野口站在庭院里,背对他,正在看那个无头的雪人。他突然醒悟,这家伙不是来喝茶的,他是想通过庭院潜到隔壁房间去。他是冲那把枪来的。

"我得进去是不是?我得进去。"野口喃喃自语,眼里透着狂热,"在他们回来之前,"他看着漆马,"我有半个小时。足够了。"

"不行。"漆马摇头,却突然对他充满同情,不止是同情,这个锱铢必较的贪财鬼,被女人厌恶惯了的男人,却先他一步跑来逗英雄,而且无所畏惧。

"帮我一把。"野口满脸堆笑,"如果你实在不安,等我带她走了,你就报警。不会有人对你怎么样的。这件事跟你没关系。"

"不,"漆马说,"真不行。"

他的拒绝并不强硬,他有点怕野口。他怕他!

"我熟悉旅馆每个房间,我会很快。五分钟,我只需要五分钟。"

"野口,我不能让你这么干,请离开我的房间。"

野口突然瘫坐在地上,口中念念有词:"侍奉爱情的奴隶,就要粗俗下贱者……如果我的爱情不朽,上面一定是蒙着灰尘……"

他在干嘛?在念诗吗?

漆马想杀了他。

"你不太对劲,这里有医生吗?"

"去你妈的!"野口粗哑着喉咙说。他又振作起来:"我要杀了你。"

漆马绕开他,走向电话。野口闭上眼睛,慢慢吐出一口气。"等我回来,我要告诉你一个秘密……你会喜欢那个秘密的,"他睁开眼睛,盯着漆马忘形地说,"是关于鹈鹕的。"

漆马拿起听筒,拨号码。

"别再自欺欺人了……"野口掏出弹簧刀,砰地弹出刀刃,"三分钟,三分钟我不出来,随便你干什么。"说完,他像只皮毛油亮的貂一样迅速朝隔壁庭院蹿去。

漆马冲上去,想拽住他。

野口飞快地在空中挥动一下刀子。

妈的!漆马心中暗骂,他不懂自己为什么没能更坚决,一把小破刀根本不构成任何威胁。可是,他却眼睁睁看着野口走到1309庭院门前,将小刀插入门缝,挑开锁扣,拉开门,跳了进去。漆马看着雪地上的脚印,皱起眉头。

他摸出手机看了一眼,返回到客厅。为什么没能阻止野口?并不是因为他真有多怕他,而是因为那个秘密——关于鹈鹕的一切,他都想知道。他快步走向房门,握住把手,稍稍开启房门。清洁工拖着吸尘器从他面前经过。电热水壶突然发出尖利的哨声,他关紧房门,回到卫生间,拔掉电源,一个可怕的念头击中他:如果野口不是为了拿走那把枪,而是想躲在房间里,等棉先生走进门就对他脑袋开上一枪……

这他妈完全是有可能的!

他飞快跑向庭院,在1309庭院门外,压低声喊他:"野口?野口!"

屋里不见人影,也没有任何响动。他咬咬牙,抬脚走进去。气味、寂静、洒落在客厅里的光线,房间内的一切都似乎在向他低语,发出警告:"快离开!"

他压低嗓音,继续呼唤野口。他查遍每个角落,最后不得不接受这个事实:野口,他消失了。最有可能藏人的是卧室的衣柜,也没有,但他却意外发现那只黑匣子,没上锁。他摸了摸它的表面,冰冷的,带来阵阵寒意。

身后传来磁卡开门滴的一声。门被推开一道缝。走廊里,吸尘器的轰鸣涌进屋子。他飞快跑向推拉门,不知为什么,那扇门无论如何也打不开。吸尘器声停下了,门外传来两个女人的交谈声。漆马返回到卧室,能勉强藏身的只有衣柜了。他拉开柜门,弓起身子,钻进去。房门被"咣"一声关闭,有人走进来。

屏住气息,漆马轻轻扯动一件和服,尽可能遮住自己。他听到,有人在门厅停留片刻,接着走来卧室。她在衣柜前伫立了一会儿,然后去了浴室。不久,那里传来淋浴器的喷水声。他等了几分钟,之后小心拉开衣柜,朝浴室方向看了看。他绷紧全身,从衣柜里慢慢跨出一条腿,接着整个人从里面弹出来。他试图打开卧室窗户,可窗户是封死的。他不得不冒险返回客厅,再次尝试推拉门。经过浴室时,他听到她在里面哼着呻吟似的歌。

庭院门打不开,像被焊死一样纹丝不动。这时,走廊传来清洁工的尖叫声和一个男人的粗声咒骂。有人在开门。漆马只得再次返回衣柜。万念俱灰。

棉先生一进房间就转来转去,像野猪一样粗喘着大声咒骂。之后,这头野猪闯进卧室,一边继续咆哮一边直奔衣柜。漆马整个身体收紧,下意识握紧拳头。棉先生拉开衣柜,从一叠衣服后面拿出枪和子弹,用力关上衣柜。透过狭小的缝隙,漆马看到,他站在床边,正在给枪上子弹。

"哪也不许去!"棉先生冲浴室大声说。他把枪藏入口袋,裹紧大衣,朝房门走去。随着房门砰一声关闭,浴室里的水声也停了。

鹈鹕走进卧室,背对衣柜站在床头。

她用浴巾慢慢擦干身体,接着披上睡袍。她站在那里一动不动。突然,她开口说:"你可以出来了。"

11

圣诞树一样点着辉煌灯火的邮轮缓缓穿过黑暗,在山下的峡湾里无声无息朝着离岸的方向远去。雄艳站在别墅二层的露台上,从岛田手里接过香槟。

"下次来,请尽量选在初秋,"岛田说着,指着远处的山坡,"那里有全日本最美的桂花树,初秋时节,整个海湾都能闻到桂花的浓郁香气。"

"别府有很多不属于这个纬度的植物。"

"还有动物和人,这是个不寻常的地方。"岛田顿了一下,想多说几句。两个记者加入了他们的谈话。雄艳趁机离开,到门口去接漆马。

下午她打电话回酒店,几乎不抱希望地问他来不来参加酒会,她的任务圆满完成了,东道主盛情邀请他们,她有足够的理由希望他也出席。听到他答应的时候,她欣喜若狂。引着漆马走上别墅台阶的时候,她突然转向他,把手搭在他手臂上,说:"真要进去吗?"

"都什么时候了,还反悔?"他说。

"你真想去?"

"你不是高兴吗,我无所谓。"

"那你答应我,"她飞快吻一下他的脸,"一晚上都不准生气。"

"这有什么难的。"说完这句话,他们踏进了客厅。

漆马坐在那里喝啤酒。岛田准备了很多种口味的啤酒,都含有令人愉悦的苦味,这让他很快振作了起来。宾客都已经到了,别墅非常拥挤,某个看不到的地方有人在唱歌。

陆续有人过来跟他打招呼,英语、日语和中文都有,多数人都知道他是雄艳的丈夫。他迷惑起来,继而明白她刚才是什么意思了,此刻他看到周围的每样东西、每个人,都想发火。

他喝光一杯啤酒,又去拿了一瓶,去尿尿时也带着酒。他强迫自己从1309房间彻底离开,不去想野口,不去想该怎么拯救鹈鹕,是带她走还是杀了她丈夫。可他知道,不管喝多少酒,不管清醒还是烂醉如泥,他都必须在离开日本之前完成这件事。如果不做点什么,他是不会解脱的。

岛田挤过来,握住他的手。

漆马看着他,妖怪大师,近在眼前地正对着他说:"漆马,你的妻子非常杰出。"

"谢谢,这句话我常听。"

岛田继续握住他的手,说:"我妻子在楼上书房里和几位画家朋友在玩招魂游戏,想参加吗?"

漆马摇头。

他参加过一次灵异小说版块组织的招魂游戏。大约两年前,他有个网友去泰国潜水,意外溺亡,他女朋友邀请漆马在内的两男两女一起去了她那里。晚上十一点,在一个摆放着电动麻将桌的茶楼包房,他们准备了两支铅笔和一大张白纸,一支横放的铅笔平衡在一支竖放的铅笔之上,组成一个十字。下面垫着那张纸,分成四个区域,两个区域标记着"是",另两个区域标记着"否"。那个女朋友花了很长时间解释规则和禁忌,之后,她问:"笔仙笔仙你在吗?"一分钟后,上方的铅笔开始转动,停在"是"的区域。

大家兴奋起来,轮流有礼貌地问着问题,等待铅笔再次移动。

第一轮,漆马先问了个无关痛痒的问题,第二轮他突然问:"你在吗,杜丽?"铅笔转动起来,最终停在"是"那里。为了确认,漆马又问:"我的名字是两个字吗,杜丽?"铅笔慢慢转动,再次停留在"是"的区域。

那家茶楼二十四小时营业,从夜里九点到第二天凌晨四点,他们一直没离开那张麻将桌。除了那个女朋友,他们都是生活中彼此无交集的人,唯一的共同点是都有个死者让他们难以忘记。虽然房间只点着蜡烛,但所有人的一举一动都看得很清楚,他们的呼吸非常轻柔,却越来越亢奋。后来,有个女孩突然号啕大哭起来。

漆马又问了三个问题,就相信杜丽的确在和自己说话。他很害怕她会失去耐心,她是个急脾气。因为很久才能轮到一次,他很小心地提问。不久,又有一个女孩大哭。

四点之后,铅笔无论如何都不再转动,几个人在缺氧的房间里抱在一起睡了一个小时左右,漆马开车回家。手机一开,雄艳就打过来,她正在另一个城市出差。那一刻,漆马才意识到刚才度过了一个惊惧而不可理喻的夜晚。不管是铅笔和铅笔构成的不稳定系统、重力和气流,还是心理暗示,这个夜晚都改变了他,他和过去不再一样了。

那之后,他再没有参加过任何类似的游戏。

他深信活人能和死者对话,但无法承担其后果,因此,那次招魂对他还是有意义的。所以,两年后的今天,他更不会去了,他不需要控制铅笔转动的那个力量告诉他答案。

"这是当然,这都是女人们热衷的游戏。"岛田说,并没有因为漆马的冷淡流露出任何不悦。他越过漆马注视着一个女人,三十五岁以上了,身材单薄,穿一件米色连衣裙,双腿交叉而站,正和身边的丈夫低声说着什么。"是我一个老朋友,"岛田笑着说,"这么长时间没见,还这么美。真想从那只猴子手里抢过来。"

"的确很美。"漆马说。他感到自己一反常态,已经不胜酒力,头晕恶心,也觉得那女人亲切而颇具特色,而她丈夫的举止又的确像只猴子,但他无法分辨岛田的话显得非常奇怪是不是因为自己已经醉了。

243

"要不要试一下？"岛田笑着说。并非错觉，他的脸越来越奇怪了，五官没变，但是组合的方式非常不正常。"漆马，我在问你，要不要考虑一下？"岛田又问。

"考虑什么？"

"你已经醉了？"岛田将目光从女人身上收回来，看着他，"我没问过你是不是有什么特殊偏好，但既然你喜欢雄艳，可能我妻子你也是你中意的类型，她们有某种相似之处，又非常不同。"他笑起来。

"这我没想过。"漆马说。

"很快你就有机会知道。"岛田压低声音说，"她们的游戏也该结束了。我们何不现在溜走，去楼上？"漆马还没答话，岛田的眼睛在四处扫视，"我们四个，"他说，"你，我，我的妻子和雄艳。"

"她不会去的。"

"你怎么知道？"

"她肯定会拒绝你。"

"我还没见过会拒绝我的女人呢。"

漆马觉得岛田很怪。"我今晚不想。"他说。

岛田直直地盯着他，"另挑个晚上，我们四个聚一聚？"

"我不知道，我们要回去了。"漆马说，"要是我改变主意，就给你打电话。"

"我会去找你。"岛田加重语气说过这句话后，放他离开了。漆马胃里翻江倒海，去楼上的厕所呕吐了一阵。他没出什么岔子，不清醒的是别人。

一回到楼下，他就拿了些食物塞进胃里，然后又端起酒杯。他迷迷糊糊知道自己不能再喝下去了，却停不下来。

岛田正在和雄艳说话，一边往他这边看。漆马产生了一个荒谬的想法:如果他现在悄悄离开,雄艳可能会和岛田一起上楼。

雄艳晃晃悠悠走过来,勉强笑着问:"你想回去吗?"

"除非你想走。"

"我差不多现在想走了。"

他们没去和岛田道别就离开了,一路上都默不作声。当雄艳怯生生将手放在他腿上时,他一动不动,既不向她靠近,也不挪开。回到房间,上床之后依然如此。

他仰卧,双眼直视天花板,以至于最后觉得在黑暗中看出了一些东西。身边的雄艳辗转反侧,呼吸急促。他知道她想说什么,在斟酌该怎么开口,也许是希望他先开个头。她有意无意地碰触他,最后明确与他十指交扣,可他全身紧绷,纹丝不动。

"别碰我。"黑暗中他说。

"别这样……"

"我要睡觉。"

"你想离开我。"她婉转地说。

"不知道你是这么个骚货。"他扭身下床,咬着牙,"他以为他是谁?"

她坐起来,屈起膝盖,茫然注视着他。拳头突然打在她脸上,她却连抵抗的本能都丧失了。等她弯起手肘防卫他的拳头,他开始用脚踩她,用膝盖猛撞她,掐她脖子,一直把她从床上拨拉到地上。她瘫在地毯上,起初像煮熟的虾那样弓紧,接着慢慢松弛,可能是神经麻木了,感觉不到疼,或是维持蜷曲所需要的体力已经超出负荷。她宁愿挨打。

漆马跌坐在床上。

过了一会儿,雄艳慢慢蠕动,试着找到个支点倚靠。她的头发全散乱开,脸变了形。他盯着墙壁,再次被她对他的羞辱所刺激,他抓起睡衣和枕头,往她头上扔。

"漆马!是我!"

他移过去坐在床角,逼近她,又开始打她,力量小多了,而现在每一下都引起她疯狂的反抗。最后,她把他撞出去。

突然,电话铃声响了。

她拿起电话说道:"不,不,他没事,我们都喝多了。"等那边说完,她又说:"我也不知道怎么了,今天大家都很奇怪……"

她挂断岛田的电话,用脚找到拖鞋,拿起杯子倒水喝,整理好睡衣,然后就像每天睡前一样,摆正枕头,扯平床单,躺下拉好毯子,把柔软的眼罩置于额头,在做这些时她甚至跟往常一样舒适地呻吟。漆马始终没发出任何声音,这会儿他动了一下,身体发出"喀"一声。

"是你的膝盖?"她问。

他没吭声,但一动又是"喀"一声。他绝望了。

"我们走吧,我已经订好机票了。"她说。

"我走不了。"

他回到床前,坐在她身边,用左手抚摸右手,右手抚摸左手,他的手指因为充血而膨胀。他相信雄艳此时一定和他一样,想到了拳击手。他获得了勇气,终于把野口十年前暗恋鹈鹕,如今又旧情复燃,并决心为她铤而走险的前前后后都讲给雄艳听,最后,是今天下午发生的惊险一幕。他说,当自己成功逃出1309房间,他四处找野口,可经理告诉他野口昨天就已经辞职离开了旅馆。"他还在。"漆马最后说,"在旅馆里,他一定躲在什么地方。"

"你应该报警,"雄艳沉着地说,"他有枪。"

"要先找到野口。"

她紧紧抱住他,"报警吧,漆马,然后我们就走。"

他推开她,盯着她的眼睛。突然,他站起来,开始穿衣服。

"你干什么?"

"你说的对。我该去报警。派出所有个警察是野口的朋友,他会想办法找到他,必要的时候,他们有权搜查整个旅馆。"

"妈的!"雄艳坐起来,"你就是不肯承认吗?你在乎的根本不是野口……"他们都从没听过她发出过这样粗哑的噪音,突然她又像挨了一鞭子那样住了口。"漆马……"

她看着丈夫穿上大衣,打开门。

她冲过去,用身体把门撞上:"其实你不想要孩子对吗?"

他看着她,想说什么,可是雄艳已经知道答案了。她让到一旁。漆马立刻走出门去。

"砰"地一声之后,她站在玄关,站在寂静里。她曾经发誓,绝不让自己陷入眼前的这种局面,周围的一切正在坍塌,原本她认为干净、正确的一切,终于露出了本色。

12

林地里凸起的一块岩石下方有张蓝色防水布,防水布下有个柴堆。一把斧头弯立在木墩上,旁边是一把弹簧刀。漆马认出那把刀。

他环视四周,山林十分寂静。

积雪上有些脚印。男人的脚印。两个男人。一种很像他自己的。他踢了踢雪,跑鞋擦过某样东西,是个白色塑料袋。他蹲下身来,盯着它。塑料袋的把手曾被用力撕扯过——用这东西蒙住人的头,两分钟,足以致命。

他转身细看木墩,看着嵌在木头里的刀。刀柄是黄色的,很光滑。为什么野口的刀会在木墩上?他设想,一个穿着和自己同款跑鞋的男人,借夜色偷袭野口,试图用塑料袋把他闷死,野口反抗,扔出刀子,却抛错了方向。

是棉先生?

他站起来,在雪地上踩下一个脚印,再次比对。没错,"自己"确实来过这里。如果野口被发现在附近什么地方窒息而死,最大的嫌疑人,就是自己。

昨晚他并没有报警。离开旅馆后,他来到最近的派出所。看着里面的灯光,意识到这么干并不明智。他步行十五分钟,或者更久,返回了旅馆。打开房门,雄艳已经不在里面,她的行李也全不见了。桌上有张机票,时间是后天晚上八点。

整个晚上,他翻来覆去睡不着。

应该出门去找她,向她道歉,请求宽恕,听从她的安排,等待飞机起飞,然后回到属于他们的简单生活里去,彻底结束这场混乱。

清晨时,他感到头昏脑涨,于是穿戴整齐,出去跑步。

受伤的脚踝还在隐隐作痛,他只跑了不到五公里就调头返回。一时心血来潮,他决定沿一条之前从未跑过的山路下山。山林间的积雪被人踩出一条步道,表明这并不是一条人迹罕至的小路。野口究竟在这条路上遭遇了什么?

他从木墩上抽出弹簧刀,收起刀刃,沿着那串可疑的脚印,追踪下去。

警察封锁了一片杉树林。树林中央是个半月形池塘,已经结冰。

几个晨练者,两男一女,站在警戒线外小声交谈着。尸体是他们发现的。远处山坡下停着辆警车。尸体在警戒线内十几米处,背靠大树。

他坐在地上,脸色苍白,也许是一层霜冻。漆马第一眼没看出尸体是野口,但他认出那件军装大衣。

"他是被勒死的?"他走过去,问那个戴眼镜的警察。

警察正在本子上写着什么,摇摇头。

"枪打死的?"他又问。

警察抬起头来,"看样子是迷路之后被冻死的。真可怜,这里距下山的公路还有不到三百米。恐怕是因为昨晚的浓雾……对不起,你是谁?"

"我是酸汤旅馆的住客。我认识死者,他是那里的服务生。"

"他叫什么?"

"野口。我只知道他叫野口。"

警察朝远处一个同事招手,那个警察朝这边走来。

"你的姓名?"戴眼镜的警察问,一边和走过来的同事交换一下眼神。那个刚过来的警察走到漆马侧后方停下。这家伙相当高大,给人以压迫感。

"漆马。"

"中国人?"

"对,游客。"

"为什么你认为他是被枪打死的?"

漆马用余光看到,大个警察把手按在了枪套上。"嘿,等一等!"他举高双臂,"别误会,我也是警察!我认识死者,我怀疑他可能是被人枪杀,是因为旅馆有个客人,他有枪,野口和他发生过冲突,我只想提供一些线索……嘿,别碰我!"

问话的警察朝大个做了个手势,那家伙向后退一步,但依然保持警觉。

"有枪?"戴眼镜的警察紧张起来,"是什么样的冲突?"

"棉先生,"漆马说,"那客人叫棉先生……两天前,他在旅馆大堂对妻子动粗,被关进附近的派出所。你们可以去调查。"

"好吧,棉先生……"警察在本子上记下这个名字,"你接着说。"

"棉先生在旅馆虐待太太的时候野口正好在场,他上前阻止,两人发生了打斗。"

"死者曾和一个叫棉先生的男人发生争执,并发生殴斗。"警察重复道。

"野口还想偷走他的枪,但没有成功。"

"你是怎么知道的?"

"是野口自己告诉我的。"

警察看了一眼远处的尸体,"你认为,"他向后退了一步,盯着漆马运动裤的口袋,"野口的死和棉先生有关?但看上去,在这里发生的更像是个意外。"

"你觉得会有人蠢到把自己活活冻死在距离公路三百米的野外?在丧失意识之前,他不会呼救吗?"漆马情绪激动,"你们至少该去查查那支枪吧!如果棉先生是非法持枪,那么旅馆里的每个人,都会有危险。"

"那是什么?"

"一把刀。"

漆马把手伸进裤兜,身后的高个警察猛扑上来。

竹村,他听到戴眼镜的警察这么称呼袭击自己的人,那家伙动作极快。漆马感觉膝盖被狠狠踹一脚,他单膝跪倒在雪地上。那人没给他机会反抗,迅速扑到他身后,用膝盖压住他的背部,把他手臂反剪到背后,锁上手铐,脸压在雪上。他的脸像被针扎一样,同时怀疑手骨脱臼了。

戴眼镜的警察从他兜里搜出弹簧刀问:"你跑步的时候,总带着一把刀吗?"

"那是野口的。"漆马说完,闭上眼睛。

漆马坐在警车里,盯着走向旅馆正门的两名警察,丹下睦雄和竹村的背影。他能感觉到保暖内衣的后背被汗水浸湿。没想到,再次乘坐警车是这种情况。为了防止他逃跑,竹村拒绝为他解开手铐。

天已大亮,七八个小学生排队经过,他们好奇地看着警车里的漆马。带队的女老师让他们不要这样,孩子们于是一边回头张望,一边默默离开。

如果雄艳现在返回旅馆,看到他这副狼狈相,会不会嘲笑他?他认为她不会,相反,她会和警察据理力争,她会请来律师,与警察交涉,当她最终为他夺回自由,两人回到一个安全的私密空间,到那个时候,她才会告诉他,他永远失去她了。

他闭上眼睛,不去想这些。他希望棉先生持枪这件事能引起警察的重视,一个虐待妻子,有暴力倾向还私藏枪支的男人,在任何地方都是危险人物。

昨天下午,从衣柜出来之后,鹈鹕告诉他,十年前,棉先生被诊断得了癌症,那年冬天,在滑雪小屋他其实是想结束生命的,但无论是她还是他自己,都无法最终帮他做到。于是,棉先生决定活下去。他的实际寿命比医生预计长了很多,但癌细胞一直在扩散,他越来越糟的脾气和野兽般的行为,都和病痛的折磨有关。

"你必须离开他。"漆马说,"野口,他想带你走。"

鹈鹕笑了:"跟那样的男人在一起,和跟棉在一起又有什么区别呢?"

漆马想说的话最终没有说出口,当然不能说。鹈鹕拉开庭院门,让他尽快离开。"我知道你在想什么,"她低下头,又立刻抬起头说,"我劝你不要再这么想。但我很感激。"

她的表情和杜丽一模一样,当然,也因为他对她们说了类似不伦不类的话,只会带来同一种回应。他问杜丽为什么不早点离开小河。杜丽问他,和你在一起吗?有什么区别?他无言以对。

临死之前的那几个小时,可能人类都会掌握一些超能力。他问杜丽,希不希望他取消结婚的计划,等她摆脱小河之后,他们可以重新厘清一些事情。问完这句之后,他们都默不作声。大概是几分钟后,泪水开始从她的眼睛里流淌出来。

"我知道你在想什么,没必要。"她说,"你走吧。"

"我这就走。"

"以后别见面了。"

"好吧。"

杜丽陪他走到门口,停了下来。"有件事我应该告诉你。"她对自己点了点头,"但我要是告诉你的话,你可能就不走了。"

"我保证不会。"

"你说话不算。"她说,"等着,在这里等。"她转身走到客厅,在电视柜下面的抽屉里拿出本子和笔,她撕下一张纸,在上面写了几句话,折了两下,走回来。

"这次不要食言。"她看着他,"我要你拿着这张纸,到回家的路走完一半,再打开看。好好想想。别打电话问我这件事。我想说的你都知道,没什么别的可说的。"

她把他送到楼下。在门洞里,他不自然地拍了拍她的左边上臂,她也拍了拍他,他们的动作像格斗比赛之前的仪式。他感到责任重大,也觉得虚张声势,就这么揣着那张纸,穿过马路,走到停车的地方。

他一直往家的方向开了很长时间,几乎快要看到小区大门才把车停在路边,看了她的便条。只用了一秒钟。

他没给她打电话,又读了一遍。

纸条上写着:除非你准备杀了他,否则永远别再见我。

他把纸条揉成团,塞进嘴里,吞下去。回到家,他喝了很多酒,昏睡过去,直到下半夜接到小河的电话。

一声沉闷的巨响从旅馆深处传来。

凭经验,漆马知道,那是有人近距离开枪,击中了目标。肾上腺素正被心脏用力推向全身,伴随而来的是亢奋和一种恶心反胃的感觉。他拼命想挣脱手铐。

第二枪响了。

声音更大,来自旅馆大堂。

一个人影从大堂飞奔而来,三步就跳下台阶。是棉先生,他赤身裸体披着浴袍,右手拎着枪。冲上大街的刹那,他的目光和警车里的漆马对峙三秒,一切似乎在瞬间变成慢动作,接着骤然加速。无法挣脱手铐,漆马只能眼睁睁看他朝街尾跑去。

五分钟后,两个警察才从旅馆出来。他们相互搀扶,步履蹒跚,导致漆马一开始没搞清究竟是谁中了枪。受伤的是戴眼镜的丹下睦雄,子弹击中他的下腹,贯穿了身体。竹村一把他扶到警车边,他就立刻拉开车门,通过电台通报了这起枪击并呼叫救护车。没有受伤的竹村则瘫倒在地上,浑身颤抖。

在等待救护车的过程里,漆马听到了事发经过。两个警察丧失防备,是因为棉先生是在笑着给他们出示了持枪执照之后,突然间开枪的。开第二枪的是竹村,子弹没有击中目标,只打碎了酒吧的一扇玻璃门。那是他第一次在执勤时开枪。

当天下午,漆马在警局配合警察做详细笔录。他们专门找了个会说

253

几句中文的女警,她显然没干过这种事,不但紧张得一塌糊涂,还向漆马透露了一些本不该透露的信息,比如,验尸报告表明,野口的死确实是个意外,他是在黎明前才被冻死的,死前没有搏斗痕迹。听到这里漆马很困惑,同时感到深深的忧虑,这个结果使棉先生枪击警察事件变得更为复杂,这表明,在他身上,很可能还背有其他更严重的罪行。

警方下达了对棉先生的通缉令,随后释放了漆马,但提醒他,最好不要擅自外出。漆马离开时发现,一大群记者围堵了警局大门,一位警官向媒体简短宣布,那名中枪受伤的警察已经脱离生命危险,其他无可奉告。

出租车拐进温泉大街。漆马看到,旅馆大门外停着一辆警车,上面坐着两个警察。在街角的咖啡馆门前,还有一辆坐着几个便衣的面包车。看来,警察随时准备对可能返回旅馆的棉先生实施抓捕,可是,在这样一条僻静小街上,他们也太显眼了。

漆马下床冲澡,动也不动站在水柱下十分钟,让滚烫的水冲刷身体。

他踏出淋浴间,擦干发红的肌肤,穿上衣服。他看了看手机,发现在睡觉这段时间有十几个未接来电。他回拨第一个,是家本地报社,立刻挂断。看来,那些记者已经设法查到了他的电话。他向下翻阅,希望有一个电话是雄艳打来的。没有。

他给她打过去,发现她手机仍处在关机状态。他给她发了语音,告诉她自己已经回到旅馆,很安全。过了一会儿,他又提醒她不要回温泉旅馆,愿意见面的话,约个安全的地方,他会去找她。不过,以他对雄艳的了解,她很可能直到登机前都不会开机。

他打开门,朝旅馆的小酒吧走去。

大堂前台有三个接待员,之前只有一个,多出来的陌生面孔显然是警察。酒吧里的客人并不比往常少,其中一半应该也是便衣。漆马喝了半杯生啤,才猛然意识到,自己的警察直觉确实已经严重退化,酒吧里所有的人应该都是警察。怪不得警方没有按照程序封锁旅馆,发生这样的恶性事件,可旅馆里看上去风平浪静,而且没能混进一个记者。他低估了日本警察对这起案件的重视程度。很快,他又意识到另一件事:警方允许他自由行动,应该是把他当成了诱饵。想到这个,他倒是兴奋了起来。

他决定去泡泡温泉,如果猜得没错,那里应该没人。

果然,户外温泉已经全部关闭,室内温泉区热气蒸腾但一个人也没有。他脱光衣服,在几个汤池中选择了药汤池,走进去,坐下来,看着窗外雾气蒸腾的一池热汤。几分钟后,他找到一个舒服的姿势,躺下来,闭上眼睛。

他做了梦,梦见富士山在高速火车的车窗外猛烈喷发,梦见电影院里爆米花桶散发出甜腻的香味,梦见三棵并排燃烧的椰子树,梦见客机起飞离开跑道,而机身是敞篷的,梦见天空中布满巨大的充气青蛙,梦见结冰的池塘正快速融化,鱼群跃出水面大口呼吸,发出"啊——"的和音,梦见电熨斗发出滋滋啦啦的声响碾过一大块培根,梦见黑洞洞的枪口对准自己的脸……接着,是完全的寂静。

寂静再度降临,充满他的嘴巴,令他无法呼吸。

又黑又冷,他无法移动……

他身体抽动,在迷雾中眨了眨眼睛。回声在四壁间回荡。那是什么声音的回声?一滴巨大的水珠从屋顶落下,砸在他脸上。

他屏住呼吸。似乎有人跟他一起呼吸。不对,不是人,是某种物体,某种动物。他转过身,张大嘴巴。她怎么可能移动地如此迅速,一点声音都没有发出。她怎么可能靠得……这么近?

"可以吗？"她说。

她穿着近乎透明的白纱。他用力眨眨眼,想看看自己是不是还在做梦。鹈鹕抬腿跨入汤池。他感到温热的水位上涨,淹没了胸口,阴茎被握住。

她咬着他的耳朵,用陌生的语言喃喃低语。他盯着她,感觉所有的彩色正融为一体,所有物体都模糊、朦胧地合而为一。她停止低语,骑在他身上。

就在他快达到高潮时,她突然停止动作,双手捧起他的脸,问他:"永远只属于我？"

他咬了咬嘴唇,用力把她翻过去。周围的一切,汤池、顶棚、玻璃窗,窗外的温泉庭院,都蒙上了如梦似幻的光泽,披上一层水雾。这不是真的,这不可能是真的。他盯住她湿漉漉的长发和她被冲撞而颤抖的肉体,希望雾快点散开,自己会清醒。

"永远只属于我？"她再次问道。

"对。对！"他呻吟,然后射了。

雾并没有散开,反而变得更浓了。他睁不开眼睛。

13

漆马又看了一眼手机,四点零八分。

窗外天色阴沉,但无疑是白天。一口气睡了这么久吗,十四个小时？他不记得昨晚自己是怎么回的房间,又是在怎样的状态下入睡。他跳下床,开始做俯卧撑,直到感觉血液充满上肢,精神足够饱满才站起来。他做着深呼吸,同时努力回忆。

吸,呼,再吸——

他闻到她的气味,记起了她身体的压迫。海浪的咆哮。他记得他感到双眼在灼烧,手和脚都动弹不得,咆哮将他一分为二。他想起来了,昨晚,她在这里。

在他穿衣服的时候,有人来敲门。

他光脚走到门后,凑近猫眼。他希望是她,但来人竟然是岛田。他迟疑一下,很勉强地把门打开了。

"帮把手。"岛田说,相当热情。

他不得不接过画框,并侧过身放他进来。

"抱歉抱歉,"岛田径直走进客厅,"我打了电话,可雄艳手机一直关机。有人告诉我你在房间,他不是经理,对吧?我感觉他是个警察?"

漆马把画框靠墙放好说:"现在你在旅馆遇到的每个人,都是警察。"

岛田点点头:"一个朋友告诉我,警方已经解除了对你的嫌疑,而且没限制你出境,所以我想,你们应该会按原计划今晚飞回北京,所以我尽快过来送这样礼物。"

漆马这才扭头看了看那幅画。陶罐、苹果。很粗糙的写生。这样的临别礼物有什么深意吗?这恐怕只有雄艳才知道。

"你太太,她不在吗?"岛田问。

"我以为,"漆马看着他,又想起几天前酒会上他的荒唐样子,"她最有可能去的地方,就是你家。"

"我不明白。"

"前天晚上,"漆马走到床边,拿起袜子,一边穿一边头也不抬地说,"从你那里回来后不久她就从旅馆搬出去了,我已经和她失去联系超过……"他看看手表,"三十六个小时。"

"怎么会这样,她没找过我。"岛田紧张起来,"你报警了吗?"

"她不是失踪。她只是不想被我找到。"

"应该报警!"岛田像是完全没听到他的话,"你们的航班是夜里八点对不对?现在就去机场,如果飞机起飞前她还没出现,我们必须报警。"

"我们的事和你无关。"漆马站起来,直视他的双眼。他丝毫不掩饰这个对别人的妻子充满特殊兴趣的人的厌恶。岛田看懂了他的眼神,神情像被打了一耳光。

漆马已经走向门厅,打开房门,可岛田依然一动不动。

"是我劝雄艳尽快和你离开别府的,"他沮丧地说,"你可能还没有觉察到,可我在你眼睛里看到了……"

"看到什么?"漆马不耐烦地问。

"冰。"

漆马用力拉开房门,表示要送客。

"今晚你们必须走,这是最后的机会。"岛田显得很急躁,"我绝无恶意,我付出过惨痛的代价……"他有很多话要说,但却突然停下了,因为这时有人走到了门前。

鹈鹕站在门外,看着他们。岛田转过身,不自然地走到窗帘旁边,在沙发上坐下。

漆马跨到走廊上,伸手把房门虚掩住。

"我看见你太太了……"鹈鹕戒备着房间里的陌生人,压低声音说,"昨晚,你睡着之后,棉,他给我打了电话,让我去树林见他,就是警察发现野口尸体的那片树林。我去了,我看到了你太太。她站在一片结冰的池塘上。我试着喊她,可她跑开了。"

漆马眉头紧锁。他感到疑惑,这听起来太奇怪了,但他立刻振作起来:"回房间去。在我回来之前不要出门。"

她冲他点了点头,朝自己的房间走了两步。她已经推开房门,又回头看他。他冲她点头,并试着微笑,然后目送她走入房间。房门咔一声关闭。他飞快朝走廊的两端看了看,没有警察。他回到客厅,发现岛田脸色惨白,神色十分慌张。

"就是她,对吗?"岛田问,"鹈鹕小姐?"

漆马没有回答。他迅速换好鞋子,绑紧鞋带,立即出门。

经过旅馆大堂时他扫了一眼酒吧,那些看上去疲惫却还假装饮酒作乐的警察,其中有几个可能是真喝醉了。他来到餐厅,直接走进厨房,然后从那里一个后门溜了出去。一到外面他就全力向山上跑。

天色已近傍晚,阴沉的天气使光线愈发昏暗。

他用尽全力奔跑,集中精神,摒弃着杂念,逃避岛田的话带来的混乱。必须尽快找到雄艳。一个从未有过的念头剜着他心里的血肉,如果她……不会的,肯定不会。

一踏上公路他就发现山下开来一辆黑色奔驰,在冲自己闪雾灯。很快,奔驰在他面前停下。岛田侧身打开车门喊道:"上车!"

漆马犹豫了几秒,跳上车。"往前两公里有个岔道,在路口放我下去。"他对岛田说。

岛田把车开得十分平稳,似乎在酝酿着某种情绪,但此时的漆马只希望他最好一句话也别说。他还在想那个问题,雄艳为什么会出现在那片树林里?他想不出答案,也没有任何线索。不,他有,答案是:棉先生。

"知道我妻子的招魂游戏是在和谁说话吗?"岛田突然问他。

"抱歉,"漆马摸出一支烟,他没想到这种时候岛田竟然会提到自己的妻子,他不想听,一点也不想。"我不想知道。"他说。

岛田忽略他的反对,顾自说开了:"二十年前,在我不到三十岁的时候,有一次,我不顾妻子怀孕五个月,跟几个拍纪录片的同事前往北海

259

道,我们想拍一些猕猴在温泉谷过冬的场景。一天夜里……"他看到漆马点燃了烟,立刻放下车窗,又继续说:"一天夜里,我们没有听从向导的忠告,收工收得太晚,结果遇到了狼群的袭击。慌乱中我和同伴走散,跌下了山崖,摔断一条腿。直到第二天的中午我才被一对路过的夫妇发现,那个男人名叫藤林德藏,七十一岁,是个隐居在山上的富豪,他的妻子叫津田美也子,不到三十岁,他们看起来很恩爱,但感觉很怪。他们把我带到山上的木屋,让我在那里养伤。因为暴风雪吹断了电话线,我们无法和外界取得联系,竟然被困在木屋整整一个月。我发现,我爱上了美也子……我总忍不住被这种女人吸引,忠贞于丈夫的女人。"

他停下,等待漆马做出反应。

漆马面无表情,目光搜索着经过的每一片树林。天色正变得更暗,冷风灌进车厢,把烟灰吹落在他胸前。

"有一天,"岛田继续说,"天气奇好,藤林决定下山寻求救援,他说无论结果如何他都会在三天后返回木屋。他走之后,我向美也子求爱,她接受了。我们过了令人难忘的几个昼夜。到了第五天,藤林还没回来,我开始担心起来。美也子告诉我,她并不爱自己的丈夫,希望我能带她走。你觉得,后面发生了什么?"

漆马没做声,他不知道该说什么。

"藤林先生,他死了。"岛田不再看他,眼睛望着窗外,"等腿好一些,我离开木屋,试着去检修电话线。为了防备狼群袭击,我带了一把猎枪。在山顶附近的峭壁下,我发现他的尸体,他看上去一点也不痛苦,像做了一场美梦。他根本没下山,给人的感觉,他离开木屋其实就是为了死在那里。"

"为了给你和他妻子偷情制造机会?"

岛田没理会他的嘲弄,继续说:"等爬上山顶我才发现,在山的另一边其实就有个小镇,原来,我们离有人烟的地方那么近。我立刻滑雪下山,想找到帮手再回来接美也子。回到人间,我遇到的第一个人是个和尚,他一见我就说了句很奇怪的话,他说:为什么你要背着一个妖怪下山?"

漆马看着岛田,开始怀疑他的神智已经不太清醒了。

"我回头,"岛田说,"美也子竟然就站在我身后……她贴近我,不停在我耳边说,杀死和尚,杀死他……我完全不知所措,拼命摇头。和尚突然敲起木鱼,并开始念经。我听见身后的美也子高声尖叫,之后突然没了声音。当我转过身,看到一只巨大的白鸟腾空而起,飞向山中。和尚问我,你知道自己遇到的是什么吗?"他踩下刹车,"是雪女。"

车停在路边。他们都陷入沉默。

过了一会儿,漆马突然开口,问道:"酒会上你对我说了什么,记得吗?"

"我记得我邀请你去参加我妻子的游戏,你拒绝了。"

"之后呢?"

"一无所知。我的灵魂好像被什么东西吞掉了,据说做了很多忘形的举动。"他流露出自惭形秽的神情,犹豫片刻,又接着说,"但那有可能就是真实的我……我不知道你们是什么时候离开的,之后感觉脑袋清醒了就打电话给雄艳……我不知道,我感觉那天所有人都像被附体了一样奇怪。"

岛田紧张地等待这番话造成的后果,但漆马只是大口吸着他的烟。

"那天晚上,所有人都很疯狂。"漆马低声说。那种抓住铅笔转动的力量,让他们,让所有人,在一天之内发生了同样的变化——走向疯狂。包括他自己。

他们下了车。马路的对面,森林黑魆魆的缺口就是那条小径的入口。漆马掏出手电筒。两人一前一后走进森林,走上那条漆黑而肮脏的小路。

"你告诉过你妻子这件事吗,关于雪女?"漆马问。

岛田点点头:"后来和尚陪我回到镇上,我这才知道,我妻子为了找我花光了所有积蓄,她招募了一支搜索队,一直在寻找我,整整一个月……因为坚持上山搜索,她意外流产了,再也无法生育。她从一个坚强理性的女人,变成了一个傻瓜,无论多拙劣的骗子,只要承诺能让她和死去的孩子对话,她甚至愿意倾家荡产。那个和尚,后来他告诉我,如果不是遇到了他,我一定会被雪女蛊惑。他说,雪女在冬天是非常强悍的,但整个夏季却极度虚弱,所以,每隔三十年她都会选择一个男人成为她的供养者,为她提供庇护……"

深林里传来一声脆响,两人同时停下。

漆马举起手电。一只猫头鹰从枝头俯冲飞下,在夜空中划过一道弧线,又跃上另一处枝头。

"她需要一个供养她的人,掩护她的人,"岛田继续说,"那些看上去不可能受到诱惑,但一旦受到诱惑就难以自拔的男人,就是她的目标。比如,我这样的。"他笑了一下,笑得很诡异,"老实说,我至今依然在怀念美也子……这是不是很悲哀?但我只能写作,用另一种方式被她奴役。"

"如果再给你一次机会,"漆马问,"你会杀了和尚吗?"

岛田没有回答。他停下脚步,看着前方出现的黄色警戒线。漆马也停下。他看着左边的池塘,突然对树林大喊:"雄艳!"

黑暗中的各种声音瞬间吞没了他的呼喊。

他连声呼喊。

岛田也跟着喊起来:"雄艳——"

雪地反射着手电筒的光。除了树冠上的风声,没有任何回应。

漆马拎起警戒线。他们来到警察发现野口尸体的那棵树下。除了杂乱的脚印,这里什么也没有。

"就是这里?"岛田问。

"野口,他不可能是被冻死的。在那边的山坡上,"漆马指着远处,"我找到他的刀,他一定跟什么人搏斗过。"

"那是什么?"

岛田突然夺过漆马手中的电筒,朝右前方照去。十五米开外有一棵巨大的云杉,手电筒光照向树干靠近地面的地方,那里有个黑魆魆的树洞。

漆马夺回手电筒,快步朝树洞跑去。

树洞很浅,但大小足够躲进一个人,附近有清晰的脚印,从大小判断,应该是个女人。脚印里夹杂着一个掌印,可能是她在摔倒时用手支撑了地面。她也许曾在树洞躲避,被发现后逃跑,慌乱中摔了一跤?

脚印一直将他引向池塘。漆马记得,这片池塘之前结着冰,可眼前却是一片水洼,水面上还漂浮着淡淡的雾气。脚印在浅滩上形成一个个泥洼,表明那个女人跑进了池塘。

现在,他真正感到紧张,感到恐惧了。

"雄艳——"他再次大喊。

等岛田跌跌撞撞跟上来,漆马已经跳进水里涉水走了十几米。水并不深,最深的地方刚好没过膝盖。他感觉自己踢到了什么,心中暗暗祈祷,不是他想的那样。他拿手电筒往水里照,是双熟悉的皮靴:咖啡色,意大利制造。

他弯下腰,拎起这双湿漉漉的靴子,倒出里面的水。

岸边,岛田的喊声被风刮走。漆马缩起身子,感到寒冷刺骨的风吹透身体。口袋里有东西在抖动。他在衣服上擦擦手,抓出手机。

不是雄艳,是个陌生号码。

他咒骂一声,想挂断电话,但猛然反应过来,慌乱中手电筒掉进水里,在幽暗的水底又亮了几秒才彻底熄灭。

黑暗中,话筒那一端,一个男人低沉地说道:"十五分钟内,赶到神社。"

雄艳站在温泉口,往下看。

那些黏稠涌动的泡泡像一大摊热巧克力,可是很臭。有时涌上来的东西是红色的,如同岩浆,将上升的热烫空气扑向她的脸。硫黄的恶臭让她呼吸困难,阵阵头晕。一绺头发落在脸上,但双手被塑料束带绑在身后,她无法拨开。

她光着脚,但并不感到冷,相反,漆黑的岩石地面十分温暖,像家里暗藏地暖设备的深色地板。鹈鹕和她并肩站立。

她只是站在那里,梦游似的盯着前方。雄艳猜她一定是被下了药。

远处那个男人挂断了电话,朝她们走回来。随着他的逼近,雄艳感觉泪水滑落脸颊,而棉先生的声音十分冷静,让眼前的一切显得极不真实:"这就是你们最后的归属地,这就是,血池地狱。"

14

神社大门洞开。从车上看不出里面是否有人。

岛田把车停稳,他看着漆马说:"我会在两公里外等警察赶来,提醒他们关闭警笛,熄灭警灯。在我带警察赶到之前,尽量拖住他,确保自己和雄艳的安全。"他从怀里掏出一样东西交给漆马,是把勃朗宁手枪。

漆马接过枪,退出弹夹看了看,又装回弹夹。是把古董枪。有足够的杀伤力。他把枪还给岛田说:"用不着这个。"

岛田张开嘴,想说什么,但最后只是拍拍他的肩。

漆马打开车门,下了车。奔驰立刻发动,向右一拐弯,朝下山方向疾速驶去。漆马转过身,深吸一口夜晚的冷空气,踏上通往神社大门的台阶。

神社漆黑一片,只有雪女殿闪出微弱的烛光。

漆马来到雪女殿前。站在屋檐下,他用力跺了跺脚。靴子里全是水,袜子湿透,脚趾冻得发麻。看着这里长方形的庭院,他想起几天前和雄艳初来此地的情景。头顶的乌云正快速散去,露出一小块深沉的星空。

"我到了,棉!"他冲里面大喊,抬腿跨入雪女殿。

在脚尖落向地面的瞬间,他意识到有事即将发生,正要转身,又隐约知道已经太迟。脖子上的刺痛并不明显,但麻痹感瞬间向下蔓延到了背部。

"放心,"棉先生从背后扶住他,让他坐在地上,"只是非常微小的剂量,不足给野口的十分之一。它能让你冷静。"

漆马感觉双腿瘫软,视线开始模糊。棉先生走到壁画前,把注射器和枪放在供台上,拿起一根引火竹签,一盏盏点燃那里的一排油灯。

"你的朋友给我们留的时间不多,所以……"棉先生吹灭竹签,重新拿起枪,"你杀过人吗?"

"雄艳在哪儿?"

"先回答我,你杀过人吗?"

"没有。"

"那你要尽快学会。"

"学会什么?"

"学会适应。"棉先生露出难看的笑容,"第一次会很难,之后就好多了。我杀的第一个人……我已经想不起她的样子了。是我妻子。"他拿起一只乳白色的小蜡烛,仔细观看上面跳动的火焰。"你并不爱你太太,对吗?"他走过来,用烛光扫过漆马的脸,照亮他的脸说:"男人不该这样对待女人,更不该这样对自己。这样不诚实。"

她们背靠着背,她和鹅鹕,被绑在一块三米高的人形石柱上。

距离她们十步远的地方,就是沸腾的血池。一股南风正把硫黄毒气吹向山的另一侧,否则,被笼罩在炙热的毒雾里,她们活不过一个小时。棉先生刚一离开,她就立即开始行动。在棉先生把她们绑在这里之前她故意摔了一跤,趁机捡了一块尖锐的石片,藏在手心。想用石片切割手腕上的塑料束带,这不太容易。为了找到合适的角度,石片不止一次划破她的手掌和手腕。

"别担心,"她低声安慰鹅鹕,"漆马,我丈夫,他一定会来救我们。他当过警察。"

鹅鹕一言不发,身体僵硬不动。雄艳怀疑,她已经晕厥。这个女人柔美而沉静,棉先生,她丈夫,怎能忍心那样虐待她……一阵尖锐的痛楚从手腕传来,血流到掌心。

妈的,血管破了。千万别是动脉。

她闭上眼睛,专注在呼吸上,清空脑子里的杂乱思绪,努力让自己镇定。她调整了一下坐姿,好给右手腾出更多的空间,她用手指摸索,找到塑料束带上最深的一道切口,对准之后,用力切下去。她不断切割下去,直到束带"砰"地一下断开。

她将手臂慢慢移到身体侧面,看了一下伤口。不是动脉。现在,只要再切断捆绑她们的绳索,只要切断其中一根,她们就能逃脱。

鹈鹕突然挣扎了一下,看来药物已经失效。绳索被猛地收紧,压迫雄艳的胸口。"别动,"她说,"就这样,尽量别动,我会弄断绳子,很快……"

"这里有点冷。"鹈鹕的声音十分轻柔,透着诡异,"不过,他们就要来了……"

这声音,让雄艳感到毛骨悚然。

看到跑来的人是漆马,雄艳心中涌起一团炙热,可紧接着她又看到了棉先生。他像个根本不担心猎物会跑丢的猎人,不紧不慢跟在后面,手上拎着一把枪。

漆马已经冲到她面前。

雄艳鼻子一酸,感到勇气瞬间被耗尽,浑身上下一点力气也没了。

"别怕,"他安慰她,"我在。"

她有很多话想对他说,却听见另一个声音也在呼唤他,可恶的是他立刻放开她,绕到后面去。她听到鹈鹕那种诡异的声音不见了,取而代之的是甜蜜的语调,"我知道你一定会来。我不害怕,我在等你。"

棉先生走了过来,他用手电照向雄艳的手腕。他踩住她的手,将石片踢进沸池。雄艳冲他吐口水,换来的是他用枪口顶住额头。

棉先生从背包里取出黑匣子,扔在漆马面前。"现在,"他说,"杀死你妻子,或者杀死我的妻子。"他用脚踢开盒盖,把黑手帕扔在刀上,"用这个拿,小心别留下指纹,警察会认定杀死你妻子的人是我……等你杀死她,我会把枪交给你,你再杀死我。"

漆马没有理他,回到雄艳身边,继续用围巾给她包扎手腕上的伤口。她急切地看着漆马,想从他嘴里听到某种解释,鹈鹕那句话是什么意思？棉先生这么做又是为什么？可漆马一声不吭。

棉先生用枪口捅一下漆马的脖颈,"嘿,抓紧时间,两个只能活一个。"

雄艳看到,漆马打了个寒战。她突然明白了,完全明白了,明白为什么自己会被绑架,为什么会和鹈鹕被绑在一起——漆马,他背叛了自己,他和鹈鹕……棉先生发现了,这个疯子想要报复……她闭上眼睛,不想再看漆马。

在无休止的,有催眠韵律的山风之中,仍能听到远处血池地狱喷溅的恐怖响声。当她睁开眼睛时,周围已经不黑了。风把乌云完全吹散,月亮升起来,它浮在那些山坡之间,看上去又肿大又苍白。棉先生还在用刺耳的话折磨漆马。

"快,选一个吧。"

漆马还是一动不动。

"你不做出选择,"棉先生冷静地说,"我只好一个一个杀掉你们所有人,然后自杀。等警察赶到,他们会发现四具尸体,这里发生的事会成为一桩永远无解的悬案……"

"为什么要这么干?"漆马问。

"如果我说,"棉先生咳了一下,"这是为了给你一次诚实面对自己的机会,你大概不信,但事实如此。"他飞快看了一眼鹈鹕说:"造物主想证明自己是对的,她认为,你最终会做出正确的选择。她对你,过分仁慈了。"

"我不懂你在说什么。"

"拿起刀,刺入她的心脏,任何一个都可以。快!别逼我。"

漆马抬起头看着雄艳,他终于敢直视她的双眼。雄艳看到他撑着僵硬的身体站起来,捡起那把刀。有一瞬间,她真怀疑漆马会杀了自己,但她并不感到恐惧,只是困惑和难过。

一股浓重的硫黄恶臭扑面而来。风向改变了。

　　所有人都屏住气息,只有漆马没有。他突然发动袭击,扑向棉先生,这一刀正扎在他左肩上。之后,两个男人翻滚着、嘶吼着,在雪地上野兽般搏斗……

　　雄艳兴奋起来,她希望漆马赢,她希望他能杀死这个混蛋!她现在希望他死。

　　枪响了,时间仿佛凝固。

　　倒在地上的两头野兽停止撕咬。

　　漆马抽搐了一下,好像想呕吐。他撑起膝盖,爬了起来,踉跄着朝雄艳走过来。但在离她只有三米远的地方,他轰然倒下。棉先生还仰面朝天躺在雪地上,他呼出一大团热气,大声咒骂,接着,他坐起来。他又看了鹈鹕一眼,然后站起来,走到漆马面前,用力踢他的胸口。漆马蜷起的身体一动不动。棉先生俯下身,看了看他中枪的位置,又狠踢他一脚。他握住刀柄,喉咙里发出压抑的嘶吼,从肩头慢慢拔出匕首,扔在漆马面前说:"快!把你该干的事干完。"

　　雄艳盯着漆马,惊恐使她忘记呼喊。

　　终于,漆马动了一下。他右手捂住腰部的某处,尝试站起来。雄艳希望子弹只是擦破他腹部的皮肤,没有伤及内脏,但鲜血正从他指间汩汩涌出,落在雪地上。月光下,他的脸苍白如纸。

　　"把刀捡起来!漆马。"她听到自己在吼。

　　棉先生愣了,他想笑,却没能笑出来。漆马捡起刀,踉踉跄跄走到雄艳面前。在他割断绳索的时候,棉先生只是看着,并没有阻止。

　　雄艳扶住瘫倒的漆马,抱住他的头。"你怎么保证,"她瞪着棉先生,"他杀了我,你就会放过他们?"

　　棉先生举起枪,对准自己的头说道:"刀落下,我就扣动扳机。"

269

不知为什么,她相信他说的是真的,这个疯子,他显然不想活了,但他似乎有他的底线,那就是,在死之前逼漆马做一件他不愿意做的事。她捧起漆马的脸,泪水模糊了视线。接着,她突然用力给他一耳光,"来吧!用力结束这一切。"她握住他的手,将刀尖对准自己。

漆马挣脱她的手。他转过脸,看着鹈鹕说:"这就是你想要的?"

雄艳看到,在鹈鹕的脸上慢慢浮现出微笑,她伸出手,摸了摸漆马的脸说:"永远只属于我,你忘了?"

雄艳感到巨大的痛楚刺穿心脏。

森林里传来一声脆响。

十分轻微,可能是树杈被积雪压断的声音。棉先生骂了句什么,突然朝树林方向连开两枪。

一片死寂。

突然之间,整个森林开始喷火,它在七八个位置同时喷出橘色火焰。警察在反击,枪声震耳欲聋。至少有三颗子弹击中了棉先生,其中一颗击中他的左脸,子弹穿过他的嘴角,击碎了牙床和颌骨,在他脖子上开出一个血洞。他仰面倒下。

鹈鹕冲过去,发出凄厉的惨叫。

树林里传出一声短促高亢的"停火"命令,四周再次陷入沉寂。

鹈鹕抱住棉先生,双手托起他的头。他望着她,抬起一只手,似乎想触碰她的脸,但没能做到。一个警察从暗处现身,走到雪地上,随后,是更多的警察。

雄艳想大喊救命,但她听到,空气中出现一种古怪的嘶嘶声。

突然,鹈鹕仰天长啸,喉咙深处发出分贝数极高的嘶吼,那声音几乎能撕碎人的耳膜。她的身体里豁然生出一对巨大的黑色物体,是一对翅膀!

翅膀用力扇动,卷起浓重的大雾和雪粒……

雄艳最后看到的是一只黑色巨鸟抱起棉先生的尸体腾空飞起的恐怖画面。浓雾像一堵墙,瞬间阻隔了视线,只能听到墙的另一边传来混乱的枪声和一个个男人惊恐的惨叫。雄艳感觉心脏在剧烈跳动,几乎到了疼痛的地步。

"我们得离开这儿。"她抓住漆马的胳膊,把他架起来。她搀扶着他,努力朝屠场的相反方向跑去,像个愤怒的女武士,完全没意识到自己赤着脚。

15

漆马沉入一层又一层的梦境、记忆、混乱的念头里。一切都好,除了有个声音一直在重复着某个句子。是雄艳的声音。"你不能死,我不许你死。"他试着拉开一定距离,聆听另一种絮叨,可那个声音还是雄艳。他觉得她在用什么东西抽打自己的脸,火辣辣的。他感到脚下一软,身体失去重心,向前倾倒。不知过了多久,他睁开眼睛。

四周是雾气弥漫的黑暗,他感觉腹部在燃烧,而失血使他感到的寒意来自背部……他摸到一样东西,是她的脚。石头一样又冷又硬。他支撑着坐起身,摸到自己的靴子。他想脱下来给她穿上。靴子被冻住了。他干脆解开上衣把她的脚抱在怀里,然后抓起雪,用力搓她的脚背和脚心。必须让血液循环起来,否则她的脚很难保住。

大约十分钟后,雄艳才醒过来。

"麻。"

"好了,"漆马振作起来,"你的脚活过来了。"

"你看到了?"

"看到了。"他平静地说,"从头到尾这都是个陷阱,我才是雪女的目标,你和棉先生,只是牺牲品。"

"我听不懂。"

"岛田说的都是真的,"漆马深深吸进一口气,"鹈鹕是……是雪女。她需要一个新的供养人,她选择了我。他们逼我亲手杀死你,可能是为了完成某种仪式。"

"仪式?"

"杀了你,我就会接替棉先生,成为她的奴仆,从此忠诚于她。"

漆马干脆用匕首割断鞋带,这才脱下靴子。他先用黑手帕包裹雄艳的左脚,套上第一只靴子,接着开始割第二只靴子的鞋带。

"我知道,她用法术迷惑了你,对不对?"她说。

"没有,"漆马说,停下来望着她,"她没有用法术,是我自己出了问题,我……"

"我很高兴,你没有撒谎。"她说,"是真的。"

漆马点点头。他割断围巾,用它包住她的另一只脚,小心塞进靴子。尽快下山,她还能保住脚趾,可她根本站不起来。他想了想,突然开始左右翻滚,想压实周围的积雪。

"你干嘛……"她虚弱地问。

"必须离开雪窝。待在这儿,我们很快就会被冻死。"

"雾太大了,我们根本不可能找到下山的路……警察,他们都死了,对吗?天亮之前,不会有人发现我们的……"

"必须回到温泉去。"

"那里空气有毒。"

"温度也比较高。也许能帮我们撑到天亮。来,让我背你。"

他听见雄艳屏息一秒,感觉她的手摸上他的背,像一只迷失的小动物。"不,不要,"她低声说,"不要这样……不要做这种事……我们只要睡着就好。"

几分钟后,他终于把她拖出雪窝。在一块平地上,他背起她。他找到来时的脚印,沿着它往回走。

四周寂静无声,大雾弥漫。他的脚早就完全丧失了知觉。雄艳呼吸平稳,但十分微弱,神志也越来越不清醒。

"别睡。"

"只睡一小会儿。"

"知道吗?"漆马停下来,大口喘着气,"岛田下午来送行,他给你带了礼物……是一幅画,画着陶罐和苹果,那是你们一起画的,对吗?"

雄艳笑了:"是他们的女儿画的,他和太太想收养一个孤儿,叫……"她想不起她的名字了。

漆马踩到雪层下一块尖利的石头,他想撑住,但没成功。他不得不单膝跪在地上,拼命喘息,想给自己蓄积一点力量。现在倒下,他不可能再站起来。

"知道吗,漆马,"雄艳的声音变得非常虚弱,"你是个傻瓜。"

已经能闻到硫黄的臭气,看到远处人形石柱的轮廓。他用力抽打自己的脸,然后再次把她背起来。他们经过石柱,来到温泉边。温热的空气令人窒息,但驱走了寒冷。

他把她轻轻放在地上,感到筋疲力尽。

太寂静了,地狱般的寂静。大脑告诉他一件事,他们被浓雾困住了,每吸入一口气他们距离死亡就越近。他所做的一切只是延长痛苦,拖延不可避免的事发生,但脑子里另一个声音却说,如果够幸运,雄艳或许能撑到天亮,她还有机会获救……岛田,现在他把全部希望都寄托在他的身上。

他摸了摸肚子上的伤口,摸到的是黏糊糊的血。子弹穿透了脾脏。他知道,那意味着一个小时内他就会昏迷,再过一小时,心脏就会停止跳动。他摸到她的手,手是热的,这让他松了口气。他不敢但最终还是闭上了眼睛。

突然,他感觉到她在捏自己的手心。

他试着睁开眼睛,看到她正对自己微笑,不是雄艳,是……杜丽。

她牵起他的手,在他耳边轻声絮语。他听不清她在说的是什么,但心里明白,她一定是要将他引向天国了,她的笑容依然甜美,牙齿闪着洁白的光芒……

等一等。杜丽?

他看到"杜丽"微笑着向自己靠近,而手里捏着什么东西。一小块蓝色的冰。她正要把它,放入自己的眼中。

"你让我很失望,"鹈鹕平静地说,"我本以为,不需要这样。"

"我会……失去记忆?"

"会只属于我,忠实于我。"

"放过她,可以吗?"

"没有可能。"鹈鹕将冰刺入他的眼睛。

想象中的灼痛并未出现,冰在眼球里迅速融化,使瞳孔变成一小团蓝色的微暗火焰。"很舒服对不对?"鹈鹕拿起匕首,放在他手上,将刀尖对准雄艳的心,"她什么也不是,她不重要,来吧。"

漆马看到,雄艳正盯着自己,她大张着嘴,却发不出一点声音。

他屏住气息,拼尽全力对抗那种无形之力,一点点移开刀,可鹈鹕只轻轻挪动刀尖,就重新把它对准了雄艳的心脏。

"我将消灭你所有的痛苦,"鹈鹕在他耳边温柔地说,"你将拥有我,这还不够好吗?"

漆马努力望向雄艳,可视线开始变得模糊,最后,她变成了一团晃动的光影。他知道,没时间了,不能再犹豫。他猛然转身紧紧抱住鹈鹕,奋力跃入血池地狱……

脑子里没有任何念头,他没看见一生从眼前掠过,没有闪耀祥和的光,只觉得自己滑入了一片什么都没有的空间,什么都感觉不到,什么都不记得,什么都不是。

接着,他感觉又被拉了上去。

风将雪吹到他的脸上。

究竟沉睡了多久?

她不知道,不记得,无法分辨。也许只有一分钟,却像一生那么漫长。

当她睁开眼睛,渐渐恢复意识,她看到,一只狼站在面前。它的眼睛闪动着蓝色的光,鼻子喷出白雾,正向自己匍匐而来。

它嗅了嗅她的额头,也许还碰了碰,然后倒退几步,重新凝视她。

她坐起来,朝它伸出手。她觉得它一定会让她摸一下,可狼突然呲起獠牙,发出低沉的威胁声。她没有停,手继续往前伸,同时呼唤他,"漆马——"

狼猛然转身,朝远处跑去,不久便遁入灰色的雾中。

雄艳看到,在它消失的地方,四周的浓雾快速散去,像是有人对这片野地施了法术,温热的阳光转瞬之间洒满山岗。